INNAMORATO

I MILIARDARI PER CASO

J.S. SCOTT

Innamorato
I Miliardari per Caso - Libro 3

Traduzione italiana: Martina Stefani 2022

ISBN: 979-8-415104-06-2 (edición impresa)
ISBN: 978-1-951102-79-1 (libro electrónico)

DEDICA

Mentre finisco il libro, si avvicina il secondo anniversario della morte di mia sorella. Mi manca ancora proprio come mi mancava subito dopo la sua dipartita da questo mondo. Quindi, questo libro è per mia sorella, Beth. Mi manchi, Sissy, e spero che tu sia da qualche parte a guardarci, quando questo titolo verrà pubblicato.

Tutto il mio amore,
Jan

SOMMARIO

CAPITOLO 1

Seth

"*T*rasforma quella dannata proprietà in un rifugio per animali" disse mia sorella Jade fermandosi direttamente davanti alla mia scrivania. Era difficile *non* notare il dispiacere sul suo viso, mentre continuava: "Gli uccelli sulla tua terra sono in *pericolo*. Non possono perdere il loro nuovo luogo di nidificazione."

"Ciao, è bello vederti, sorellina" replicai seccamente. *Dannazione!* Non meritavo un *saluto* prima che iniziasse a farmi la ramanzina? Si era appena fatta strada nel mio ufficio, e aveva *immediatamente* proceduto a parlare di un argomento che *non* volevo davvero discutere. Non avevo voglia di parlare dell'acquisizione della proprietà sul lungomare. A dir la verità, avevo sperato che lei non avesse *mai* sentito parlare della proprietà che avevo acquistato o che scoprisse che gli uccelli in pericolo ne avessero preso possesso subito dopo che l'avevo acquistata.

Ovviamente... ne aveva sentito parlare.

Jade continuava a guardarmi di traverso, il che mi fece capire che non si sarebbe lasciata dissuadere dalla sua apparente missione.

Conoscevo *quello* sguardo. Avevo aiutato a crescere la mia sorellina, quindi sapevo quanto potesse essere testarda quando si trattava della conservazione della fauna selvatica.

Questa volta non mollerò assolutamente con lei.

A prescindere dalla sua rabbia, col cavolo che avrei perso milioni di dollari perché alcuni uccelli avevano deciso di usare il terreno sulla costa che avevo acquistato come loro nuovo sito per nidificare.

Jade non era la prima persona che aveva da ridire sulla mia idea di voler costruire un resort sul lungomare. Anche un'avvocatessa ambientalista sfegatata stava cercando di rendermi la vita dura riguardo all'inizio della costruzione su quella proprietà, perché era diventata il luogo di nidificazione per una colonia di volatili minacciati. Avevo intrapreso una battaglia legale contro Riley Montgomery *fin dall'estate*—una battaglia che *intendevo vincere.*

Dopo mesi di stronzate legali, non volevo davvero discutere la faccenda anche con la mia sorellina.

Mi appoggiai allo schienale della mia sedia d'ufficio, determinato a non permettere a Jade di convincermi a lasciare la proprietà su cui avevo speso una piccola fortuna. "Gli uccelli sono spariti" le dissi irritato.

Okay, forse *sarebbero* tornati la stagione *successiva*, ma non vedevo come quello fosse un *mio* problema. Avevo aspettato finché i dannati uccelli depositassero le uova, nutrissero i piccoli, e finalmente avessero lasciato la proprietà il mese prima. Ora che l'estate era finita, e che gli amici con le ali di mia sorella erano volati verso un clima più mite per l'inverno, volevo andare avanti con il resort che avevo intenzione di costruire sulla spiaggia.

L'inizio della costruzione era già stato posticipato abbastanza a lungo. In realtà, pensavo di meritare qualche oscar per la mia pazienza. Sinclair Properties era una società piuttosto nuova, e l'affare avrebbe significato un'ulteriore crescita per la mia impresa alle prime armi.

Jade incrociò le braccia sul suo petto. "La maggior parte della specie *tornerà* il prossimo anno" ribatté.

Okay, non ero *completamente* senza cuore. Beh, *non proprio*. Ma quello era il *primo anno* in cui le specie in pericolo avevano trovato il loro rifugio su questa spiaggia. Quindi, avrebbero potuto facilmente trovare un nuovo posto l'anno seguente, giusto?

"Non se posso evitarlo" borbottai. Speravo di poter finalmente ottenere il permesso di costruzione che era stato bloccato per mesi. Una volta che il mio progetto fosse stato completamente avviato, avevo la sensazione che gli uccelli avrebbero evitato il luogo in futuro.

Riley Montgomery, la fastidiosa avvocatessa che sembrava avere un debole per la salvezza degli uccelli in pericolo, aveva apparentemente fatto della mia sorella ambientalista un'alleata.

Altrimenti come avrebbe fatto Jade a sapere della situazione? Di sicuro non l'avevo detto a Eli, suo marito. E mio fratello Aiden aveva giurato di tacere sulla storia degli uccelli.

Ovviamente questa nuova *amicizia*—o qualunque cosa fosse—tra Jade e Riley era nata di recente, perché mia sorella non aveva menzionato la situazione degli uccelli… finché quel giorno non era venuta a bussare al mio ufficio.

"Quindi è stata Riley a informarti?" tirai a indovinare.

"L'ho saputo da lei, sì. Avrei preferito sentirmelo dire da *te*."

"Impossibile" la informai. "Sapevo che saremmo finiti a discutere in questo modo."

"Che diavolo c'è che non va, Seth? Non sei mai stato così insensibile. Anzi, *eri* un ragazzo molto gentile." Tirò un sospiro di frustrazione.

Sì, beh, non *ero* nemmeno uno degli uomini più ricchi del mondo. Quando ero povero, non importava se avessi un cuore.

Ora ero un uomo d'affari con una società da far crescere, e *dovevo* essere spietato. Era *necessario* nella mia attività.

Avevo scoperto di recente di essere abbastanza bravo a comportarmi da stronzo quando si trattava di affari.

Ero uno sviluppatore di proprietà, e Sinclair Properties stava diventando rapidamente una forza nell'immobiliare commerciale. Non potevo permettermi di essere un debole.

Ignorai la domanda di mia sorella. "Non rinuncerò a quella proprietà, Jade" dissi bruscamente. "È un lotto di edifici proprio sulla spiaggia. Non ci sono più molti di quei posti disponibili."

La piccola città di Citrus Beach stava crescendo rapidamente. Con la sua vicinanza a San Diego, sarebbe successo prima o poi. La zona stava diventando il posto perfetto per chi amava stare in spiaggia.

"Quindi il tuo stupido resort è più importante della scomparsa di un'intera specie?"

Le rivolsi un'occhiata disgustata, qualcosa che raramente facevo con mia sorella minore. Ma di solito era molto più tranquilla. Diventava così tenace solo quando si trattava della scomparsa di specie in pericolo. "Possono andare a nidificare da qualche altra parte la prossima stagione."

"Sono venuti *qui* perché probabilmente hanno perso il loro sito precedente a causa di qualche stronzo a cui non importava della loro estinzione."

Okay, *faceva* un po' male. Ero abituato al fatto che i miei fratelli più piccoli mi vedessero come una sorta di figura paterna. Io, e i miei fratelli Aiden e Noah, eravamo stati le sole figure genitoriali che i miei tre fratelli minori avessero mai avuto. Jade di certo non si era mai riferita a me come uno *stronzo*. Era solita idolatrarmi.

Credo che quei giorni siano passati.

Naturalmente non era più una bambina. Non lo era da molto tempo. In realtà non ci dividevano *molti* anni. Era molto istruita, con un dottorato in conservazione della fauna selvatica, e ora era sposata con un miliardario molto potente, un ragazzo che adesso era il mio mentore e partner occulto, Eli Stone.

Almeno non l'aveva menzionato per...

"Parlerò con Eli" minacciò, annullando immediatamente il mio pensiero alla radice.

Altro che *non* usare suo marito come arma. Proprio quando pensavo che non avrebbe tirato in ballo Eli, l'aveva... fatto.

La verità era che avevo *bisogno* del consiglio di Eli. Spesso. Ecco cosa succedeva quando un ragazzo passava dall'essere un costruttore a un miliardario nel giro di pochi minuti.

Fino al momento attuale, Eli e io avevano lavorato bene insieme. Mio cognato aveva la sua attività da gestire a San Diego, ma trovava sempre il tempo di aiutarmi.

Non avevo ancora l'esperienza per mettermi in proprio. Il problema era che Eli adorava Jade e baciava il terreno su cui camminava la mia sorellina. Se Jade accennava di volere qualcosa, Eli trovava il modo di farglielo avere.

La mia proprietà non ha alcuna possibilità se Eli viene coinvolto.

Feci spallucce. "Fai quello che devi fare. Ne ho già discusso con l'ambientalista sfegatata un milione di volte."

"Riley non è un'*ambientalista sfegatata*" replicò Jade sulla difensiva. "È un'avvocatessa altamente rispettata che ha a cuore gli animali in pericolo."

Sollevai un sopracciglio. "Il che significa che è un'ambientalista sfegatata."

"Allora lo sono anch'io" replicò, sembrando indignata. "E non mi vergogno di cercare di *proteggere* le specie in pericolo, né devo scusarmi per avere a cuore l'ambiente."

Mi passai una mano tra i capelli con frustrazione. "Non c'è niente di male in questo, Jade. Ma rinunciare a un affare così lucrativo sarebbe folle."

"Non è folle" disse con tono più dolce. "Sarebbe la cosa giusta da fare. E davvero non voglio mettere mio marito contro mio fratello. So che siete legati. Onestamente, se sacrificassi quel terreno e lo rendessi un rifugio per animali, non ti mancherebbero mai i soldi. Se vuoi lo comprerò io."

"Non succederà" risposi bruscamente.

Non che mia sorella miliardaria e mio cognato miliardario non potessero permettersi di spendere una minuscola quantità di fondi su un terreno. Non era *quello* il punto. Il mio problema era che non avrei mai potuto accettare un centesimo da lei, e probabilmente lo sapeva.

"Allora, credo che incoraggerò Riley a continuare a combattere attraverso vie legali" disse con una voce brusca che non le avevo mai sentito.

"Quando diavolo siete diventate così pappa e ciccia?" chiesi scontento.

Jade aggrottò la fronte. "Non è venuta da *me*, se è quello che pensi. In realtà l'ho cercata *io* dopo aver letto un'intervista con lei nel *Citrus Beach News*. Trovavo difficile credere che il fratello che *conoscevo* avrebbe messo uno stupido pezzo di terra al di sopra di una specie in pericolo. Il mio piano iniziale era quello di dissuaderti."

Feci un sorrisetto. Avevo letto il dannato articolo nel giornale locale la settimana prima. Riley Montgomery non mi aveva esattamente dipinto come un benevolo proprietario di business. "E poi?"

"Poi ho visto tutte le scartoffie legali e ho realizzato che ti stavi comportando davvero da stronzo."

"Così hai deciso di venire qui per convincermi a rinunciare all'intero progetto?"

Si morse il labbro inferiore, un vizio che aveva da quando era piccola. "Avevo sperato di poterlo fare. I soldi non sono mai stati molto importanti per te."

Mia sorella si *sbagliava*. Forse non avevo mai sognato di essere ricco come lo ero ora, ma avrei voluto avere più soldi quando i miei fratelli e io ci stavamo facendo il culo da giovani per crescere i nostri fratelli più piccoli. Riuscivamo appena a non far mancare il cibo sul tavolo.

"Non si tratta solo dei soldi" le dissi irritato. "Sinclair Properties sta appena crescendo, e non sopporterebbe un passo falso."

Si accigliò. "Ma *tu* puoi. Non ti mancherebbero nemmeno i soldi."

"Non è quello il punto." Aveva ragione. I miei conti personali continuavano a crescere giorno dopo giorno perché avevo investito bene i miei miliardi di dollari.

"Sei davvero cocciuto" accusò.

"Colpevole" risposi, cercando di essere indifferente.

La mia segretaria bussò alla porta aperta. "Signor Sinclair? Il suo appuntamento delle due è al telefono."

"Devo rispondere" informai mia sorella bruscamente.

Gesù! Dovevo allontanare mia sorella, prima che cedessi e le dessi la dannata proprietà.

Le mie sorelline erano sempre state il mio punto debole. Raramente chiedevano qualcosa, ma quando lo facevano, ero rovinato. Era difficile fingere indifferenza, quando sapevo che questa terra significava così tanto per Jade. Soprattutto quando potevo facilmente permettermi di rinunciarci.

Logicamente, non sapevo perché non *fossi* già capitolato molto tempo addietro, perché avessi puntato i piedi così duramente riguardo all'intera situazione.

Donare la terra sarebbe stato come una piccola goccia in un secchio d'acqua per me, personalmente.

Jade sospirò. "Almeno dimmi che ci penserai."

Annuii seccamente. "Ci penserò."

Mia sorella girò sui tacchi e lasciò il mio ufficio senza nemmeno salutare.

Rilasciai un lungo sospiro di sollievo, sentendomi in colpa perché non avevo permesso a Jade di ottenere esattamente quello che voleva.

Il mio cervello rifiutava l'idea di rinunciare al sito di costruzione, forse perché sapevo che Sinclair Properties poteva utilizzare il luogo.

Stronzate! Sii sincero. Non si tratta nemmeno del business. So esattamente perché mi sto comportando da stronzo testardo.

Sì, *volevo* trasformare Sinclair Properties in un'azienda da milioni di dollari, ed ero sulla strada giusta per farlo.

Tuttavia, la mia ostinatezza aveva ben poco a che fare con i *soldi*.

E *molto* a che fare con la testarda avvocatessa rossa che stava facendo tutto il possibile per impedirmi di costruire il mio resort sul lungomare.

Nel corso dei mesi, mi ero ritrovato ad apprezzare le e-mail che ci scambiavamo diverse volte a settimana.

A poco a poco, era diventata un po' più... una faccenda personale.

Almeno per me. Non che Riley fosse diventata più *piacevole*; era una grossa sfida. Dovetti chiedermi se non fosse per *quello* che apprezzavo così tanto i nostri scambi.

Era estremamente intelligente.

Burbera.

Testarda.

E così bella che solo pensare a lei mi induriva l'uccello.

L'avevo incontrata solo una volta di persona. *Una volta*. E mi aveva fatto un'ottima impressione.

Per qualche ragione, aveva messo il suo bel culo a sedere davanti a me in una caffetteria locale, scacciando una donna che si era gettata su di me solo perché ora ero un miliardario.

In qualche modo, Riley aveva percepito il mio disagio quel giorno, la mia esitazione nell'essere maleducato con una donna, anche se sapevo che quella donna era interessata a me solo per i miei soldi. Sebbene non ci conoscessimo, Riley era intervenuta, fingendo di essere la mia ragazza per far allontanare la donna appiccicosa.

Quando ero un lavoratore edile, nemmeno una donna era stata interessata ad una *relazione*. Certo, avevano *avventure di una notte* con me, se era quello che volevo. Ma se ne andavano il giorno dopo, passando a pascoli più verdi. E intendo *verdi*— come... i dollari. Volevano tutte più di quello che avevo allora.

Adesso non riuscivo ad allontanarmi dal sesso femminile. Sembrava che ogni singola donna che mi approcciava fosse ora interessata ad una lunga relazione con un *miliardario*.

Riley Montgomery era stata completamente... diversa.

Non aveva voluto *nulla*.

In realtà, mi aveva aiutato.

Le sue azioni erano state puramente altruiste.

Finché non avevamo scoperto le nostre identità.

Praticamente ero sprofondato all'inferno subito *dopo*.

Cliccai sulla barra dello spazio del mio computer, riavviando l'ultima e-mail che avevo ricevuto da Riley.

Mi ero preparato a rispondere, quando Jade aveva fatto irruzione nel mio ufficio.

Okay, forse mi *stavo* comportando da stronzo, ma se avessi ceduto la terra senza discutere, Riley Montgomery non avrebbe avuto motivo di ricontattarmi.

E *questo* sarebbe stato un vero peccato.

Sorrisi, sapendo che le avrei risposto subito dopo il mio appuntamento delle due.

Risposi alla telefonata per occuparmi del mio appuntamento, chiedendomi ancora cosa avrei detto a Riley.

CAPITOLO 2

Riley

Gentile Signora Montgomery,

Innanzitutto, anche se mi piacerebbe molto baciarle il culo come aveva suggerito, potrei pensare a molte altre zone in cui vorrei mettere la mia bocca prima, se potessi denudarla.

Seconda cosa, mia sorella Jade è passata nel mio ufficio oggi. A quanto pare, sta diventando una sua alleata. Se crede che questo aiuterà la sua causa, mi creda, non succederà.

Terzo, gli uccelli per cui si preoccupava tanto sono spariti, il che significa che posso procedere e ottenere il permesso di edificazione.

Come ho menzionato prima, sarei più che felice di discutere questa situazione di persona. Mi faccia sapere quando la sua agenda le permette un incontro di persona.

Inoltre, in risposta alla sua domanda sul fatto che io sappia o meno leggere, posso farlo, ma non lo faccio spesso. Dato che ho dovuto crescere i miei fratelli più piccoli durante la mia adolescenza e gran parte dell'età adulta, ho avuto ben poco tempo per i libri.

 Distinti saluti,
 Seth Sinclair
 CEO
 Sinclair Properties, Inc.

"**C**oglione" ringhiai forte, sbattendo il pugno sulla scrivania, cosa che facevo quasi *ogni volta* che ricevevo un'e-mail da Sinclair.

Rifiutandomi di pensare all'inappropriata comunicazione che avevo appena ricevuto dal maschio più fastidioso e irritante che avessi mai avuto la sfortuna di incontrare, mi alzai dalla sedia del mio ufficio di casa.

"Tè. Ho bisogno di una tazza di tè" mormorai, mentre mi facevo strada verso la cucina.

Sinceramente, il mio sangue stava *ancora* ribollendo per aver letto quell'e-mail. Ma quello che mi faceva davvero incazzare era il fatto che sapevo che il mio viso era ancora rosa per i suoi commenti sessuali.

Non posso lasciarmi influenzare.

Ero una professionista. Non sarei dovuta arrossire come una ridicola teenager solo perché un coglione aveva fatto allusioni sessuali per e-mail.

Come fa a trasformare ogni insulto in qualcosa di sessuale?

Tirai fuori una tazza da sotto la macchinetta del caffè per preparare l'acqua calda per il tè.

Okay, forse non *ogni* commento pieno di odio che gli avevo scritto era diventato un'allusione sessuale. Ultimamente aveva preso l'abitudine di scrivere qualcosa su se stesso alla fine di ogni comunicazione, facendo di proposito il finto tonto sul significato delle mie parole.

Non sa leggere bene, Signor Sinclair?

Quello era stato il mio colpo basso originario.

L'aveva trasformato in una risposta che non aveva *niente a che fare* col mio insulto.

Mi accigliai, mentre immergevo la bustina di tè nella tazza.

Seth Sinclair era arrogante. Non *volevo* conoscerlo.

Allora perché il fatto che abbia rinunciato a tutto per prendersi cura dei suoi fratelli più piccoli mi lascia con più domande che voglio davvero porre?

Di tanto in tanto, quando era carino con me, gli dicevo qualcosa su di me anch'io. Tra un rimprovero e l'altro, voglio dire.

Aggiunsi una piccola quantità di latte al mio tè, e molto zucchero. Proprio come mi piaceva. Appoggiai il fianco contro il tavolo della cucina e bevvi un sorso.

Ahhh... che buono. Non tanto quanto il chai che bevevo fin troppo spesso al Coffee Shack. Ma qualsiasi tè forte e caldo sarebbe andato bene. Aiutava a calmare il desiderio di picchiare Sinclair per l'ultima e-mail.

Per mesi ero riuscita ad essere professionale con Seth Sinclair. Non sapevo nemmeno come le mie e-mail per lui fossero diventate piene di insulti—con qualche piccolo fatto su di me aggiunto alla fine.

Forse perché *aveva* iniziato lui.

Beh, non gli *insulti*, perché non sembrava mai perdere davvero la calma e scrivere qualcosa di offensivo, ma l'aggiunta di qualche piccola informazione personale in ogni e-mail.

Quindi, non legge molto.

Era comprensibile, se ogni momento della sua giornata era stato occupato da lavoro, sonno, o prendersi cura della sua famiglia, immaginavo.

Continuai a sorseggiare il mio tè, ripetendomi che *non* me ne fregava niente della *sua vita*.

Tutto quello che volevo era che rinunciasse ai suoi progetti di costruire su un terreno che probabilmente avrebbe visto il ritorno delle ultime sterne l'anno successivo.

La loro situazione era *critica*.

Essendo un'avvocatessa della conservazione della fauna selvatica nonché seria ambientalista, raggiungere il mio obiettivo di proteggere il loro habitat era la mia missione primaria.

Tuttavia, ero delusa di me stessa per aver perso la mia compostezza più di una volta nel difendere gli uccelli.

Non ero *mai* ricorsa agli insulti personali durante una battaglia legale, prima di conoscere Seth Sinclair. I colpi bassi che gli avevo assestato non erano il modo in cui svolgevo il mio lavoro.

Non era professionale, e generalmente ero fenomenale nel mio lavoro. Infatti, cercavo sempre di mantenere un atteggiamento molto distante quando avevo a che fare con un rivale.

Ma stavolta… *stavo* fallendo nel mantenere le cose rigorosamente sul piano degli affari.

Dannazione!

Forse *avrei* dovuto incontrare Seth Sinclair di persona. Ma l'avevo evitato finora.

Mesi addietro, c'eravamo incontrati per caso in una caffetteria. Avevo scoperto che *un* incontro con lui era stato *più che sufficiente*. Ero stata leggermente attratta da lui, e anche questa era una cosa che non provavo mai negli affari. E non avrei dovuto sperimentare.

Ridacchiai, quando mi chiesi come si sarebbe sentito nello scoprire che avevo acquistato il piccolo cottage di Jade sulla spiaggia.

Non avevo *intenzione* di acquistarlo, ma quando mi ero vista con la sorella di Seth, mi ero innamorata della confortevole casa vicino alla sabbia. E quando avevo scoperto che era in vendita, avevo colto al volo la possibilità di comperarla.

Il mio telefono suonò improvvisamente una canzone rock-and-roll, e lo raccolsi dal tavolo.

"Ciao, Madre" dissi con poco entusiasmo.

"Margaret" replicò col suo solito tono freddo. "Sto provando da giorni a contattarti."

Alzai gli occhi al cielo.

Margaret Riley Montgomery era il mio nome completo, ma avevo scelto Riley da quando ero piccola. Anche se avevo chiesto a mia madre un miliardo di volte di usare il mio secondo nome, mi aveva sempre ignorata.

Più che altro, ci avevo rinunciato.

"Ho avuto da fare" le risposi.

"Troppo occupata per parlare con tua madre?" rimproverò. "Ti stavo chiamando per un evento. Eli Stone terrà una raccolta fondi. Penso che dovresti partecipare."

Era quello il problema. La mia unica genitrice mi chiamava *sempre* per qualche stravagante festa che cercavo di evitare. Ero stata la figlia deludente di mia madre, ma le cose erano peggiorate da quando avevo messo a frutto la mia istruzione per lavorare nella preservazione delle specie in pericolo, e non mi permetteva mai di dimenticarlo.

"Lasciami indovinare... c'è qualche uomo incredibilmente ricco che vuoi che incontri?" chiesi seccamente.

Pensa ancora che se mi lego a un uomo di grande successo questo mi darà un maggior vantaggio sociale?

Lasciai andare un sospiro silenzioso. Non che non sapessi che lei disapprovava il fatto che non avessi utilizzato la mia istruzione alla Scuola di Legge di Harvard per farmi strada nel mondo degli affari. Infatti, ero abituata a vederla puntare il dito per ogni singolo errore che commettevo.

Incluso il fatto che avevo quasi trent'anni, ero *ancora* single, e non cercavo un ragazzo.

"Ci sarò" risposi alla fine. "Conosco Jade Stone."

La raccolta fondi era tenuta dal marito filantropo di Jade, Eli Stone, e avrebbe aiutato il laboratorio di ricerca di Jade a San Diego. Solo per quel motivo avevo deciso di esserci.

"Verrai?" chiese mia madre. "Beh, certo, tu e Jade siete entrambe interessate agli animali rari. Ma dato che Jade è legata a un uomo come Eli Stone, può indulgere in qualsiasi *hobby* desideri."

"Non sono il suo *hobby*, Madre. Ha il suo laboratorio di ricerca a San Diego ora. È la *Dottoressa Stone*. E il lavoro che sta facendo per preservare il DNA di specie quasi estinte è importante."

"Personalmente, penso che la sua scelta di carriera sia stata sfortunata" rispose mia madre arricciando il naso. "Ovviamente è una donna in gamba. C'erano molte altre carriere che avrebbe potuto seguire."

Proprio come me.

"Forse le piace quello che fa" polemizzai, sebbene sapessi che era inutile anche solo parlarne.

Mia madre non avrebbe mai capito che alcune persone seguivano il loro cuore e i loro sogni.

Per lei era importante solo salire in alto nella scala della mobilità sociale, qualcosa a cui non ero stata interessata. *Affatto. Mai.*

"Come ha sempre detto tuo padre, c'è spazio per il divertimento *dopo* il successo" rispose con una voce snob che avevo sempre detestato. "Guarda i tuoi fratelli. Hanno tutti usato le loro connessioni per accrescere il loro successo nell'ultimo anno. Le donne ovunque muoiono dalla voglia di essere presenti a uno dei loro eventi. Sicuramente non hanno iniziato prendendo le decisioni giuste, ma sono pienamente concentrati sul loro business ora."

Rabbrividii. Dio, odiavo quando citava mio padre defunto.

E sì, tutti e tre i miei fratelli maggiori *erano* miliardari. Ma questo non aveva niente a che fare con le loro connessioni sociali. Odiavano gli eventi sociali quanto me. Forse anche di più. E i loro traguardi erano stati raggiunti con grossi sacrifici.

"Ci sarò" confermai, volendo più che mai staccarmi dal telefono con lei. Avevo imparato a tollerare le sue critiche, ma tutti i suoi piccoli commenti velenosi mi facevano ancora sentire piccola.

"Quale vestito indosserai?" domandò. "Di sicuro non verrai col tuo solito… abbigliamento."

Dato che il mio vestiario normale includeva jeans e tailleur formali per quando dovevo apparire in tribunale o agli incontri, sapeva benissimo che non avrei indossato quelli a un evento sociale.

"Ti farò sapere cosa decido" gracchiai, sapendo che avrei dovuto comprare qualcosa di nuovo, visto che non frequentavo un evento con l'élite di San Diego da molto tempo.

Un tempo avevo provato ad essere la figlia che mia madre voleva, ma avevo smesso quando avevo rotto un fidanzamento che mia madre trovava altamente idoneo.

"Se stai cercando qualcosa di nuovo, non lo troverai *lì*" storse il naso.

Un altro dei miei fallimenti, secondo lei.

Avevo lasciato San Diego per sempre dopo la fine del mio fidanzamento. Poi avevo preso la residenza a Citrus Beach. Avevo trovato più pace e serenità *qui* che da qualsiasi altra parte. Sì, forse *non* avevo una casa a Carmel Valley, Del Mar, o Colorado Island, ma non ne avevo mai avuto bisogno per essere felice. Anzi, sapevo che sarei stata assolutamente triste in quel caso.

"Ho una macchina" risposi. "Posso andare dove voglio, Mammina."

"Non chiamarmi con quel ridicolo nomignolo, Margaret" disse in modo glaciale.

"Lo avevo dimenticato" mormorai. L'unico titolo che la matriarca Carol Montgomery avrebbe tollerato era *Madre*.

"Indossa qualcosa di carino per questo evento, Margaret" suggerì duramente. "Ci saranno degli uomini molto appetibili. Dato che hai scioccamente gettato al vento un'eccellente possibilità, sarebbe carino se potessi attirarne un'altra. Non diventerai più giovane, lo sai."

Non intendevo cercare di attrarre un *uomo*. "Cercherò di trovare qualcosa di appropriato" replicai.

Finii per riattaccare in fretta, come facevo sempre. Anche se avevo trovato la mia indipendenza, mia madre poteva ancora farmi sentire come una bambina disobbediente. Ancora non riuscivo a scacciare quelle sensazioni scomode ogni volta che parlavo con lei.

Dopo aver svuotato la mia tazza di tè, tornai al lavoro, ricordando a me stessa che ero più utile alla società della maggior parte delle donne nella cerchia di mia madre.

Anche se non mi *sentivo* sempre tale.

CAPITOLO 3

Seth

Gentile Signor Sinclair,

Innanzitutto, ignorerò completamente il suo commento volgare sul mio sedere. Devo ammettere di essermela cercata, tirando fuori un suggerimento non necessario e spregiativo.

Secondo, non volevo coinvolgere sua sorella in questa storia. L'ultima cosa che voglio è causare problemi all'interno della sua famiglia. Ma credeva davvero che lei non l'avrebbe scoperto? È in prima linea per tutte le cose che riguardano la conservazione degli animali.

Terza cosa, le sterne torneranno a nidificare su quella proprietà la prossima primavera. E farò tutto il possibile per assicurarmi che abbiano un posto in cui tornare per riprodursi.

Inoltre, non credo proprio che dovremmo incontrarci di persona. Possiamo comunicare benissimo tramite documenti legali o e-mail.

Davvero, è un peccato che non abbia il tempo per leggere. Quando ero più piccola, era la mia unica fuga.
  Distinti saluti,
  Riley Montgomery
  Ufficio Legale Riley Montgomery

Sorrisi, mentre bevevo un sorso del mio caffè e guardavo la risposta che avevo ricevuto da Riley Montgomery.

Stava diventando un po' più... carina?

Sì! Ero abbastanza certo che fosse così.

Non mi aveva definito uno stronzo o chiesto di baciarle il culo. Quindi, quello era di sicuro un miglioramento.

In realtà, non c'era un solo insulto personale nell'intera e-mail.

Ad essere sincero, la sua corrispondenza iniziale era stata *civile*. Solo di recente, dopo che ero stato un idiota totale riguardo ai suoi uccelli, aveva iniziato a lanciare oscenità.

Ora sembrava che fosse tornata ad essere di nuovo professionale.

A parte il commento che aveva fatto alla fine. Mi incuriosiva. Perché aveva *dovuto* usare la lettura come una via di fuga?

Sollevai la testa e continuai a trangugiare il caffè. La caffetteria era quasi vuota, il che era l'unica ragione per cui avevo scelto un tavolo e avevo tirato fuori il mio portatile.

Il Coffee Shack era un'attrazione permanente a Citrus Beach dacché potessi ricordare. La scelta dei prodotti era diventata più ampia, ma per il resto non era cambiato molto.

Mi appoggiai allo schienale, esaminando la piccola città dalla grande finestra accanto a me. Dato che le folle estive si erano diradate, il centro non era così gremito. Ma a differenza di alcune comunità di mare, avevamo molti residenti permanenti, quindi c'erano molte persone che correvano sui marciapiedi, affrettandosi per completare la loro giornata e poter tornare a casa.

Stranamente, avevo scelto *esattamente* lo stesso tavolo in cui avevo incontrato Riley Montgomery per la prima e unica volta.

Non vuole incontrarmi di nuovo di persona.

Quel fatto era stato reso molto chiaro nella sua e-mail.

Quello che volevo realmente sapere era... perché?

Forse perché sono stato uno stronzo totale riguardo agli uccelli?

Mi accigliai all'idea di non *piacerle* proprio, ma non era che non lo sapessi *già*. Solo che... mi infastidiva che mi considerasse il suo *nemico*.

Guardai un paio di operai edili entrare nell'edificio. Seguiti da diversi altri clienti.

Cavolo, dovrei tornare in ufficio. La folla del tardo pomeriggio sta iniziando ad arrivare.

Non che non mi piacesse nuotare con gli squali nel mondo degli affari, ma *non* ero abituato a una vita sedentaria tutto il giorno in ufficio.

Lanciai uno sguardo agli uomini con le sporche tute arancioni che stavano ordinando il loro caffè, sapendo che avevo più cose in comune con *loro* che con gli altri benvestiti che vedevo regolarmente.

Ma non ero più uno di *loro*, i ragazzi che si facevano il culo fisicamente ogni giorno per guadagnarsi da vivere.

In un certo senso, mi mancava davvero il cameratismo che avevo avuto con gli altri lavoratori edili. Ero stato parte di una squadra. Sì, era stato un lavoro duro, estenuante a volte, ma mi piaceva sporcarmi le mani, e soprattutto amavo stare fuori il più possibile.

Era la mia irrequietezza in ufficio che mi aveva attirato fuori. La camminata fino al Coffee Shack aveva aiutato un po'. Di solito era così, motivo per cui ero lì piuttosto spesso, a lavorare in un bar.

Mi abituerò a stare in un ufficio.

Prima o poi.

Avere una mia azienda era *sempre* stato il mio sogno. Solo che non avrei mai immaginato di diventare un protagonista nell'immobiliare commerciale internazionale. Nemmeno nei miei sogni più sfrenati.

Potevo vedere la parte superiore dell'edificio del mio ufficio in lontananza. Poi i miei occhi si spostarono dal mio edificio ai lavoratori che si erano riuniti a un tavolo.

*Dov'*ero? *Chi* ero? In quale parte in mezzo ai due mondi ora?

Non un lavoratore manuale, ma non esattamente a mio agio in un ufficio con il mio bel completo tutto il tempo.

Non facevo parte di una squadra di operai, ma non mi ambientavo nemmeno con le vecchie famiglie benestanti dalla nascita.

Scossi leggermente la testa. Cavolo, non sapevo dove diavolo *avrei* dovuto essere. Quando un ragazzo improvvisamente passava dal farsi il culo per portare il cibo in tavola all'essere un miliardario con risorse illimitate, era più che un po' sconvolgente. Non che mi stessi lamentando. Mi *piaceva* essere schifosamente ricco. A chi *non* sarebbe piaciuto? Ma non ero un tipo da essere felice con un *grosso* fondo fiduciario, anche se avrei potuto facilmente non dover mai lavorare un altro giorno nella mia vita e non scalfire di un centesimo la mia eredità.

Non ero fatto in quel modo.

Non lo ero mai stato.

Non lo sarei mai stato.

Avevo *bisogno* di lavorare. Ed ero destinato ad avere successo ora che mi era stata data l'opportunità di una vita di fare quello che volevo.

"Signor Sinclair" gridò un'emozionata voce giovane affianco alla cassa. La donna stava salutando come se mi conoscesse.

Non risposi alla bella bionda. Non la conoscevo nemmeno.

Merda! Sarei dovuto andarmene prima che il posto iniziasse a diventare affollato.

La donna stava con alcune amiche, e mi stavano tutte guardando come se fossi un potenziale obiettivo.

Dovetti chiedermi se avessero almeno l'età per bere.

Ma sembravo molto ambito da ogni singola donna della città che avesse più di diciotto anni ultimamente.

Mi fecero male le viscere, quando le vidi darsi una gomitata, sapendo che avrebbero invaso il mio tavolo da un momento all'altro.

Fanculo!

Avevo quasi trentacinque anni. Pensavano davvero che avrei voluto impegnarmi con una femmina che era appena un'adulta?

Disgustato, cominciai a tirare fuori il portatile, mentre le giovani donne iniziavano a farsi strada verso il mio tavolo.

"Stanno diventando più giovani" osservò la mia nuova compagna con voce familiare.

Mi rilassai e tenni il sedere piantato sulla sedia.

Non avrei perso la mia occasione per parlare con Riley Montgomery faccia a faccia.

In realtà, la situazione attuale ricordava sicuramente qualcosa di già visto.

La bella rossa dall'altra parte del tavolo mi aveva salvato proprio come la volta prima. Solo che la donna che aveva cercato di attirare la mia attenzione era un po' più grande l'ultima volta.

Stesso posto.

Stesse circostanze.

Stessa donna che si era seduta e aveva finto di essere un interesse amoroso per scacciare la femmina che mi si era gettata addosso.

Sorrisi. "Dobbiamo davvero smetterla di incontrarci in questo modo."

Riley Montgomery alzò gli occhi al cielo. "Se potessi smetterla di sederti nella mia caffetteria preferita ad attrarre donne superficiali, forse potremmo."

Mi accigliai quando la fila di donne raggiunse il nostro tavolo.

Riley sollevò una mano. "Via, ragazze. Il Signor Sinclair non cerca le lolite."

La bionda carina guardò di traverso Riley. "Ho vent'anni."

Guardai Riley rispondere a testa alta e lanciare un'occhiataccia che dovetti ammettere era piuttosto minacciosa alla femmina più giovane. "È già impegnato. Sciò."

La quasi teenager finalmente rilasciò uno sbuffo indignato e se ne andò con le amiche al seguito.

Non potevo negare che la rivendicazione di Riley mi aveva reso l'uccello più duro che mai.

Era piuttosto sexy quando difendeva il suo territorio, anche se era solo una finzione. Il mio fallo non sembrava riconoscere la differenza.

Non era vestita da lavoro oggi. Sembrava molto più avvicinabile dell'ultima volta in cui c'eravamo incontrati. Lo stile casual le donava. Non avevo visto altro che i suoi jeans blu, ma il maglione leggero che indossava che le cadeva sulla spalla mi fece posare gli occhi sui suoi seni, cercando di capire se stesse indossando un reggiseno. I suoi capelli color fiamma erano legati da uno chignon disordinato, con ciocche sciolte che incorniciavano la pelle cremosa del suo viso.

Gesù! Mi toglieva il fiato. Avevo difficoltà a *non* fissarla come un teenager arrapato.

"Occhi al mio viso, per favore" rimproverò, sembrando estremamente scontenta.

Okay. Sì. Ero ancora concentrato sui suoi seni. Alzai lo sguardo come richiesto, e fu come un colpo allo stomaco quando incontrai i suoi occhi. Erano nocciola, ma nella tenue luce del locale, sembravano quasi verdi. Le striature dorate che potevo vedere danzare nelle sue iridi erano piuttosto ipnotizzanti.

Tuttavia, era l'acuta intelligenza che vedevo nel suo sguardo fiero che mi attirava *davvero*.

Riley Montgomery era l'*intero pacchetto*.

Fisicamente stupenda.

Sexy... senza cercare di esserlo.

Gentile... beh, almeno quando si trattava di animali in pericolo.

E fin troppo intelligente per uno come me che si era appena diplomato al liceo.

Qualcosa mi diceva che c'era una miriade di emozioni dietro quei begli occhi, anche se lei mi stava ancora lanciando uno sguardo di ammonimento. Del tipo che probabilmente avrebbe fatto rabbrividire un uomo più debole.

Forse non avevo un'istruzione universitaria, ma ero testardo. E per niente intimidito dalla splendida volpe dai capelli rossi. Non importava quanto fosse feroce a volte.

"Scusa, non posso farne a meno" dissi con un sorriso. "È un po' difficile non distrarsi."

Incrociò le braccia sul petto. Ero abbastanza sicuro che stesse cercando di far finta di essere arrabbiata, ma avvertii una leggera vulnerabilità anche lì. Quindi ero quasi pentito di essere stato sorpreso a guardarle il seno.

Quasi. Ma non *del tutto*.

"Dovresti davvero smetterla di sederti in questo posto" brontolò. "A meno che non ti piaccia l'attenzione di tutte le donne single della città."

Scossi la testa. "Penso che tu sappia che non è così."

La distanza tra le sue sopracciglia si restrinse, e la piccola piega che si formò sulla sua fronte mentre pensava era dannatamente adorabile.

"Allora perché lo frequenti?"

Alzai le spalle. "Mi stanco di stare seduto nel mio ufficio a fissare le stesse quattro pareti. Lavoro all'ultimo piano di un grattacielo, quindi c'è poca comunicazione con chiunque tranne la mia segretaria. Non fraintendermi, adoro Edie. E non mi dispiace sentire quanto siano carini i suoi nipoti, ma a volte voglio connettermi con il resto del mondo. A volte mi manca davvero fare il lavoro fisico per vivere."

Inclinò la testa. "Che tipo di lavoro fisico?"

"Costruzione. Prima che iniziassi a comprare siti e *organizzarmi* per costruirci sopra, ero uno di quei ragazzi che si fanno il culo per costruirli per i ricchi."

Annuì lentamente. "Ho sentito la tua storia dagli stracci alla ricchezza. Non ho dubbi che l'intero Paese ne abbia sentito parlare."

Mi accigliai. "Nessuno di noi indossava esattamente stracci" dissi sulla difensiva. "Io e i miei fratelli ci siamo assicurati che i nostri fratelli più piccoli avessero le cose essenziali."

Le sue labbra si curvarono in un piccolo sorriso e scoprii subito che mi piaceva vedere quelle labbra carnose e piene inclinate verso l'alto.

"Quindi, quello che stai dicendo è che ti stai rammollendo a causa di tutte quelle ore in ufficio?" chiese curiosa.

Ero tutt'altro che *rammollito*. In realtà, il mio uccello era così duro che stava diventando scomodo. Ma non avevo intenzione di *dirlo* in quel momento. "Mi alleno ancora per sfogarmi, ma non è come essere fisicamente attivi tutto il giorno."

Fummo interrotti dal gestore della caffetteria, mentre le metteva davanti la sua tazza di carta. "Ecco qua, Riley. Scusa per l'attesa."

L'uomo era più giovane di lei, probabilmente sui venticinque anni, ma l'adorazione nei suoi occhi mentre la guardava mi fece venire voglia di prenderlo a pugni in faccia.

Andò anche peggio quando lei inclinò la testa verso l'alto e guardò il ragazzo con un ampio sorriso che le fece illuminare il viso. "Nessun problema" rispose gentilmente. "Si sta riempiendo di clienti."

"Sì" ringhiai mentre rivolgevo al gestore la mia espressione più intimidatoria. "Quindi forse dovresti tornare al lavoro?"

Non era un suggerimento. Se il bastardo non avesse smesso di guardare Riley, lo avrei fatto andare via piangendo come un bambino.

Non importava che avessi fatto esattamente quello che stava facendo lui solo pochi istanti prima.

Per fortuna, annuì con la testa e se ne andò.

"Interessante che apprezzi la consegna personale del tuo caffè" osservai.

"Sono una buona cliente" ribatté lei. "E non è caffè."

"Lo sono anch'io." *Ma nessuno viene a portarmi il drink al tavolo.* "Cosa diavolo stai bevendo? Non sapevo che facessero altro *oltre al* caffè."

"Chai" rispose poco prima di bere il suo primo sorso.

Guardai, affascinato, mentre i suoi occhi si chiudevano per un istante e assaggiava il suo drink.

Cavolo se la sua soddisfazione non imitasse una piacevole esperienza sessuale.

"Buono?" chiesi con voce rauca.

Aprì gli occhi e deglutì. "Orgasmico" ammise. "Sono piuttosto dipendente dal tè. Nessuno fa un chai migliore di questo posto."

Alzai la mia tazza extra-large quasi vuota. "Nel mio c'è un sacco di zucchero e panna.» Avevo ordinato un mocaccino. "Anche nel tuo?"

Mise da parte tutti gli insalubri additivi. "Panna e zucchero extra. Non importa. Mi tengo in forma e non sto cercando di impressionare un ragazzo con un corpo magro."

Accidenti, non aveva bisogno di essere magra. Di certo non era sovrappeso e le sue curve lussureggianti erano abbastanza sexy da ispirare i sogni bagnati di qualsiasi uomo.

Sorrisi. Adoravo il fatto che non le importasse niente di quello che gli altri pensavano di lei.

E non doveva.

Era fottutamente perfetta.

Il fatto che probabilmente non avesse un uomo nella sua vita in quel momento la rendeva ancora più irresistibile.

"Domanda?" osai.

"Fai pure" rispose.

"Perché hai avuto bisogno di rifugiarti nei libri durante la tua infanzia?"

Sembrava colta alla sprovvista, e sul suo viso scorsi un breve lampo di dolore, così fugace che la maggior parte delle altre persone probabilmente non se ne sarebbe nemmeno accorta. Dopodiché, la sua espressione si fece dura, e capii che *non* avrei avuto la mia risposta.

CAPITOLO 4

Riley

Non avevo intenzione di rispondere alla sua domanda. Forse *era* un incontro cordiale. Ma sapevo che sarebbe stato poco opportuno fornire all'opposizione qualche mio punto debole utilizzabile contro di me in tribunale.

"Mi è sempre piaciuto leggere" risposi vagamente. Poi, cambiai rapidamente argomento. "Allora, hai cambiato idea sulla costruzione del resort?"

Ecco fatto! Avevo riportato le cose sul lavoro. Era molto meglio così.

Mi rivolse un sorriso che diceva che sapeva *esattamente* cosa stavo facendo. Ma lui rispose: "No."

Sentii la mia irritazione crescere. "Signor Sinclair, non ti importa del fatto che quegli uccelli non avranno un luogo di nidificazione in cui tornare?"

Forse era inutile cercare di strappare un po' di empatia per i poveri uccelli a un uomo con un cuore che batteva solo per gli affari. Tuttavia, mi sentivo come se fare appello alla sua natura migliore, se ne avesse avuta una, avrebbe funzionato meglio degli insulti.

"Seth" replicò dolcemente. "E ti chiamerò Riley."

L'ultima cosa su cui avrei dovuto essere d'accordo era tutto ciò che consentiva un qualsiasi tipo di intimità tra di noi.

Era il nemico.

Il mio avversario.

Non ero sicura del motivo per cui annuii. "Seth."

Volevo prenderlo a schiaffi quando mi rivolse un sorriso soddisfatto. "Riley, non è che non mi importi. Non esattamente. Ma a volte un uomo deve far prevalere gli affari sui sentimenti."

Sussultai come se mi avesse colpita. Sapevo *tutto* degli uomini che preferivano gli affari all'umanità.

"Che cosa c'è?" chiese, sembrando preoccupato.

"Niente" dissi seccamente.

"La tua reazione non era esattamente *niente*."

Dannazione! Aveva visto la mia espressione sconvolta.

Che diavolo sto facendo?

Ero *Riley Montgomery, cazzo.*

Uno dei migliori avvocati ambientalisti del Paese.

Laureata in giurisprudenza ad Harvard.

A pieni voti, per l'amor di Dio.

Di solito non crollavo sotto nessun tipo di ostilità o resistenza, tantomeno battevo ciglio quando un imputato diceva qualcosa che non mi piaceva.

Prosperavo su questo.

"Non ho idea di cosa stai parlando" risposi con la mia fredda voce da avvocatessa.

Mi presi a calci silenziosamente per aver permesso a Seth Sinclair di percepire anche solo un accenno di una mia reazione personale.

Chiuse il suo portatile con uno sguardo pensieroso. "Quanto desideri quella proprietà, Riley?"

Volevo disperatamente nascondermi dietro il mio computer, ma non avevo programmato di lavorare.

Gli lanciai uno sguardo letale. "Troppo." Come se non lo sapesse già? Ero abbastanza sicura di essermi spiegata perfettamente.

"Potrei essere aperto a negoziare" rifletté.

"Per cosa?" Ero confusa. Non possedevo lotti edificabili di prim'ordine.

I suoi misteriosi occhi grigi mi inchiodarono alla sedia. "I tuoi servizi."

"Potresti avere qualsiasi grande avvocato aziendale a portata di mano" lo schernii. "Ora mi occupo solo di casi ambientali e di conservazione. Certamente non qualcosa che *ti* interessa."

"No" concordò. "Ma alla mia sorellina sì, e l'ultima cosa che voglio è renderla infelice. Per non parlare del fatto che suo marito, Eli Stone, è un investitore in Sinclair Properties e un consulente piuttosto importante."

Il mio stomaco si capovolse. Potevo certamente giocare sporco quando ne avevo bisogno, ma non rompevo le famiglie per una causa. *Affatto. Mai.*

"Sinceramente non volevo creare problemi" confessai. "Mi piace Jade, e da quel poco che mi ha raccontato sulla sua storia familiare, so che adora tutti i suoi fratelli."

Annuì. "Siamo tutti legati. Mio padre era perlopiù fuori dai giochi, e mia madre è morta quando eravamo piccoli. Mio fratello maggiore, Noah, ha preso in custodia tutti noi quando aveva appena diciotto anni. Noah, Aiden e io siamo andati a lavorare per portare il cibo in tavola e i nostri fratelli più piccoli al sicuro."

Alzai un sopracciglio. "Quanti fratelli Sinclair ci sono esattamente?"

"Compreso me, siamo in sei. Ma come probabilmente già saprai, abbiamo altri fratellastri sulla Costa Orientale."

Lo *sapevo*. L'altra sua famiglia sulla Costa Orientale era ricca dalla nascita, ben nota tra l'élite. Avevo capito l'essenza della storia dei Sinclair impoveriti in California che si erano trasformati in miliardari quasi da un giorno all'altro una volta che erano stati scoperti dai loro ricchi fratellastri. Era difficile ignorare la storia apparsa su quasi tutti i giornali e su quasi tutti i principali canali televisivi. Si era diffusa la notizia su come l'ormai defunto patriarca della famiglia fosse stato un bigamo che conduceva una doppia vita.

Tuttavia, non sapevo che Seth non avesse mai avuto genitori e avesse aiutato a crescere i suoi fratelli più piccoli. Ai media non era mai stato detto che la loro vita fosse stata *così dura.*

"Eri così giovane per avere quel tipo di responsabilità" dissi, dimenticando momentaneamente che Seth era il nemico. "Devi essere davvero orgoglioso di Jade. Deve essere stato un grosso sforzo aiutarla fino all'istruzione superiore."

Mi rivolse un sorriso sincero. "Orgoglioso di tutti loro" replicò burbero Seth. "Hanno lavorato tutti sodo. Mio fratello più giovane, Owen, ha finito con la scuola di medicina e ha quasi terminato la sua specializzazione. E la gemella di Jade, Brooke, ora vive sulla Costa Orientale. È una consulente finanziaria. Ha sposato un milionario che si è fatto da sé."

"Ha sposato uno di rango inferiore" presi in giro, sorprendendomi di aver abbassato la guardia.

Scrollò le spalle. "Non ce ne fregava niente se sposava qualcuno con soldi o no. Lei è felice. E Liam tratta mia sorella come una regina. Questo è tutto ciò che conta."

Le sue parole mi toccarono più di quanto fossi disposta a far credere. Seth non era *completamente* motivato dai soldi che aveva ereditato. Ovviamente, tutto quello che voleva era che i suoi fratelli fossero *felici.*

"Tu e i tuoi fratelli maggiori avete sacrificato la vostra istruzione per dare una mano a quelli più piccoli nella vita?" considerai ad alta voce.

"Noah è riuscito a laurearsi. E non sono sicuro che Aiden sarebbe andato al college. Era appassionato di pesca commerciale, e gli piaceva. Ma penso che sia molto più felice ora che può costruire il suo impero della pesca."

Ascoltai mentre Seth spiegava come lui e Aiden fossero partner occulti nei reciproci affari. Che entrambi avevano deciso di fare ciò che volevano, ma si sostenevano ancora a vicenda nelle loro aziende.

"Noah è appassionato di tecnologia" spiegò ulteriormente. "Non c'è nessuno di noi a cui importi molto della tecnologia, ma sosteniamo comunque le sue ambizioni."

Sbattei le palpebre, quando smise di parlare.

Non importava come la si guardasse, la famiglia Sinclair sarebbe stata notevole anche se *non* avesse avuto una fortuna. "E tu?" chiesi. "Hai rinunciato alla possibilità di un'istruzione superiore?"

"Forse. Ma il compromesso è valso la pena" disse disinvolto. "Inoltre, sto seguendo un corso accelerato di affari da Eli Stone. Dubito che ci sia un uomo d'affari migliore là fuori da cui imparare."

Sentii il mio cuore contrarsi appena un po'. Era incredibile quanto Seth fosse stato disposto ad aiutare i suoi fratelli a spese delle sue possibili scelte di carriera.

Onestamente, *aveva* ragione su Eli Stone. Non conoscevo bene Eli personalmente, ma era una leggenda degli affari con un'istruzione alla Ivy League. Probabilmente avrebbe potuto insegnare a Seth più di quanto avrebbe mai imparato ottenendo un MBA.

"È una storia incredibile" dissi con un sospiro.

Alla faccia della mia supposizione che Seth fosse *completamente* freddo.

"Vengo da una famiglia piuttosto incredibile" disse casualmente. "E tu?"

"Sono stata in grado di permettermi la mia laurea in legge ad Harvard. Non un solo membro della mia famiglia ha dovuto soffrire per farmi istruire" risposi con cautela. "Allora, parlami della tua proposta di accordo commerciale per la proprietà. Capisco perché non vuoi creare attrito con Jade ed Eli. Qual è la risposta?"

Non volevo davvero parlare della *mia* famiglia, quindi prima ci allontanavamo da quella linea di discussione, meglio era.

"Hai detto che avresti negoziato in cambio dei miei servizi" continuai. "Ma non ho molto da offrire a un uomo come te."

Mi studiò per un momento, il che mi mise a disagio.

Non volevo che qualcuno mi conoscesse meglio.

Un uomo come Seth non mi avrebbe *mai* capita.

"Hai un sacco di cose da offrire a *qualsiasi* ragazzo" rifletté.

"Non esattamente" ribattei. "Sono stata fidanzata una volta, ma non sono mai stata abbastanza per Nolan Easton" mormorai, desiderando all'istante che le parole non fossero uscite dalla mia bocca.

Per qualche strana ragione, era facile parlare con Seth, ma avevo bisogno di custodire le mie parole molto meglio.

Sussurrò piano. "Nolan Easton? Capo delle Easton Investment Firms? Il *ricchissimo* Nolan Easton?"

"Sì" confermai tesa.

"Non posso credere che ti abbia scaricata" rispose.

"Non l'ha fatto" ammisi. "Alla fine ho rotto io. Non sapeva come tenere il pisello nei pantaloni, e non volevo passare tutta la mia vita a essere chi voleva che io fossi." Tossii nervosamente. "Ora possiamo tornare al business in questione?"

"Non ancora" insistette. "Sto ancora cercando di capire perché un ragazzo vorrebbe cambiare una sola cosa di te. Non che io ami esattamente il tuo *lavoro in questo momento*, ma ne sei appassionata. Sei bella. Sei intelligente. Sembra che tu sappia esattamente cosa vuoi. Considerando le nostre circostanze, non posso dire di aver visto il tuo senso dell'umorismo, ma presumo che tu ne abbia uno. Che altro voleva?"

Ignorai la sua domanda. "Ho tre fratelli maggiori" condivisi. "Devo avere senso dell'umorismo o mi farebbero impazzire."

Appoggiò le braccia sul tavolo e si sporse in avanti. "Non hai risposto alla mia domanda, Riley. Cos'altro voleva?" La sua voce era bassa e suadente.

"Non è importante. Il mio fidanzamento è finito da un po', e sono felice. Ho finalmente trovato la mia casa qui a Citrus Beach e sono abbastanza contenta di essere sola. È molto più bello qui che a San Diego. Più tranquillo."

Era molto meglio che stare con un uomo che mi faceva sentire come se fossi meno di niente.

"Quando esattamente ti sei trasferita qui? E dove vivi adesso?"

"Quasi due anni fa" dissi, impaziente di tornare al lavoro. Non era saggio divulgare molto sulla mia vita personale a un convenuto in giudizio, non importava quanto fosse bravo come ascoltatore. "Avevo un appartamento, ma di recente ho acquistato il cottage di tua sorella. Mi sono sistemata lì adesso. Lei ed Eli hanno la casa più grande accanto, quindi sapevo già che avrei avuto dei buoni vicini."

"Io sono proprio in fondo a quella spiaggia" disse lui, sembrando sorpreso. "Non ti ho mai vista."

"Come ho detto, è una cosa recente. Mi sono appena trasferita."

Mi dimenai sulla sedia. Non mi piaceva essere interrogata. Di solito ero io a *fare* le domande.

Mi rivolse un sorriso giocoso che mi fece battere il cuore. "Benvenuta nel quartiere" disse scherzando.

"Grazie" risposi a disagio. "Ora dimmi cosa vuoi da me per lasciare in pace quel pezzo di proprietà."

Si prese tempo per rispondere e il silenzio sembrò prolungarsi per sempre.

Trangugiai l'ultimo sorso del mio tè mentre aspettavo che rispondesse.

Stava giocando con me?

O aveva davvero una specie di proposta?

Probabilmente la prima, dato che in realtà non avevo molto da offrirgli in termini di servizi. Ero sicura che Eli Stone avesse sistemato Seth con il suo branco di avvocati d'affari. Perché diavolo avrebbe avuto bisogno di un avvocato ambientalista?

"Se stai giocando con me, questo incontro finisce proprio ora" dissi concisa.

"Non è così" rispose con enfasi. "Mi stavo solo chiedendo come spiegare quello che voglio."

"Se è accettabile, sottoscriverò il contratto oggi stesso" offrii.

"Non è esattamente il contratto a cui sto pensando" replicò pensieroso.

Dio, ero nervosa e non ero abituata a sentirmi così. Ero abbastanza sicura che non fosse nemmeno dovuto al chai extra-large che avevo appena consumato.

Era *lui*.

Forse era il modo in cui mi studiava.

O il modo in cui i suoi occhi grigio acciaio non lasciavano mai il mio viso.

Non riuscivo a *leggerlo*, e questo mi faceva completamente incazzare. Come avvocatessa, ero diventata molto brava a giudicare esattamente dove potesse essere la mente di un imputato e quali fossero le sue motivazioni.

"Dimmi solo le tue condizioni" dissi irritata. "Lavorerò sui dettagli."

Mi sforzai di incontrare i suoi occhi in quella che *pensavo* sarebbe stata una battaglia di volontà, e poi mi pentii di aver guardato nella sua direzione.

Il mio respiro si bloccò, mentre cadevo in uno sguardo tempestoso che *non* mi avrebbe lasciata andare.

Rimasi sbalordita dal modo possessivo in cui mi guardava.

Ero confusa dalle emozioni che vedevo lì.

Ed ero ipnotizzata dal desiderio carnale che divampava nelle sue iridi d'acciaio come un fulmine, mentre mi teneva ferma con una sola occhiata, incapace di sfuggire al suo sguardo fisso che mi teneva inchiodata.

Il calore esplose tra le mie cosce, e sapevo che stavo arrossendo come una dannata adolescente con la sua prima grande cotta. Il mio cervello implorava il mio corpo di non reagire, ma la mia stupida mente non ascoltava.

La sua voce era rauca e seducente quando alla fine disse: "Ho bisogno di una donna, Riley. E quella donna devi essere *tu*."

CAPITOLO 5

Riley

Gentile Signor Sinclair,
Dopo un'attenta valutazione della sua offerta, sento di dover rifiutare...

"Dannazione!" imprecai con disgusto, mentre toglievo le mani dalla tastiera del mio portatile.

Avevo *cercato* di scrivere questa semplice e-mail per tutto il dannato giorno, ma non ero riuscita a *completarla*.

Sarebbe stato davvero *relativamente* facile ottenere il rifugio per gli uccelli. Proprio quello che volevo.

Il problema era che sarebbe arrivato con un prezzo *personale*.

Non avevo accettato a titolo definitivo l'offerta di Seth. Non potevo. Gli avevo detto che avevo bisogno di tempo per pensare alla sua proposta.

Tuttavia, mi *conoscevo* e non potevo semplicemente lasciar andare l'opportunità di ottenere ciò per cui stavo lottando da mesi ormai. La situazione degli uccelli era critica, e c'erano così pochi luoghi in cui potevano nidificare in sicurezza ormai. Il fatto che si fossero presentati a Citrus Beach era a dir poco un miracolo. Come potevo sprecare un'opportunità per dare alle specie in pericolo di estinzione un posto sicuro dove riprodursi?

Ero quasi sollevata, quando sentii suonare il campanello. Avevo bisogno di una sorta di distrazione.

"Jade!" esclamai aprendo la porta. "Sei a casa."

Eli e Jade trascorrevano molto tempo a San Diego, e generalmente non li vedevo intorno alla loro casa accanto fino al fine settimana.

Rise mentre entrava dalla porta. "Strano, vero? È strano essere qui di lunedì. Ma Eli voleva restare per rivedere alcune cose con Seth. E la struttura di ricerca può funzionare senza di me una volta ogni tanto. Ho un sacco di scienziati competenti che possono andare avanti in mia assenza."

Rabbrividii un po' internamente, mentre chiedevo con cautela. "Eli non ha intenzione di discutere con Seth riguardo al rifugio, giusto?"

Volevo davvero, davvero, evitare conflitti familiari per loro. Era ovvio che Seth adorava Jade.

Lei scosse la testa mentre si lasciava cadere al tavolo vicino alle porte scorrevoli di vetro. "No. Non da quando mi hai detto che Seth ti ha fatto un'offerta. Non vedo l'ora di scoprire se le condizioni sono accettabili."

Da giorni rimuginavo sulla proposta di Seth. La sera prima avevo scritto a Jade riguardo alla possibilità di trovare un accordo con suo fratello. Ma non avevo contato che si sarebbe presentata *quel giorno* per discuterne.

Andai in cucina e cominciai a preparare il tè. "Vuoi un caffè o altro?"

Jade alzò la mano. "No. Sto bene così. Eli mi ha già portata al Maya's Bistro stamattina per uno dei fantastici panini con croissant di Skye. Ho bevuto tonnellate di caffè."

Sapevo che la cognata di Jade, la moglie di Aiden, aveva fatto una ristrutturazione completa del suo bar. Volevo entrarci da quando aveva riaperto proprio alla fine dell'estate. "Come vanno gli affari per lei?"

Jade sorrise. "Benissimo. È adorabile ora che è stato completamente ristrutturato e il cibo è buono e alla moda. Ma delizioso. Posso solo immaginare che successo avrà in estate."

"Sono contenta" risposi sinceramente mentre aggiungevo panna e zucchero al mio tè. "Mi piacerebbe andarci presto."

Annuì. "Dovresti. I suoi panini sono tutti un'opera d'arte."

Mi sedetti di fronte a lei al tavolo. "Okay, allora riguardo all'accordo proposto da Seth..."

"Dimmi. Possiamo salvare la proprietà?" chiese senza fiato.

Le rivolsi un piccolo sorriso. Jade era così appassionata della preservazione delle specie. Il suo lavoro all'avanguardia nei suoi laboratori con il DNA era molto al di sopra della mia possibilità, ma la sua visione era sempre molto chiara. "Possiamo. Ma l'accordo è piuttosto... non convenzionale."

"Cosa vuole?" chiese.

"Me" risposi in tono piatto.

I suoi occhi divennero tondi e confusi. "Non capisco."

Sospirai. "Non lo capisco esattamente nemmeno io. Ma secondo tuo fratello, se perderà milioni su questa proprietà, vuole trovare altri grandi investitori e fare affari per altri potenziali immobili su cui costruire il resort. Il che significa che deve socializzare con l'élite di San Diego. Ha ricevuto moltissimi inviti a feste esclusive e raccolte di fondi, ma ha smesso di parteciparvi quando si è reso conto di essere assalito da donne ambiziose o dalle loro madri. Vuole che lo accompagni per qualche mese come sua finta fidanzata. Questo gli darebbe più opportunità di parlare con alcuni potenziali investitori e magnati immobiliari."

"Sul serio?" gracchiò Jade.

Annuii. "Era completamente serio."

"Oh, Riley" disse dolcemente. "Questo ti metterebbe in una situazione piuttosto scomoda, giusto? Ci sarebbero buone probabilità di ritrovarti faccia a faccia con il tuo ex fidanzato, giusto?"

Sì, è così, e nemmeno Jade conosce tutti i motivi per cui voglio stare fuori da quella folla.

Bevvi un sorso di tè prima di rispondere: "Sarebbe imbarazzante. Ma se ti fa sentire meglio, non credo che Seth se ne renda conto. È tutta la mattina che cerco di trovare un modo per rifiutarlo, ma non ci riesco, Jade. È troppo importante mantenere intatta quella proprietà per me per buttare via l'opportunità di farlo. E onestamente, tuo fratello *darebbe* via milioni solo per un paio di mesi del mio tempo."

Inclinò la testa. "Ti piace" insinuò.

Alzai gli occhi al cielo. "Penso che *"piacere"* sia una parola un po' troppo forte. È tollerabile quando non fa lo stronzo."

Certo, *era* stato piuttosto piacevole quando ci eravamo incontrati diversi giorni addietro al Coffee Shack. Fino a quando non mi aveva lanciato quella dannata bomba sul fingere di essere la sua ragazza.

"Seth è in realtà un ragazzo piuttosto carino, e non lo dico solo perché è mio fratello" disse Jade. "Forse è molto più guardingo da quando lavora nel mondo aziendale, ma ha fatto alcune cose per tutta la mia famiglia che nessuno di noi potrebbe mai ripagare. Ha sempre fatto di tutto per dare a Owen, Brooke e me qualcosa di semplice come un gelato o una specie di regalo. E non credo che ci sia mai stato un solo giorno in cui si sia risentito. Tutto quello che voleva era vederci sorridere. Ha iniziato a lavorare nell'edilizia quando aveva sedici anni solo per aiutare Noah. E poi Aiden ha iniziato a lavorare come pescatore non appena è stato abbastanza grande per lavorare. Nessuno dei miei fratelli ha mai voluto che ci sentissimo svantaggiati. Hanno dato a tutti noi un'infanzia quando in realtà non ne avevano avuta una loro stessi."

Non avevo idea del perché le sue parole mi facessero ricacciare indietro le lacrime.

O forse lo *sapevo*, ma non volevo conciliare il Seth "aziendale" con l'uomo che aveva sempre messo la sua famiglia al primo posto.

"Hai una famiglia fantastica" dissi con rispetto.

Chiese dolcemente: "Tu no? Hai detto che ami i tuoi fratelli."

Non avevo mai condiviso così tanto della mia famiglia con Jade. "Sì. Tranne quando cercano di allontanarmi da uomini che pensano non siano abbastanza per me."

Jade sbuffò. "Penso che sia solo una cosa protettiva da fratello maggiore. I miei tre più grandi hanno messo sulla graticola Eli così tanto che sono sorpresa che non se la sia data a gambe."

Sbuffai. Avevo visto il modo in cui Jade ed Eli si guardavano. Di certo non ero scioccata dal fatto che suo marito avesse preso l'inquisizione con calma. Se Jade avesse chiesto a Eli di saltare dal ponte più vicino, lui lo avrebbe fatto senza fare domande. E viceversa. I due erano così innamorati che era quasi nauseante. Ma era anche dolce. Immagino che forse non potevo relazionarmi perché la mia esperienza personale con gli uomini era tutt'altro che eccezionale. "Ti ama" dissi semplicemente.

Il suo viso si addolcì. "Lo amo anch'io. È un po' strano avere un ragazzo che mi ama tanto quanto Eli. Non ho mai avuto un ragazzo che mi accettasse esattamente come sono. Appassionata di scienza e tutto il resto. Onestamente, non c'è *mai* stato un ragazzo come lui nella mia vita prima d'ora. Valeva la pena aspettare, però."

Sorrisi allo sguardo sbalordito sul suo viso. Era come se Jade stesse ancora cercando di capire come fosse finita con Eli. Anche se era ovvio per tutti gli altri. Certo, erano entrambi così diversi in superficie, ma loro due erano semplicemente... perfetti l'uno per l'altra.

"Allora, basta parlare di me ed Eli" disse severamente. "Cosa farai con Seth? E perché mai ti ha scelta come finta ragazza? Oh, aspetta! Forse lo so. Non sei assolutamente impressionata da lui, vero?"

"L'ho salvato due volte" spiegai. "Le donne lo tormentavano al Coffee Shack, e ho fatto credere che io e Seth fossimo insieme per farle andare via."

Il viso di Jade si fece improvvisamente scuro. "Questo mi fa arrabbiare così tanto" disse con veemenza. "L'ho visto. Nessuna di quelle donne l'avrebbe voluto per una relazione seria prima che avesse i soldi."

"Come mai? So che è tuo fratello, ma è figo." *Incredibilmente figo*, ma non avrei detto alla sorellina di Seth che il suo corpo muscoloso e completamente scolpito, i capelli scuri e gli enigmatici occhi color cenere erano sufficienti per far desiderare a una donna di gettare via le mutandine in pochi secondi.

"Non ho detto che non lo avrebbero *scopato*" precisò, il disgusto che grondava dalla sua voce. "Ma era sempre al verde. Un lavoratore manuale che sudava per vivere e aveva fratelli più piccoli da mantenere."

"Ma in realtà è ammirevole" sostenni.

"La maggior parte delle donne non la vedrebbe in questo modo, Riley. Non era un buon fidanzato o una prospettiva di matrimonio."

Per un istante, anche il modo in cui era stato trattato *mi* fece incazzare. "*Alcune* donne darebbero qualsiasi cosa per avere un ragazzo così leale, responsabile e dedito alla famiglia" risposi.

"Non molte" disse tristemente. "E i miei fratelli lo sanno per esperienza. Ecco perché Seth è probabilmente così ansioso di un diversivo. Che cosa hai intenzione di fare?"

"Non lo so" replicai onestamente. "Vuole che cominci facendogli da scorta al tuo ricevimento di beneficenza a San Diego. Devo decidere visto che sarà il prossimo fine settimana. Davvero, non sta chiedendo così tanto per ottenere quella proprietà. Sospetto che alla fine si sarebbe arreso a te, Jade. Sa che è importante per te. Ma non sono sicura di voler correre il rischio che questo ti si ritorca contro. L'ultima cosa che voglio davvero è causare problemi familiari a te ed Eli."

Jade si morse il labbro. "Ma non voglio che tu faccia qualcosa che non vuoi fare."

Sorrisi. "Devo ammettere che non mi dispiace allontanare le donne da tuo fratello perché sospetto che stiano solo cercando un ragazzo ricco. Ma preferirei non dover tornare tra quella folla a San Diego. Sono felice qui."

"Allora non farlo" incoraggiò. "Troveremo qualcos'altro. Nemmeno io appartengo a quel mondo. Lo faccio solo per raccogliere fondi. Ed Eli è così a suo agio che lo rende facile da sopportare."

"È così dannatamente frivolo» mi lamentai. "È tutto un grande gioco per vedere chi può superare chi. Ma posso farcela, immagino. Ho avuto molte occasioni per imparare la parte."

Jade mi lanciò un'occhiata dubbiosa. "Sei sicura?"

Annuii con fermezza. Avevo preso una decisione durante la mia conversazione con Jade. "Positiva. E non sarà così male visto che tu ed Eli sarete lì questo fine settimana."

"Dobbiamo andare a comprare vestiti?" chiese scherzosamente.

"Seriamente, dovremmo" risposi. "Ho praticamente scambiato i miei abiti formali con tute e jeans."

"Seth si presenta bene" rispose con un sorriso. "Tutti i miei fratelli stanno bene in smoking."

"Sta abbastanza bene anche con un completo su misura" sbottai senza censurare le mie parole.

"Lo sapevo" disse Jade eccitata. "Sei attratta da lui."

Alzai un sopracciglio. "Come una mantide religiosa è attratta da un compagno" brontolai. "Ma non dimenticare che la femmina strappa la testa al maschio una volta essersi accoppiati."

Scoppiò a ridere. "Non è così male" disse una volta essersi ripresa. "Se conoscessi il vero Seth, potrebbe piacerti davvero. Come tutti i miei fratelli, a volte è un rompicoglioni, ma tutti hanno delle qualità."

"Dovrò crederti sulla parola" borbottai. "Ho combattuto contro di lui per mesi, e non ha vacillato fino ad ora."

"Oh, non ho mai detto che non sia *testardo*" rispose con umorismo nel tono.

"E questa è una buona qualità?"

"In realtà, penso che sia una qualità che *condividete* entrambi. Sei dall'altra parte della diatriba."

"Sono un'avvocatessa" le ricordai. "Vengo pagata per essere polemica."

Jade sorrise mentre si alzava. "Grazie, Riley. Ma per favore sappi che se questo dovesse trasformarsi in una sofferenza per te, non se ne farà niente. So quanto non ti piace stare in vetrina. Possiamo risolverlo in un modo diverso."

"Sto bene" le dissi con un tono falsamente allegro. "Ho solo bisogno di stabilire alcune regole di base e tutto andrà bene. Tra pochi mesi quella proprietà sarà al sicuro nelle nostre mani e potrà diventare un terreno fertile protetto per le sterne rimaste."

Ci salutammo, e tornai nel mio ufficio.

Questa volta, non ebbi alcun problema a scrivere di nuovo a Seth.

Se dovevamo fare questa pagliacciata, l'avrei fatta alle *mie condizioni*, con pochissimo spazio di negoziazione.

CAPITOLO 6

Seth

Gentile Signor Sinclair,

Dopo un'attenta valutazione, ho deciso di accettare la sua offerta, ma dovrà accettarla alle seguenti condizioni:

REGOLE DI BASE

Regola n. 1: Mi vestirò in modo appropriato, ma in nessun caso sarà lei a decidere cosa indosso per ogni evento.

Regola n. 2: Non le è permesso chiedermi di ballare con nessun uomo all'evento, anche se ciò andrebbe a beneficio dei suoi affari.

Regola n. 3: Tratterrà le sue critiche su tutto ciò che non le piace del mio comportamento, a meno che e fino a quando non ci siano altre parti presenti. Discutiamo le cose da soli.

Regola n. 4: NIENTE SESSO. AFFATTO. MAI.

Regola n. 5: NON METTERÀ LA SUA MANO SUL MIO SEDERE IN NESSUNA CIRCOSTANZA.

Regola n. 6: Deve essere sempre rispettoso.

Se accetta queste condizioni, può inviarmi un elenco di eventi a cui parteciperà, e io redigerò il contratto.
Riley

"È fottutamente seria?" borbottai ad alta voce mentre sedevo da solo nel mio ufficio martedì.

Okay, forse *avevo* un piccolo problema con le regole quattro e cinque. Sarei stato tentato di accarezzare quel culo ben fatto, e volevo assolutamente fare sesso con lei.

Ma tutto il resto delle regole erano stronzate complete.

Se avessi avuto Riley al mio fianco, non le avrei *mai* mancato di rispetto. E mi infastidiva da morire il fatto che avesse dovuto metterlo nelle sue regole di base.

Mai, in tutta la mia vita, avevo mancato di rispetto a *una* donna. Cavolo, avevo delle *sorelle*. Non avrei mai voluto che un maschio avesse trattato una delle due con nient'altro che la massima cortesia.

Fissai le altre richieste, chiedendomi chi diavolo avrebbe voluto che lei ballasse con un altro ragazzo. *Di sicuro* non io.

Non era nella mia natura essere un maniaco del controllo, quindi neanche le altre cose avevano senso. Come se avessi mai avuto problemi con ciò che indossava? Riley sarebbe potuta venire da me nuda se avesse voluto.

Aspetta! Cancellalo!

Non volevo che qualcun altro la vedesse nuda. Il solo pensiero mi faceva venire il mal di pancia. Ma pensava davvero che mi importasse se indossava quello che diavolo *voleva* indossare?

Che cazzo voleva dire che non potevo *criticarla*? Quale stronzo lo avrebbe fatto se avesse avuto una donna come Riley al suo fianco?

La verità era che mi sarei sentito dannatamente fortunato a stare con lei, anche se fosse stata *solo* una recita.

"Figlio di puttana!" dissi con voce roca, mentre prendevo il cellulare e digitavo il suo numero.

Fortunatamente, ci eravamo scambiati le informazioni di contatto prima che lei lasciasse il Coffee Shack in modo da poter avere una discussione dopo che aveva avuto il tempo di pensare alla mia offerta.

Onestamente, probabilmente avrei ceduto e *non* avrei costruito il resort a causa di Jade. Ad un certo punto, sapevo che avrei rinunciato perché avrebbe fatto male alla mia sorellina se avessi costruito un grattacielo e avessi spaventato i suoi amati volatili.

Per quanto non volessi ammetterlo, non riuscivo a sopportare la faccia triste della mia sorellina.

L'idea di convincere Riley a venire con me a vari incontri sociali era semplicemente un modo per assicurarmi di continuare a vedere la testarda e splendida rossa che non riuscivo a togliermi dalla mente.

Sì, sarebbe stato bello avere un appuntamento per ogni evento a cui volevo partecipare. Sarebbe stato più facile affrontarli. Ma non mi sarei illuso pensando che fosse l'*unico* motivo per cui volevo fare un patto con lei.

La verità era che non volevo solo un *appuntamento*. Volevo *lei*. E se avessi rinunciato alla proprietà, non avremmo mai più avuto motivo di incontrarci di nuovo. Per me, sarebbe stato completamente... inaccettabile.

"Ufficio Legale Riley Montgomery" cinguettò quando prese il telefono.

"Di che cazzo parlava quell'e-mail, Riley?" brontolai, senza nemmeno un saluto generale.

"Seth?" disse, il suo tono cauto.

Mi odiavo perché amavo il suono del mio nome che veniva dalle sue labbra. "Con quanti altri ragazzi stabilisci le regole di base? Cosa diavolo volevi dire scrivendo quell'e-mail di merda?"

"Non so cosa intendi" disse con la sua voce da avvocatessa. "Volevo stabilire alcune condizioni generali. Se non sei d'accordo, non ha senso pensare a ulteriori trattative."

"Smettila con me, Riley" ringhiai. "Qualcuno ti ha davvero fatto questa merda in passato?"

"Io-io non capisco" balbettò con un tono insolitamente vulnerabile.

Fanculo! La sua esitazione mi fece male al petto. Qualcuno l'*aveva* trattata di merda. "Permettimi di spiegarti perfettamente, allora. Le regole uno, due, tre e sei dovrebbero essere completamente inutili, e dubito che le avresti incluse se non avessi avuto paura che potesse accadere. Ti concedo che la quattro e la cinque potrebbero aver bisogno di essere *menzionate*, perché non sarà facile tenere le mani lontane dal tuo bel culo quando nessuno sta guardando. E penso che tu sappia già che mi piacerebbe portarti nel mio letto, ma non senza che lo voglia anche tu. Non è un argomento da trattare in un fottuto contratto."

Ci fu silenzio totale dalla sua parte del telefono fino a quando alla fine non mormorò: "T-ti vanno bene le condizioni?"

Dannazione! Eccola di nuovo. Quell'esitazione. Quell'incertezza. Cercai di reprimere un po' la mia indignazione. "Quello che sto dicendo è che non ti mancherei *mai* di rispetto in nessuna circostanza. Non me ne frega niente di quello che indossi o di quello che dici, e sarebbe una giornata fredda all'inferno prima che ti chiedessi di avvicinarti a qualche pervertito solo perché aiuterebbe la mia azienda. Santo cielo, Riley. Quale ragazzo farebbe quella merda?"

"Alcuni lo farebbero" rispose.

Fui sollevato nel sentirla tornare al suo normale tono polemico.

"Alcuni? Come il tuo ex fidanzato?"

"Non era esattamente pieno di tatto" replicò seccamente.

"Dev'essere stato un coglione" osservai.

"Ecco perché non siamo più fidanzati" rispose lei cupamente.

Be', almeno aveva scaricato quel bastardo. Ma questo fatto non impedì al mio pugno di stringersi sulla scrivania.

Avevo due sorelline a cui io e i miei fratelli avevamo insegnato ad essere se stesse, ad essere uniche. Nessuno di noi avrebbe mai voluto modellarle in quello che volevamo che fossero.

Certo, avevamo esaminato ogni *interesse amoroso* che avessero mai avuto, ma solo perché volevamo assicurarci che qualsiasi ragazzo con cui uscissero fosse sicuro e abbastanza buono per Brooke e Jade.

Protettivi? *Sì.*

Maniaci del controllo? *Accidenti, no.*

"Se ti fa sentire meglio scrivere quelle condizioni sul contratto, fallo." Non avrei mai avuto bisogno di un contratto per trattare Riley con rispetto, ma conoscendo la sua storia, non ero così offeso come quando l'avevo chiamata. "Ma potresti tralasciare la numero quattro e cinque."

"Non. Succederà" rispose rigidamente. "Non mi piacciono gli uomini che mi palpano il culo in pubblico."

"E in privato?" chiesi speranzoso.

"Nemmeno. Seth, niente di tutto questo è *reale*. Dovrebbe essere solo uno stratagemma per aiutarti."

Aveva ragione. Ma ammettere questo non mi rendeva esattamente felice. "Bene. Redigi il contratto" dissi con tono professionale.

Notai che non aveva menzionato la *numero cinque*, e un ragazzo poteva sperare.

Se entrambe le parti erano d'accordo, le condizioni del contratto *potevano* essere modificate.

In caso contrario, dovevo solo accontentarmi di passare più tempo con lei. Riley valeva molto di più di una semplice scopata.

Non avrei negato che speravo di poterla persuadere a cambiare idea sulla numero cinque. Prima o poi.

Era passato così tanto tempo dall'ultima volta che avevo desiderato così fortemente una donna. Cavolo, forse il mio cazzo non era *mai* stato così duro per *nessuna* donna come lo era stato per Riley.

"Qualcos'altro? Da parte tua, voglio dire?" Sembrava che stesse prendendo appunti perché si sentiva il ticchettio di una tastiera in sottofondo.

"I segni di affetto sono d'obbligo" dissi pensieroso. "Se dobbiamo uscire insieme, devono essere previsti."

Forse non potevo scoparla o palpeggiarle il culo, ma mi rifiutavo di non poterla toccare in alcun modo. Era chiedere troppo quando avremmo trascorso tanto tempo a fingere di frequentarci.

Ci fu silenzio dal capo del suo telefono, finché alla fine non chiese: "Che tipo di affetto?"

Cavolo, sembrava nervosa, il che non era affatto un buon segno. "Roba semplice" dissi vagamente. "Ma niente tastatine sul culo."

"Va bene" sbottò. "Ti toccherò. E tu potrai toccare me. Casualmente."

Il mio fallo si contrasse, poiché mi piaceva la possibilità di toccare questa particolare femmina in quasi tutti i modi possibili. "Ti vengo a prendere sabato sera. Sei e mezzo?"

La raccolta fondi iniziava alle sette e mezzo, ma ci sarebbe voluto un po' per arrivare a San Diego.

"Posso guidare da sola" disse esitante.

"No. Condizioni rigide. Verrai sempre con me. La mia ragazza non guiderebbe da sola. Staremo insieme."

"Okay" mormorò, continuando a battere sulla tastiera.

Oh, diavolo, sembrava incerta, e quella era una parte di Riley che *decisamente* non conoscevo. E non mi piaceva.

In generale, la donna era sicura di sé fino all'irritabilità. E cominciava a piacermi la sua testardaggine. La maggior parte delle volte.

"Qualcos'altro?" chiese bruscamente.

"Rilassati" le dissi con voce rassicurante. "Non ho intenzione di metterti in imbarazzo. Forse ero un operaio, ma so essere cordiale e appropriato in pubblico. A meno che qualcuno non mi faccia davvero incazzare."

Emise una risata sbalordita. "Non sono preoccupata per te. Sono più nervosa per me."

Va bene. Non era solita mischiarsi alla folla. Apparentemente, il pensiero la rendeva nervosa. "Sii chiunque tu voglia essere, Riley. Non preoccuparti di non adattarti. Non hai niente da dimostrare a nessuno." Esitai prima di chiedere: "Hai bisogno di qualcosa per questi eventi? Pagherò il conto per qualsiasi cosa ti serva.»

"Tipo cosa?" Sembrava confusa.

"Vestiti, scarpe, qualsiasi cosa. Armi di autodifesa per non farti toccare il culo? Non voglio che tu paghi il conto per cose che userai solo per venire con me."

Non conoscevo davvero la sua situazione finanziaria, ma non pensavo che gli avvocati ambientalisti guadagnassero un sacco di soldi. Sapevo per certo che stava facendo il lavoro su questo affare immobiliare a titolo gratuito.

"Ci penso io" disse frettolosamente. "Non userò le armi per legittima difesa. Difficilmente sparerò a qualcuno per avermi pizzicato il culo."

"Io potrei" borbottai sottovoce.

"Che cosa significa questo?"

"Niente" dissi a voce più alta.

"Posso chiederti una cosa?" Il suono dei colpi sulla sua tastiera cessò improvvisamente.

"Qualunque cosa. Dimmi."

"Sei davvero pronto a socializzare con quella folla? Non sono esattamente i tuoi frequentatori medi delle feste."

Era preoccupata se sarei stato accettato o meno perché ero un nuovo ricco? O un operaio edile precedentemente al verde? "Non ci vado per essere inserito nel loro circolo, Riley. Non me ne frega niente se a qualcuno di loro *piaccio*. Sono affari. Sono già andato a un paio di eventi con Eli, ed è per questo che so di aver bisogno che tu venga con me. So già che la maggioranza delle élite sono snob. Vanno agli eventi per vedere ed essere visti, non per la carità in sé. Persino Eli non si associa con la maggior parte di loro al di fuori di un incontro sociale, e lui è cresciuto con quella folla. Possiamo trattarlo come un gioco, qualcosa che non prendiamo sul serio."

Emise un sospiro di quello che sembrava sollievo. "Posso farlo."

"Vuoi venire a cena domani sera? Così possiamo rivedere il contratto?"

"Non c'è bisogno" disse bruscamente. "Posso inviartelo in ufficio."

Sorrisi. *Quella* era la Riley che conoscevo.

Testarda.

Indipendente.

E totalmente evasiva.

"Va bene, mandamelo" concordai, sperando che si fosse dimenticata del punto cinque nel momento di scrivere il contratto ufficiale.

CAPITOLO 7

Riley

Quando arrivò sabato sera, mi misi davanti al mio specchio, sapendo che a mia madre *non* sarebbe piaciuta la mia scelta di abbigliamento. Non le era mai piaciuta.

Il mio nuovo abito da sera era di un profondo verde bosco, una tonalità che si abbinava sempre ai miei capelli rosso fuoco. Era sobrio. Ma l'orlo finiva sopra le ginocchia. Tuttavia, avevo optato per le maniche a tre quarti perché stava cominciando a fare più fresco.

La scollatura è troppo bassa?

Scossi la testa. Razionalmente, ero consapevole che lo stile non era *scandaloso*. Sì, la V sul davanti flirtava con il mio seno, ma non mostrava assolutamente nulla.

Guardai i tacchi argentati con il cinturino che indossavo, sapendo che mia madre avrebbe dettato il nero per l'abbigliamento formale. Ma amavo le scarpe luccicanti, e avevo una completa adorazione per... il colore. Un sacco di colore. Mi ero stancata di indossare il nero di base quando ero appena uscita dalla mia adolescenza.

Purtroppo né mia madre né Nolan avevano mai incoraggiato le mie scelte di stile.

Quel colore è spaventosamente inappropriato.

I tuoi tacchi dovrebbero essere neri.

I tuoi capelli sono in disordine.

Ecc. ecc. ecc.

Sorrisi al mio riflesso.

Fortunatamente, non avevo più bisogno dell'approvazione di nessuno dei due.

Mi ero tirata su i capelli con un grande, bellissimo fermaglio per capelli d'argento, ma le ciocche ricce mi incorniciavano ancora il viso.

Forse il mio trucco aveva richiesto una mano un po' più pesante del solito, ma era tutt'altro che spalmato su tutto il viso.

Sospirai, presi una borsetta d'argento e tirai fuori dall'armadio il mio cappotto di cachemire nero.

Nonostante il discorsetto di incoraggiamento, mi sentivo *ancora* nervosa.

Mi ero ripromessa di non tornare mai più indietro, ma eccomi qui, pronta a partecipare *di nuovo* alla mia prima di tante raccolte fondi ed eventi sociali con la folla di mia madre.

Pensa alla proprietà. È un mezzo per un fine. E Seth sarà lì con me.

Mi accigliai mentre uscivo in cucina. Perché era importante che Seth Sinclair fosse al mio fianco?

Stranamente, *importava*. Da quando mi aveva fatto sapere che non gliene fregava niente di quello che gli altri pensavano di lui, mi sentivo molto più rilassata.

Era il mio accompagnatore, e se a lui non fregava niente, non doveva fregare nemmeno a me.

C'era uno scopo dietro tutta questa facciata, una partita da giocare.

E se avessi potuto continuare a pensare in *quel modo*, tutto sarebbe andato bene.

Onestamente, *potevo* essere una risorsa per Seth.

Sapevo chi aveva le tasche più profonde tra l'élite e chi si *comportava* semplicemente come loro.

Non sarebbe stato male essere in grado di indicare alcuni dei partecipanti più idonei per poter essere buoni investitori per lui. O quelli più onesti nei loro affari immobiliari.

Tirai fuori una tazza, alla disperata ricerca di tè dato che ne ero completamente dipendente. Non ne bevevo una da stamattina.

Mi chiedo se Seth pensi davvero che io sia un avvocato in difficoltà?

Dato che si era offerto di pagare i miei vestiti, ovviamente pensava che potessi essere a corto di denaro per qualche motivo.

Il suo suggerimento era stato piuttosto *dolce*, qualcosa che non mi aspettavo esattamente da Seth Sinclair. Ma completamente inutile.

La mia mente tornò ai suoi commenti all'inizio della settimana sulle mie regole di base. Ero rimasta sorpresa dal fatto che fosse sembrato irato per alcune condizioni. Come se l'avessi *insultato*.

Forse l'avevo fatto.

La maggior parte delle persone diventate ricche voleva inserirsi ed era eccessivamente ossessionata dall'essere proprio come gli altri nella cerchia di ultra-ricchi.

Non che *gliel*'avrei mai detto, ma ero stata estasiata quando aveva detto che non gliene fregava niente di quello che indossavo, di come mi comportavo e che non avrebbe mai voluto che ci provassi con un ragazzo sulla pista da ballo per promuovere la sua attività.

Sarebbe una giornata fredda all'inferno prima che ti chiedessi di avvicinarti a qualche pervertito solo perché aiuterebbe la mia azienda.

Buffo, ma potevo ancora sentire il suo ringhio arrabbiato nella mia testa.

Ridacchiai, mentre mettevo la mia tazza sotto la caffettiera per erogare acqua calda.

Un'affermazione come la sua non l'avevo certamente mai sentita dal mio ex. E le parole di Seth mi avevano in qualche modo fatta sentire... libera.

Il campanello suonò, interrompendo i miei pensieri.

Diedi un'occhiata all'orologio della cucina, rendendomi conto che era più tardi di quanto pensassi.

Guardai con desiderio la mia tazza che aspettava solo che io erogassi l'acqua calda per il tè.

Non c'è tempo. Ma dopo...

Corsi alla porta, i miei talloni che tintinnavano sul pavimento di legno prima di aprire la porta.

Tutta l'aria fu risucchiata dai miei polmoni quando vidi Seth Sinclair sulla soglia di casa.

Dire che *si era sistemato bene* era un eufemismo.

Era da cardiopalma in smoking. E sembrava perfettamente a suo agio nel suo abbigliamento formale.

Il mio cuore batteva forte mentre lo guardavo semplicemente a bocca aperta come un'idiota.

Mi superò, entrando.

Mi spostai e chiusi la porta, assaporando il profumo muschiato del maschio e probabilmente un dopobarba molto sottile che aleggiava nell'aria intorno a noi.

Smettila di sbavare, per l'amor di Dio. Questo non è reale. Non è un appuntamento. *Affatto. Mai.*

"Ciao" dissi in ritardo, mentre mi voltavo per guardarlo.

"Ciao, splendida" disse con voce roca. "Sei stupenda, Riley."

Un brivido di piacere mi scivolò lungo la schiena. "Anche tu" dissi onestamente.

"Ho portato dei regali" informò con un sorriso, mentre sollevava un grande bicchiere di carta. "Un chai extra large da portare via."

Si è ricordato.

Non avevo idea del motivo per cui ero commossa dal fatto che ricordasse esattamente quello che mi piaceva del Coffee Shack.

"Sei un salvavita" lodai con gratitudine, mentre glielo prendevo dalla mano. "Non bevo tè da stamattina.»

"Allora sei decisamente in astinenza" scherzò.

"Lo sono, in realtà. Sono una tossicodipendente" confessai.

"Pronta?" chiese mentre continuava a fissarmi.

Annuii con fermezza. "Lasciami prendere il cappotto e la borsa."

Corsi in cucina per prendere gli oggetti dal tavolo, e poi tornai di corsa alla porta.

Prima che potessi raggiungere la maniglia, Seth si avvicinò e mise le mani sul legno, intrappolandomi tra le sue braccia senza toccarmi davvero.

"Ti ho detto quanto sarò dannatamente orgoglioso di avere una donna come te come mia accompagnatrice, Riley, anche se è uno stratagemma?" chiese con voce roca.

Il mio respiro si bloccò, mentre alzavo la testa per guardarlo. La sua espressione era insondabile, e quasi... dura. La sua mascella squadrata sembrava tesa, e i suoi occhi letalmente seri.

Per qualche strana ragione, il complimento significava così tanto. "Io-io sono davvero felice di poter scacciare tutte le donne via da te" sbottai, sentendomi ipnotizzata dall'intensità che scorreva tra di noi.

Il calore filtrava tra le mie cosce e i miei capezzoli erano duri come diamanti mentre il mio corpo rispondeva alla cruda mascolinità di Seth e al desiderio nudo che potevo vedere nei suoi occhi tempestosi.

Quando la sua bocca scese per rubare la mia, emisi un sussulto di sollievo contro le sue labbra.

Il mio cuore sussultò fuori controllo, mentre l'abbraccio di Seth mi consumava completamente.

Avrei voluto gettargli le braccia al collo e invitarlo a fare molto di più, ma stavo ancora stringendo la giacca, la borsa e il tè.

Solo le nostre labbra si incontravano, ed era quasi erotico perché era l'unico punto in cui i nostri corpi si toccavano davvero. Tutti i desideri erano confinati in un solo posto.

Il suo profumo allettante mi avvolse in una coltre di desiderio a cui non volevo sfuggire.

Il bacio si interruppe molto prima che io volessi che finisse.

"Non avremmo dovuto farlo" sussurrai mentre alzava la testa.

Perché ora provavo troppe emozioni.

Avevo troppo bisogno.

E tutto il mio dannato corpo soffriva per lui.

Mi posò delicatamente una mano sul viso e mi tracciò le labbra con il pollice. "Rilassati, Riley. Era solo un bacio. Penso che dovevamo farla finita e lo abbiamo fatto. Espressioni di affetto, ricordi? Ti senti più a tuo agio adesso?"

Oh, Dio, no!

Non mi sentivo minimamente a mio agio.

Il mio corpo reclamava soddisfazione. Al punto in cui volevo arrampicarmi sul suo corpo bollente e pregarlo di scoparmi fino a quando non fossi più riuscita a camminare dritta.

"È per questo che mi hai baciata?" chiesi con una voce ansimante che non assomigliava per niente alla mia.

Scosse la testa, mentre faceva un passo indietro. "No. Ma sembrava una buona scusa."

"È stato un errore, Seth. Uno che *non* possiamo ripetere" dissi gelida.

La mia mente stava diventando più lucida. Il mio cervello si era momentaneamente confuso per quel bacio, ma sapevo che lasciarmi coinvolgere da Seth Sinclair sarebbe stato un errore monumentale. Uno che non ero disposta a commettere.

"Non è stato un *errore*, Riley. Siamo attratti l'uno dall'altra. Prima o poi, agiremo entrambi su quella chimica."

Impossibile. Baciarlo è stato un errore. Dormire con lui sarebbe un disastro monumentale.

"Faremmo meglio ad andare" suggerii, desiderosa di scrollarmi di dosso l'abbraccio che avevamo condiviso.

Il mio battito cardiaco era rallentato, ma il cuore saltava ancora un battito occasionale mentre mi allontanavo da Seth per riprendermi dalle intense emozioni che mi suscitava.

"Succederà, Riley" avvertì.

"Non succederà" risposi con fermezza. "Numero cinque del contratto, ricordi?"

"E credo di averti detto che la mia vita sessuale non dipenderà mai da un dannato contratto." Sembrava irritabile.

"L'hai firmato."

"L'ho fatto sapendo che le condizioni sono facilmente modificabili."

"Mi rifiuto di negoziare" dissi con enfasi.

"Vedremo" rispose vagamente.

Mentre chiudevo la porta dopo che eravamo usciti, sapevo che avrei dovuto stare più attenta. Essere sedotta da un ragazzo come Seth non faceva parte dei miei piani futuri.

Affatto. Mai.

CAPITOLO 8

Seth

Avevo visto di sfuggita la vera e appassionata Riley Montgomery prima di sera, ma non aveva rivelato nemmeno un lampo di quella stessa vulnerabilità nelle ore dopo aver condiviso con me quel bacio strabiliante.

Tutto era incentrato sull'attività a portata di mano per lei.

Ottenere la sua proprietà stando al gioco.

E mi infastidiva a morte.

Volevo *conoscerla*, scoprire perché era così categoricamente contraria a perseguire qualsiasi cosa tranne un accordo commerciale.

Ma Riley restava un mistero per me, anche se avevamo passato la maggior parte della serata insieme.

"Potresti avvicinarti al Signor Rutledge" sussurrò vicino al mio orecchio, e poi fece un cenno con la testa a un uomo più anziano seduto da solo a un tavolino coperto da una tovaglia bianca. "Schifosamente ricco e noto per essere un uomo d'affari onesto e diretto."

Girai la testa per guardarla, e *fu* un dannato errore.

Il mio uccello non si era sgonfiato un minuto per tutta la notte, e ogni volta che la guardavo, era di nuovo sull'attenti.

Ballare con lei era stata una tortura, ma ero stato più che felice di sopportarlo solo per avere il suo corpo lussureggiante a portata di mano.

Come previsto, c'erano più che diversi snob a questo raduno, ma dal momento che era tenuto da Eli e Jade, molti di loro sembravano comportarsi al meglio. Era come se ogni persona qui si rendesse conto che se avesse fatto un passo falso, non sarebbe mai stata invitata a un altro evento di Eli Stone. E avevano ragione. Mio cognato non tollerava gli sciocchi maliziosi.

Riley e io avevamo mangiato, ballato e poi l'avevo vista in azione nella sala senza alcuna esitazione.

"Hai fatto i compiti" le dissi.

Mi ero già avvicinato a diverse persone su cui lei aveva ovviamente fatto ricerche, e aveva avuto ragione su ognuna di loro. Avevo raccolto diversi nuovi potenziali investitori e avevo appreso di diverse possibili proprietà in vendita. Ora, non vedevo l'ora di uscire dall'atmosfera troppo indulgente.

Potevo giocare solo fino a un certo punto.

La folla non era eccessivamente rumorosa. L'orchestra stava suonando, ma era abbastanza tranquilla. Semplicemente rumore di fondo, fino a quando non eri effettivamente sulla pista da ballo. Le persone sembravano raggrupparsi per chiacchierare o spettegolare. Non ero sicuro di quale dei due visto che Riley e io avevamo passato molto tempo girovagando, e non ci eravamo soffermati molto in alcun gruppo in particolare per quasi tutto il tempo.

Riley era stata così brava a esplorare la folla che non avevo avuto bisogno dell'aiuto di Eli quando me l'aveva offerto poco tempo addietro.

Mi guardai intorno nella sala, e dovevo ammettere che mi sembrava ancora surreale il fatto di trovarmi *in mezzo* a queste persone. Non che avessi mai aspirato a passare una serata con un gruppo di snob, ma il fatto che fossi abbastanza ricco da essere *qui* era piuttosto incredibile.

Essere alla raccolta fondi mi ricordava che a volte mi *sentivo* ancora un truffatore.

Passare da incredibilmente povero a super ricco era ancora qualcosa di quasi irreale per me, ma sapevo che finché non avessi mai dimenticato da dove venivo, potevo vedere tutto questo come solo un gioco.

Preferivo ancora bere una birra allo champagne.

Consideravo ancora una buona giornata di pesca il modo migliore per trascorrere una giornata.

Mi piaceva ancora uscire ed essere attivo, anche se il più delle volte, ciò si otteneva indulgendo in una lunga corsa che avrebbe portato a una sudata decente.

Certo, mi stavo abituando ad essere brutale nel mondo degli affari, ma tutto sommato, i soldi non avevano cambiato molto me e i miei fratelli. Rendevano solo la merda più facile da realizzare.

"Vuoi un altro drink?" chiesi a Riley.

Scosse la testa mentre mi sorrideva. "No, grazie. Due è il mio limite. Anche se desidererei tanto una tazza di tè decente."

Il suo sorriso mi colpì come un calcio allo stomaco. Sembrava così elegante e così dannatamente bella che non riuscivo a pensare lucidamente.

Non c'era un'altra donna all'evento che potesse essere *paragonata* a lei. E ogni volta che un altro bastardo *guardava dalla sua parte*, volevo picchiarlo a sangue.

Il mio istinto protettivo era probabilmente il motivo per cui i tre uomini che in quel momento stavano indicando nella direzione di Riley e controllandola mi fecero rimanere di sasso.

Immediatamente, dimenticai tutte le ragioni per cui ero a questa riunione. La mia completa attenzione era concentrata su una potenziale minaccia.

"Hai intenzione di parlare con il Signor Rutledge?" chiese Riley incuriosita.

"Non ancora" risposi, i miei occhi incollati ai tre ragazzi che ora stavano venendo verso di noi.

Capelli scuri. Capelli biondi. E l'altro ragazzo è in qualche modo nel mezzo.

Quella fu l'*unica* osservazione per cui ebbi tempo prima che l'uomo con i capelli scuri avvolgesse le braccia intorno a Riley da dietro.

"Ehi, bellissima" disse l'uomo mentre avvolgeva le sue braccia muscolose attorno alle spalle di Riley. "Che ne dici di un ballo?"

Fanculo! Vidi rosso in un istante. "Che ne dici di staccarle le tue maledette mani di dosso prima che le rompa entrambe" ringhiai, muovendomi in avanti per staccare la sua presa su Riley. Mi mossi tra lui e la donna che consideravo mia, almeno per stanotte.

"Lei non ti appartiene, amico" disse il ragazzo casualmente, ma i suoi occhi erano micidiali e oscuri.

"Mi appartiene" ringhiai. "Se vuoi che te lo dimostri, possiamo parlarne fuori."

Mi sarei assicurato dannatamente bene che non fosse stato in grado di ritrovare la strada per tornare all'interno dell'edificio.

Nel corso degli anni avevo avuto la mia parte di risse, e non mi dispiaceva sporcarmi le mani. Lo stronzo aveva *toccato* Riley senza il suo permesso, il che significava che volevo la sua testa.

Proprio. Ora.

Allungai la mano per afferrare la giacca del ragazzo e trascinarlo fuori, ma Riley si insinuò improvvisamente tra noi due. "No, Seth. Non farlo."

La guardai male perché si era messa in pericolo, ma lei mi guardò con uno sguardo implorante che non potevo ignorare.

"Ti stava sbavando addosso, Riley" la informai irritato. "Dammi una dannata buona ragione per cui *non* dovrei staccargli la testa."

"Perché è mio fratello" disse con fermezza mentre salutava i due ragazzi accanto all'uomo dai capelli scuri che avrei voluto buttare a terra pochi secondi prima. "*Tutti e tre* sono miei fratelli."

Ci volle un momento perché le sue parole assorbissero la mia rabbia.

Figlio di puttana!

Riley *aveva* dei fratelli. L'aveva menzionato. Ma non mi aspettavo che fossero qui.

Fece subito le presentazioni. "Seth, questi sono Hudson, Jaxton e Cooper. I miei fratelli maggiori."

Hudson, lo stronzo che avevo quasi preso a pugni, mi fece un sorriso da idiota e poi mi tese la mano. "Hudson Montgomery" disse burbero. "Sono contento che tu sia così diligente nel proteggere la mia sorellina."

Scossi la testa con riluttanza perché ero ancora un po' irrazionale. "Seth Sinclair."

Una volta aver stretto la mano a Cooper, il *biondo*, e Jaxton, quello *in qualche modo nel mezzo*, ero un po' più calmo.

Vidi Riley abbracciare con entusiasmo ognuno di loro mentre diceva: "Non sapevo che sareste stati qui."

Hudson scrollò le spalle. "Ci piacciono Eli e Jade."

Mentre i fratelli continuavano a chiacchierare, mi stavo scervellando.

Hudson Montgomery.

Jaxton Montgomery.

Cooper Montgomery.

Montgomery Mining Company.

La lampadina finalmente si spense.

Erano *quei* fratelli Montgomery.

Mi accigliai mentre guardavo *Riley Montgomery*.

La Montgomery Mining era la più grande operazione del suo genere in tutto il dannato mondo. Lo era da decenni.

Ovviamente Riley faceva parte di quella dinastia, insieme ai suoi tre fratelli.

Perché cazzo sto scoprendo questo proprio adesso?

"Montgomery Mining?" chiesi ad alta voce. "Voi tre siete a capo dell'azienda, giusto?"

Hudson annuì. "Sì. E presumo che tu sia uno dei Sinclair perduti."

Merda! Odiavo davvero quando le persone si riferivano alla nostra famiglia in quel modo.

"Non siamo mai stati esattamente *perduti*" dissi con voce grave. "*Ho* sempre saputo la mia posizione esatta."

"Non intendevo offendere" disse Cooper. "Tutti noi ammiriamo la tua famiglia. Jade è una donna incredibile. Ci ha raccontato di come vi siete uccisi tutti per darle un'istruzione. Ed Eli è un amico."

Jaxton aggiunse: "Essere un Sinclair perduto non è un'offesa, Seth. In realtà è un complimento considerando quanto avete lavorato duramente per aiutarvi a vicenda. Nessuno di voi aveva bisogno di soldi per avere successo. Ma se si doveva trovare una famiglia per ereditare una fortuna, ve lo meritavate tutti."

"Non so quante persone *in questa sala* potrebbero avere successo senza soldi" rifletté Hudson.

Forse avevo reagito in modo eccessivo. *Ero* un po' permaloso per il fatto che mio padre fosse un bigamo, il che rendeva me e i miei fratelli *Sinclair bastardi.*

Mi rilassai, e mi ritrovai a godermi le battute con i fratelli mentre facevamo una conversazione informale.

Non c'era una sola cosa in nessuno dei fratelli Montgomery che fosse pretenziosa, anche se erano incredibilmente ricchi. Sì, *indossavano* l'abbigliamento formale richiesto, ma sembravano ancora più a disagio di me con la compagnia intorno a noi.

Sono l'unico che nota quanto dannatamente vogliano uscire da questa atmosfera?

Potevo sentire che erano una specie di spiriti affini, quindi attribuii la mia consapevolezza a una mentalità simile.

Non vedevo l'ora di concludere la serata, e loro ovviamente volevano la stessa cosa.

"Allora, qual è il tuo rapporto con nostra sorella?" chiese Hudson senza mezzi termini.

"Siamo amici" rispose rapidamente Riley.

Amici un cavolo. Ma le permisi di cavarsela con quello. Per adesso.

Hudson inarcò un sopracciglio. "Non sembrava la reazione di un *amico* pochi minuti fa. Seth ed io eravamo a pochi istanti dallo scambio di colpi. E non possiede la proprietà che stavi cercando di acquisire per gli uccelli in via di estinzione? Pensavo che vi steste dando battaglia, non socializzando in giro."

"Seth sta cedendo la proprietà" disse Riley sorridendo a suo fratello. "Diventerà un rifugio per la fauna selvatica."

"Davvero?" Hudson mi guardò.

Alzai le spalle. "Non sono del tutto sicuro che la farei franca costruendo su quel sito dal momento che Jade è la mia sorellina." Di sicuro non avrei detto a Hudson dell'accordo che avevo con sua sorella minore per l'acquisizione di quella terra.

Jaxton rise. "Probabilmente no. Non è ragionevole che tu abbia perso quell'opportunità. Citrus Beach sta crescendo."

"Ci saranno altre opportunità." In quel momento, sapevo che stavo mostrando la mia debolezza per la famiglia, ma non me ne fregava niente. C'erano dei limiti a quello che avrei fatto. E rendere triste mia sorella era proprio uno di questi.

Forse *avevo* manipolato il mio modo di fare per entrare nella vita di Riley mollando l'importante lotto edificabile, ma non ero uno stronzo completo. La rinuncia a quella proprietà era inevitabile. Non ero disposto a farlo tanto facilmente. Non dopo aver avuto la possibilità di usarlo per passare del tempo con una bellicosa e bellissima avvocatessa che aveva catturato il mio interesse fin dalla prima volta che l'avevo incontrata.

"Puoi reggere il colpo" aggiunse Cooper. "Potrebbe non suonare bene, ma Eli mi ha parlato di alcune delle cose che hai in lavorazione per Sinclair Properties."

Non avrei mai perso i soldi, quindi non era un grosso problema per me. Certo, avrebbe dato una spinta maggiore alla mia attività. Tuttavia, Sinclair Properties non aveva davvero bisogno di una tale ascesa per continuare a crescere, e c'erano molti altri affari redditizi per compensare la perdita.

"Se sei interessato agli investitori, non credo che a nessuno di noi dispiacerebbe partecipare" disse Cooper con entusiasmo.

Di certo non avrei rinunciato all'opportunità di avere i fratelli Montgomery come investitori. Facemmo rapidamente piani per incontrarci e discutere la possibilità.

Ero *decisamente* interessato. Oltre al fatto che i fratelli Montgomery avevano una quantità infinita di denaro da investire in Sinclair Properties, avevano anche una conoscenza infinita che avrebbero potuto condividere con me.

Sarebbero stati doppiamente preziosi, ma comunque cercai di non mostrare loro quanto fossi ansioso di inserirli nel business.

Onestamente, se avessi avuto i fratelli Montgomery, non avrei avuto bisogno di molto più sostegno per far esplodere Sinclair Properties.

Prima che ci separassimo, esitai. Volevo chiedere loro un'altra cosa. "Ragazzi, non siete cacciatori di tesori?"

Se i miei ricordi erano corretti, i tre fratelli avevano viaggiato per il mondo alla ricerca di reperti perduti.

Ero un ragazzo, quindi ovviamente ero interessato alle loro avventure. I miei fratelli e io avevamo sempre sognato di andare a caccia di tesori nascosti, probabilmente perché eravamo così dannatamente poveri. Ero ansioso di conoscere le loro ricerche che avevano effettivamente portato al successo.

"L'industria principale per Montgomery è l'estrazione di diamanti e gemme preziose. La caccia al tesoro è più simile a... un hobby" rispose Hudson.

"È qualcosa che tutti noi amiamo fare" spiegò Cooper. "Ma le nostre ricerche minerarie devono avere la priorità. Montgomery esiste da generazioni. È la nostra eredità."

Alzai un sopracciglio, mentre fissavo i bellissimi occhi di Riley. "È anche la tua eredità?"

Scosse la testa, ma non parlò. Sospettavo che ci fosse dell'altro nella sua storia. Volevo sapere cosa fosse, ma ora non era il momento di insistere.

Mentre Riley stava salutando i suoi fratelli, Hudson mi tirò da parte. "Non bevo le stronzate sull'*amico*. Se le fai del male, ti uccido" disse in tono pericoloso.

Annuii bruscamente con la testa. "Inteso. Ho due sorelle più piccole."

Ricevetti il messaggio di Hudson forte e chiaro, ma sicuramente non mi sentivo così bene da *questa parte* come quando ero *io* il fratello maggiore protettivo. Mi ero sentito allo stesso modo con Eli quando era stato ovvio che Jade fosse pazza di lui. Noah, Aiden e io l'avevamo messo sotto torchio e minacciato più o meno come ora Hudson stava facendo con *me*.

Nota per me stesso: devo scusarmi con Eli per essere stato uno stronzo quando usciva le prime volte con la mia sorellina.

Recuperai la giacca di Riley e la trascinai verso l'uscita una volta terminata la conversazione con i suoi fratelli.

Ero determinato a scoprire esattamente perché la mia accompagnatrice non mi aveva parlato chiaro riguardo alle sue connessioni o al suo passato.

Consegnai al parcheggiatore il biglietto per la mia auto e poi mi rivolsi a Riley. "Quando mi avresti detto che conosci completamente questo mondo? Cavolo, devi esserci *cresciuta* dentro. Montgomery è un gigante, e tu sei stata cresciuta ricca, vero? Non c'è da stupirsi se conoscevi ogni persona alla festa. Pensavo fossi nervosa all'idea di entrare in un mondo con cui non ti senti completamente a tuo agio, ma in realtà sei *una di loro*, vero? Perché cazzo non me l'hai detto?"

CAPITOLO 9

Riley

Non ero sicura del motivo per cui quasi sussultai all'accusa di Seth.

Davvero, non gli dovevo una spiegazione. "Perché importa?" risposi con voce spezzata. "È davvero necessario che tu conosca il mio background per adempiere alla mia parte del nostro contratto?"

Il breve lampo di delusione nei suoi occhi quasi mi fece scusare. Quasi.

Poi mi ricordai subito che tutto questo *era* un contratto. Un accordo che avevamo fatto in modo che potessi trasformare la proprietà in un'area protetta.

In realtà, non c'era nulla di personale in questa vicenda. *Affatto.*

Il suo sguardo d'acciaio sembrava che potesse vedere attraverso di me, ma sapevo che non poteva. Grazie a Dio. C'erano troppe cose che non volevo che vedesse. Che non volevo che *nessuno* riconoscesse.

Nel profondo, ero danneggiata. Non volevo rivelarlo a nessuno che potesse usarlo contro di me.

"Queste sono un sacco di stronzate" disse. "Avresti potuto avvertirmi, Riley."

A volte trovavo affascinante che potesse trasformarsi da un operaio che faceva lavori manuali a un uomo d'affari miliardario dal cuore freddo. Non avrebbe dovuto sorprendermi dal momento che *era* davvero entrambe le cose. Era affascinante osservare in prima persona il comportamento camaleontico.

Non era ancora sicuro di quale dei due *avrebbe* dovuto essere? O era una tattica per prendere alla sprovvista le persone?

Il problema era che, potendo cambiare in un batter d'occhio, mi prendeva alla sprovvista.

Ricorda che tutto questo è un business. Non è reale.

Non avevo *bisogno* di conoscerlo, o di capire la sua intera personalità. Dovevo solo adempiere alla mia parte dell'accordo.

"Margaret!" Sentii il tono acuto della voce di mia madre mentre si avvicinava a noi.

Dannazione!

Ero riuscita a evitarla per tutta la notte perché era impegnata a socializzare ogni volta che l'avevo vista.

Ero così vicina a fuggire, ma lei mi aveva catturata.

Seth stava fissando incuriosito Carol Montgomery, che si fermò davanti a noi. "Margaret?" disse lui a bassa voce vicino al mio orecchio.

"Più tardi" replicai in un sussurro che solo lui poteva sentire.

"Stavi andando via senza parlarmi?" mi chiese mia madre con il tono pretenziosamente cordiale ma pungente che negli anni ero giunta a odiare.

"Eri impegnata" mormorai, detestandomi perché mi sentivo una figlia insoddisfacente, anche se adesso ero una donna adulta istruita.

Come al solito, la donna che mi aveva partorita sembrava immacolata. Il suo abito da sera nero era abbinato alle scarpe nere, e sapevo già che il vestito era su misura per snellire perfettamente il suo corpo esile.

Carol Montgomery era una bella donna, anche se aveva sessant'anni. Non aveva bisogno della pletora di interventi di chirurgia plastica o del Botox che riceveva regolarmente, ma invecchiare non era mai stato qualcosa che mia madre avrebbe accettato con dignità. I suoi capelli erano tinti nella solita scelta di colore, un castano scuro. Non avrebbe mai mostrato uno dei capelli rosso vivo che era naturale per lei.

"Presentazioni, Margaret" disse come un'insegnante severa che parlava con una studentessa indisciplinata.

Le rivolsi un sorriso di plastica. "Certo" risposi, calandomi nel mio ruolo sociale con più facilità di quanto avrei voluto. "Seth, questa è mia madre, Carol Montgomery. Madre, questo è Seth Sinclair."

"Incantata" fece le fusa mentre stringeva la mano di Seth, e poi si voltò di nuovo verso di me. "Margaret, sei ingrassata?"

Rabbrividii, ma non avrei mai dovuto aspettarmi che mia madre si comportasse in modo diverso da come si era sempre comportata. "Qualche chilo."

Cinque o dieci, ma chi li contava—eccetto mia madre.

"E quel vestito, Margaret?" disse. "Di certo non sta bene a una donna formosa. Senza contare che il colore è sgargiante. Forse dovresti ripensare anche a quelle scarpe."

Dio, sapevo che avrebbe odiato le scarpe argentate.

"Mi piace il colore del mio vestito." Finalmente trovai la mia vena ribelle.

Emise un verso lamentoso prima di dire: "Non è il tuo stile, cara. È molto meglio quando ti copri le gambe."

"Adoro questo vestito" borbottai.

"Vedo che sei tornata al tuo colore naturale di capelli." Sembrava incredibilmente scontenta.

Come se fosse una vergogna essere una rossa naturale?

Le sparai un sorriso falso. "Perché no? L'ho ereditato da te."

"È una rossa assolutamente meravigliosa" la interruppe Seth. "E stasera è stupenda con quel vestito. Solo per la cronaca, ad alcuni uomini piacciono le donne formose invece degli scheletri.

Tua figlia mi toglie il fiato. Riley è unica, il che è incredibilmente attraente, credimi sulla parola."

La mia genitrice fissò Seth come se fosse un insetto, ma il mio cuore saltò un battito.

Nessuno era *mai* stato in disaccordo con mia madre, e mi ritrovai sorpresa e un po' commossa per avere una sorta di sostegno. Era un'esperienza nuova. Una che mi fece tornare un po' più a mio agio con me stessa.

"Allora, sei evidentemente... diverso, Signor Sinclair" ribatté mia madre in un tono che diceva che non gli stava facendo un complimento.

Seth le rivolse un sorriso sfacciato. "Preferirei essere diverso dall'ordinario."

"Molto... affascinante" rispose lei scontenta.

Mia madre era in una posizione in cui sicuramente non le piaceva stare. Non voleva snobbare Seth perché era ricco, per non parlare del fatto che era il fratello della donna che aveva sposato Eli Stone, ma non le piaceva nemmeno il suo atteggiamento disinvolto. Carol Montgomery era abituata al fatto che le persone la assecondassero, e a lei piaceva così.

Notai la Range Rover nera di Seth fermarsi davanti al locale, mentre veniva consegnata dal parcheggiatore. Tirai un sospiro di sollievo. "Dobbiamo andare, madre. Spero che ti divertirai per il resto della serata" dissi educatamente.

Non la toccai, né la abbracciai. Sarebbe stata mortificata.

"È stato bello conoscerti, Carol" disse Seth con un cenno del capo prima di aprirmi la portiera del suo veicolo.

La mia genitrice lanciò un'occhiata dubbiosa all'auto. Grazie a Dio non commentò su questo.

Nella sua mente, un uomo doveva guidare un'auto costosa e lussuosa.

Seth... non lo faceva.

Era ovvio che non approvava un SUV o qualsiasi veicolo che non costasse quanto le case di alcune persone.

Saltai felicemente nel SUV sportivo e mi rilassai contro il tessuto felpato del sedile del passeggero. A differenza di mia madre, amavo il comodo veicolo.

Per la persona media, era molto costoso. Il veicolo era adatto all'uomo al volante.

Emisi un sospiro udibile mentre si avviava senza intoppi per il nostro viaggio di ritorno a Citrus Beach.

"Vuoi spiegare cosa è appena successo?" chiese infine Seth con voce roca mentre imboccava la rampa di accesso all'autostrada.

"Cosa intendi?" domandai evasivamente. Ero contenta che fosse buio, così non dovevo sentirmi sotto il suo sguardo acuto e indagatore.

"Puoi iniziare dicendomi chi è Margaret" suggerì.

"Io" gli dissi. "Il mio vero nome è Margaret Riley Montgomery. Ma mi faccio chiamare Riley da quando ero bambina. I miei fratelli hanno sempre odiato il nome Margaret, e a me non piaceva molto. Mia madre è l'unica che mi chiama così, a parte il mio ex. E mio padre. Ma ora è morto. È morto dieci anni fa per un ictus."

"Mi dispiace" disse con voce roca. "So quanto sia difficile perdere un genitore."

"Grazie" risposi rigidamente.

La sua voce era calda e sinceramente comprensiva, il che mi fece ricordare che aveva perso il suo unico vero genitore in tenera età.

"Quindi, ora puoi dirmi perché la tua mamma è una distruttrice di autostima ambulante" insistette.

"Non è mai la mia *mamma*" corressi. "Risponde solo a *madre*, e non ricordo un momento in cui non fosse critica."

"Non è solo critica, Riley. È decisamente narcisista. Sei bellissima stasera, e quel vestito? Non entreremo nel merito di quanto sia elegantemente sexy. O di quanto ami ogni curva del tuo corpo. Quale genitrice non ha mai lodato sua figlia per essere fottutamente perfetta?"

"La mia" dissi con un sospiro. "È saldamente radicata nel suo mondo, Seth. Evita in tutti i modi di mettere un dito del piede in qualcosa che potrebbe causare pettegolezzi su di lei."

"Quindi non è un gioco per lei" concluse. "Ma non può credere seriamente che ciò che pensano quelle persone sia davvero così importante da ferirti."

"Non mi fa più male" risposi. "Ci sono abituata."

"Lo credi davvero?" chiese piano, il suo tono irato che improvvisamente si trasformò in uno di comprensione.

"Certo. Sono un'adulta."

"Non importa quanti anni hai, Riley. Mio padre era un bigamo. Eravamo la sua famiglia usa e getta. Certo, non lo sapevamo fino a quando non siamo cresciuti, ma era il nostro donatore di sperma. Quindi è stato uno schiaffo in faccia per tutti noi. Faceva male. Forse non tanto quanto tua madre ti ferisce perché ti ha cresciuta. Ma non crederò alla scusa che sei abituata a farti trattare male tutto il tempo. È tua madre. L'unica persona che dovrebbe amarti incondizionatamente."

"È facile per te dirlo" risposi sulla difensiva. "La mia famiglia non è mai stata come la tua. Tutto nella mia *era* condizionato. E *niente* era mai abbastanza. È stato così fin da quando ne ho memoria."

"I tuoi fratelli sembrano amarti" osservò.

Mi dimenai sul sedile del passeggero. Parlare della mia famiglia non era qualcosa che facevo volentieri. "Li amo anch'io. Ma non siamo davvero cresciuti insieme. Mio padre li voleva tutti in collegio. Quindi erano raramente a casa."

"Gesù!" esplose Seth. "Esiste ancora una cosa del genere?"

"Il collegio?"

"Sì."

Annuii anche se non poteva vedermi. "Per i ricchi sì."

"E tu?" chiese irritato. "Hanno mandato via anche te?"

"No." Dovevo ammettere che c'erano state molte volte in cui sarei voluta andare da qualche altra parte da bambina, ma ero rimasta a casa nostra.

"Non capisco il tuo mondo" borbottò Seth.

"Non è più il mio mondo" dissi in tono piatto. "Ed è davvero difficile sapere che esiste un altro modo di vivere quando cresci in mezzo a tutto questo. Tutto era normalizzato perché era tutto ciò che conoscevo. Forse non sono andata in collegio, ma sono stata isolata in scuole private con studenti come me. Solo quando sono arrivata ad Harvard mi sono resa conto che alcune persone amano davvero i propri figli, qualunque cosa accada."

"Perché continuo a pensare che tu non stia bene, anche se non frequenti più quella gente?" chiese.

"È un processo" risposi a disagio. Odiavo che potesse *vedermi*, anche se avevo fatto tutto il possibile per nascondere le mie insicurezze. "Sto facendo molto meglio da quando sono andata per la mia strada."

"Credo di aver capito perché eri fidanzata con un ragazzo ricco" rifletté.

"Non potrebbe essere niente di meno che un leader nella società. Penso di essermi fidanzata con Nolan per compiacere mia madre. Allora stavo ancora cercando la sua approvazione. Secondo lei, era assolutamente perfetto sotto ogni punto di vista."

"Lo era?" chiese Seth burbero.

"No. Non lo era. Ma queste cose non vengono discusse nella società educata, sfortunatamente. Il *denaro* parla in quel mondo. E sicuramente ne ha *molto*. Abbastanza da impedire a chiunque di smascherarlo. Le cose vengono sussurrate, ma mai dette ad alta voce."

"Allora, cosa è successo tra voi due?"

"Ho infranto la regola d'oro" spiegai. "Non solo ho detto qualcosa ad alta voce, ma l'ho urlato durante un ballo molto esclusivo."

"Ti ha tradita?" tirò a indovinare.

Feci un respiro profondo. "Non solo è stato infedele, ma lo ha fatto andando a letto con una ragazza di quindici anni."

Deglutii a fatica. Nel veicolo cadde un silenzio di tomba, che sembrava allungarsi all'infinito.

CAPITOLO 10

Riley

"Mi stai prendendo in giro?" ruggì Seth, rompendo il lungo silenzio con fare severo.

Fui sollevata dal fatto che, per la prima volta, qualcuno diverso dai miei fratelli e io fossimo infuriati per il comportamento disgustoso di Nolan.

"Magari" confessai. "L'ho beccato con la ragazza al ballo. In una camera da letto. Con i suoi vestiti a metà. Lei non si stava ribellando. Sua madre pensava che Nolan sarebbe stato un buon partito se sua figlia avesse potuto portarmelo via. L'ho afferrata e trascinata fuori dalla camera e di nuovo nella sala da ballo. Si chiama Penny, e mi ha detto tutto. Mi sono sfogata con Nolan vicino alla pista della sala da ballo, dove è stato molto disapprovato."

"Quel bastardo dovrebbe essere in prigione" ringhiò.

"I suoi genitori si sono rifiutati di sporgere denuncia. Speravano ancora che alla fine lei avrebbe sposato Nolan."

"Probabilmente è abbastanza grande per essere suo padre" rispose in tono disgustato.

"Vent'anni più di lei" confermai.

"Cosa è successo alla loro relazione?"

Sorrisi nell'oscurità. "L'ho convinta che doveva essere un adolescente invece di cercare un marito che poteva essere suo padre. Viene a trovarmi a Citrus Beach molto spesso. Penny andrà ad Harvard l'anno prossimo. È intelligente, Seth. Sì, era ancora un po' confusa, ma penso che stia mettendo la testa a posto."

"Con il tuo aiuto?" disse con ammirazione nella voce.

"Forse" risposi. "Non potevo essere arrabbiata con lei. Era ancora una bambina."

"Sei una donna straordinaria, Riley Montgomery" disse con voce roca.

"Non così tanto" negai. "Era la cosa giusta da fare."

"È un idiota." Seth sembrava ancora incazzato. "Aveva te, per l'amor del cielo. Cos'altro potrebbe volere un ragazzo? Quindi l'hai messo k.o. e hai portato via anche la sua preda?"

"L'ho fatto. L'intero incidente è stato il catalizzatore che mi ha fatto finalmente dare un taglio netto. Non pensavo che sarei mai tornata indietro."

"Perché non mi hai parlato di tutto questo, Riley? Non ti avrei mai costretta a tornare in una situazione che aveva brutti ricordi per te." La sua voce era piena di rimpianto.

"Quindi mi lascerai rescindere dal contratto?" chiesi speranzosa.

Rimase in silenzio per qualche minuto prima di rispondere. "Non completamente. Ma niente più eventi strani. Se i tuoi fratelli decidono di salire a bordo, non voglio contattare nessun altro."

"Lo faranno." Conoscevo abbastanza bene i miei fratelli da riconoscere quando erano interessati a un particolare affare. "Vogliono entrare. E non troverai uomini migliori da coinvolgere. Sono tutti onesti, a volte a loro discapito. Potrebbero aiutarti tanto quanto Eli."

"È quello che spero." La sua voce era riflessiva. "Quindi non c'è bisogno di continuare a giocare. Onestamente, tutta la pomposa merda non fa per me. Lo farò quando sarà necessario, ma preferisco non prenderne l'abitudine."

"Come fa Eli? Frequenta, ma soprattutto per beneficenza, credo."

"Sono disposto a farlo anch'io per una causa. Quindi sì, sosterrò gli enti di beneficenza, ma non andrò a divertirmi o in giro con i ricchi e famosi. Ho scoperto che per la maggior parte non sono un'ottima compagnia."

Sorrisi nell'oscurità. "Ci sono eccezioni. Persone come i miei fratelli ed Eli."

"Ho percepito che nemmeno i tuoi fratelli erano così entusiasti di essere lì."

"Lo odiano" lo informai. "Preferirebbero essere in un'avventura piuttosto che bloccati in mezzo a una folla in completi formali. Penso che siano venuti perché a loro piace Jade."

"Buona ragione." C'era un sorriso nella sua voce.

Non ero sicura di essere esattamente invidiosa, ma era bello vedere una famiglia che non era così incasinata come la mia. I Sinclair avevano passato l'inferno, ma ne erano usciti bene. I fratelli maggiori erano stati ovviamente delle buone figure genitoriali per i più piccoli, ed ero altrettanto sicura che i tre uomini più grandi si fossero sostenuti a vicenda nel loro obiettivo comune di tenere unita la famiglia.

Quale famiglia combatteva così duramente per restare insieme?

"Quindi, cosa facciamo ora?" Volevo sapere come potevo adempiere al mio contratto. Non perché dovessi farlo, ma perché volevo farlo. Seth *stava* facendo un sacrificio e io volevo fare qualcosa per lui in cambio.

"Usciamo solo insieme." Sembrava fermo nella sua soluzione.

"Che cosa?" Dovevo aver capito male.

"Ho detto che usciamo insieme. Cena, film, Coffee Shack e altre cose che entrambi vogliamo fare. Questa è la roba normale, giusto?"

Rimasi sbalordita. "Non possiamo semplicemente... uscire. Senza una ragione."

"Perché no? Ci piacciamo, siamo attratti l'uno dall'altra e non vedo alcun motivo per cui non possiamo fare cose divertenti invece di lavorare."

Avevo un sacco di buone ragioni sul perché non fosse una buona idea. "Non frequento. Non lo faccio da quando Nolan e io ci siamo lasciati. Non ho bisogno di un uomo nella mia vita. Onestamente, preferisco stare da sola."

Rimase in silenzio per un momento prima di riparlare. "Considerando la storia con il tuo fidanzamento, lo capisco. Ma non ti sto chiedendo di cambiare chi sei, Riley. Ho anche capito che non hai *bisogno* di un uomo. Suppongo che tu sia ricca di diritto."

"Lo sono. I miei fratelli non mi hanno coinvolta nella Montgomery Mining perché sapevano che non era quello che volevo. Ma anche se non fossi ricca, mi sentirei allo stesso modo. Ho un'istruzione. Posso sostenermi da sola." Non volevo essere sulla difensiva, ma ero stufa di sentirmi come se non fossi niente se non ero attaccata a un maschio idoneo.

Non importava quanto stranamente attraente potesse sembrare l'offerta di Seth per un semplice appuntamento.

"Non sono esattamente un playboy, Riley" disse mestamente. "A dire il vero, non ho mai frequentato molte donne. Quando ero più giovane, non avevo tempo e pochissime donne volevano uscire con un operaio edile con fratelli a carico. Ora, è difficile sfuggire alle donne che non sarebbero uscite con me prima che diventassi un miliardario."

Mi si strinse il cuore. Ovviamente, c'erano un sacco di donne stupide dentro e intorno a Citrus Beach. "Qualsiasi ragazzo così devoto alla famiglia e a quelle responsabilità sarebbe un bravo ragazzo da frequentare, non importa quale sia la sua occupazione."

"Sono contento che la pensi così. Quindi abbiamo un accordo?"

"Non intendevo me. Qualsiasi *altra* donna."

"Di cosa diavolo hai paura, Riley?" La sua voce era bassa e suadente.

Nonostante il forte guscio esterno che avevo creato, ero terrorizzata da molte cose, e Seth Sinclair era probabilmente la più pericolosa di tutti. "Non ho paura" mentii. "Semplicemente non ne vedo il punto. Non andrò a letto con te, Seth."

"Devo essermi perso la parte in cui ti ho chiesto di farlo" rispose, suonando frustrato. "Ti sto solo chiedendo di uscire con me, divertirti un po'. Possiamo arrivare alla parte del sesso più tardi."

Divertirmi un po'?

Non avevo davvero idea di come indulgere in allegri diversivi. Crescendo, avevo fatto di tutto per rimanere relativamente sana di mente. "Non sono sicura di sapere come farlo."

"Fare sesso? Nessun problema. Ti insegnerò io."

Parlava in un modo così non minaccioso che rilasciai una breve risata. "Non so divertirmi. Non proprio. Non ho mai fatto cose da bambini quando ero più piccola. E la vita ad Harvard consumava tutto. Studiavo perché volevo essere indipendente. Poi, stupidamente, mi sono fidanzata con un uomo che mia madre voleva che sposassi perché c'era una parte di me che voleva ancora farmi vedere come una figlia di cui poteva essere orgogliosa. Nolan non era esattamente una fonte di divertimento. Non aveva altri interessi se non essere visto dall'élite e scoparsi ragazze minorenni."

"Gesù. Forse la nostra famiglia era povera, ma ci siamo goduti tutto il divertimento a buon mercato che potevamo avere per i nostri fratelli più piccoli" spiegò Seth. "Io e i miei fratelli abbiamo adorato quasi ogni combattimento acquatico, giro in bicicletta e giornata in spiaggia che abbiamo avuto con la nostra famiglia. Ci divertivamo da soli."

Pensai brevemente a quanto fosse stato idilliaco per Owen, Brooke e Jade essere allevati dai loro fratelli maggiori. Se non altro, avevano sicuramente saputo di essere al sicuro e amati.

"Perché non possiamo semplicemente separarci." Sentivo il mio spirito esitare, ma sarebbe stata la soluzione ragionevole. "Non che ci sia un futuro per noi. Sarei tempo perso per te."

"Non un solo minuto passato con te sarebbe mai insignificante, Riley" sostenne.

Ero contenta che fosse buio. Sentii i miei occhi lacrimare e ricacciai indietro le lacrime.

Non avevo mai avuto un ragazzo che volesse solo... stare con me. Senza condizioni. Senza regole di comportamento. Senza... critiche.

"Perché io?" Era da tempo che volevo fargli questa domanda. Dentro di me, sapevo che Seth non usciva con tutte le donne che incontrava. Né le portava a letto. Non flirtava. Non c'era stato un solo momento della serata in cui avesse guardato un'altra donna, che era molto diverso dallo stare con Nolan. Al mio ex fidanzato non era mai sembrato che importasse molto stare con me. Ero stata più un oggetto che una partner.

"Perché tu?" ripeté. "Forse mi piacciono solo le donne che litigano con me" disse con una risatina.

Era una risposta interessante perché non avevo *mai* litigato con Nolan. *Affatto. Mai.* Avevo accettato qualunque cosa mi avesse proposto.

Tuttavia, *ero* una donna diversa da quella di allora. "Probabilmente litigherò ancora molto" lo avvertii, sentendomi cedere.

Avrebbe davvero fatto male passare un po' di tempo con Seth? Era quello a cui avevo acconsentito in primo luogo. E poteva essere fatto in un'atmosfera molto meno stressante.

Forse la verità era che anch'io *volevo* davvero passare del tempo con lui, anche se sapevo che probabilmente stavo flirtando con il pericolo di affezionarmi a lui.

Era protettivo.

Era divertente.

Amava, ed era amato, senza scuse.

Dio sapeva che era attraente, il che poteva diventare un problema.

Sono davvero pronta ad essere me stessa con un uomo?

Non ne ero sicura, ma mi *sentivo* pronta a tirare fuori la testa dal guscio che avevo costruito intorno a me.

"Stesse condizioni" dissi prima di potermi fermare. "Niente sesso. Nessuna tastata sul sedere—"

"Nessuna critica" concluse. "Penso che tu sappia ormai che non lo farò, Riley. Almeno spero che tu lo sappia."

"Allora immagino che tu abbia un appuntamento. Stessi orari?"

La sua risata rimbombò nel veicolo. "Dobbiamo davvero pianificare tutto? Questi sono appuntamenti, non impegni di lavoro."

Mi accigliai. "Credo di no. Ma voglio assicurarmi di avere l'abbigliamento appropriato per qualunque cosa stiamo facendo."

Tutta questa faccenda degli *appuntamenti* mi aveva scossa, e già mi sentivo come se fosse fuori controllo. La pianificazione rendeva le cose più normali per me.

Seth non disse nulla, mentre usciva dall'autostrada e guidava fino a casa mia.

In effetti, non commentò quello che avevo detto fino a quando non arrivammo alla mia porta.

Quando misi la chiave nella serratura, mi afferrò delicatamente il braccio e mi fece voltare per guardarlo in faccia. "Lo dirò un'ultima volta, e poi spero di non doverlo ripetere mai più. Ma se devo dirlo un milione di volte, va bene lo stesso. Mi piaci esattamente come sei, Riley. Non mi interessa cosa fai, cosa indossi o come vuoi esprimerti. Voglio davvero solo stare con te. Lo capisci?"

Mi si formò un groppo in gola, quando vidi la verità nel suo sguardo turbolento.

"No. In realtà non lo capisco." La mia voce suonava strana mentre cercavo di parlare. Probabilmente perché il groppo in gola era causato dal mio cuore. "Sono abituata alle condizioni. Penso di essere più a mio agio nel sapere cosa vuole qualcuno."

Allungò una mano gentilmente e mi sollevò il mento. "No, non lo sei. Semplicemente non sei abituata ad essere spontanea. Hai paura di perdere il controllo perché non ti fidi di molte persone. Ma sono disposto ad aspettare finché non ti *fidi* di me. Non ti farò del male, Riley."

Potrebbe!

Semplicemente non sarebbe successo nel modo in cui immaginava.

E se fossi arrivata a fidarmi di lui?

E se mi fossi abituata a stare con un ragazzo che non voleva niente da me tranne... la mia compagnia?

Sapevo che si stava preparando a baciarmi. Potevo sentire la tensione tra di noi. Era abbastanza spessa da poter essere tagliata con un coltello affilato. Ero disturbata da quanto fortemente desiderassi essere intimamente connessa con lui. Il mio corpo tremava per l'attesa, i miei sensi si riempivano del suo profumo maschile e seducente. Volevo *avvicinarmi* a lui. Ero attratta da una fonte inspiegabile.

Che diavolo sto facendo?

Mi voltai, interrompendo il nostro contatto, e armeggiai con la serratura della porta. "Le stesse condizioni. Due mesi. Nient'altro dopo. Dal momento che è il tuo contratto, puoi scegliere dove andare e cosa fare."

"Sarai consultata" disse, divertito.

"Bene."

Dolce Gesù! Devo allontanarmi da lui prima di strappargli i vestiti di dosso.

"Puoi scappare, Riley, ma ti garantisco che ti prenderò" replicò con voce roca dietro di me.

Non stasera, non lo farai.

Quando entrai in casa, il mio cuore stava battendo forte.

"Buonanotte, Seth" dissi con voce senza fiato.

"Buonanotte, splendida" rispose, i suoi occhi che mi scrutarono avidamente prima che tornasse alla sua macchina.

Accesi le luci prima di appoggiarmi pesantemente alla porta che avevo appena chiuso frettolosamente.

Respiravo affannosamente, chiedendomi perché non fossi completamente sollevata di essere fuggita così facilmente.

CAPITOLO 11

Seth

"O mi renderà felice, o finirà per uccidermi" dissi ai miei fratelli Aiden e Noah mentre sedevamo al tavolo della cucina di Noah bevendo caffè la mattina dopo.

Avevo appena finito di parlare con mio fratello maggiore, e l'altro leggermente più giovane, della situazione in cui mi ero cacciato con Riley.

Non era insolito che io e Aiden ci incontrassimo più volte alla settimana, ma normalmente dovevamo venire a casa di Noah per tirarlo fuori *fisicamente* dal suo ufficio a casa.

Quando eravamo più piccoli, mio fratello maggiore era stato lì per tutti noi, anche se aveva lavorato come un matto per tenere unita la nostra famiglia. Ma ultimamente, non lo vedevamo molto. Era sempre impegnato a sviluppare qualche nuova app, una scelta di carriera che aveva intrapreso quando tutti noi eravamo entrati nel mondo dei soldi. Prima di allora, aveva lavorato per varie aziende per mettere a frutto la sua formazione in informatica.

Guardai la stanchezza chiaramente impressa sul volto di Noah.

A nessuno di noi piaceva il modo in cui sembrava più oberato di lavoro ora di quanto non lo fosse stato *prima* dell'eredità.

Non che Aiden non lavorasse duramente per il suo obiettivo di costruire un impero della pesca, ma sua figlia, Maya, e sua moglie, Skye, erano le sue priorità. A differenza di Noah, Aiden aveva una vita al di fuori delle sue ambizioni di carriera.

Non volevo ricordare che avevo quasi rovinato la vita di Aiden facendo qualcosa di stupido quando eravamo più giovani, ma almeno *adesso* era felice.

Purtroppo, Noah... non lo era. Mio fratello maggiore poteva dire che stava facendo quello che voleva fare, ma avevo difficoltà a crederci. Era come se stesse cercando di evitare una specie di demoni nascosti immergendosi nel lavoro.

Per circa la milionesima volta dalla nostra eredità, dovetti chiedermi esattamente cosa Noah stesse cercando di evitare nel mondo al di fuori del suo lavoro.

"Onestamente penso che sia intelligente per evitare la vita che conduceva" osservò Aiden. "L'ho incontrata una volta quando era con Jade. Non sembrava un tipo arrogante."

"Non l'ho incontrata" brontolò Noah. "Ma non posso fare a meno di pensare che *chiunque* stia meglio lontano da una superficiale e ricca combriccola."

Feci un sorrisetto a Noah. "Odio dirtelo, ragazzo, ma ora sei uno di quei ricchi signori."

Scrollò le spalle. "Forse sono ricco, ma non appartengo a *quella* casta."

"Nessuno di noi vi fa parte" commentò Aiden. "E molto probabilmente non lo farà mai. Grazie al cielo. Sono dannatamente felice come sono adesso. Ho tutto quello che voglio, ma non ha nulla a che fare con le cose materiali."

"Ho quasi fatto una cazzata con te" gli dissi con rammarico.

"Ho superato tutto" rispose Aiden sinceramente. "*Ero* incazzato, ma anche allora sapevo che il tuo cuore era nel posto giusto."

Era la prima volta che mio fratello minore mi diceva che aveva completamente perdonato quello che avevo fatto quando eravamo più giovani e avevo rovinato la sua relazione con Skye all'epoca. Era un sollievo per me che non portasse più rancore, e mi fece sentire un po' più leggero il cuore.

"Ora, cerchiamo di capire come assicurarci che tu sia felice, Seth" aggiunse Aiden. "Sei sicuro di voler proseguire con Riley se non ha voglia di uscire o trovare una relazione?"

"Penso che lo voglia" riflettei. "Credo che sia solo spaventata. A quanto pare, ha avuto una brutta esperienza con il suo ex."

L'unica cosa di cui non avevo parlato ai miei fratelli era il dolore privato di Riley per il modo in cui Nolan Easton tradiva le partner. Era rimasta così sconvolta dal fatto che il suo ex fosse andato a letto con una minorenne che sapevo che era incredibilmente personale per lei, quindi avevo aggirato i dettagli.

Noah bevve un sorso del suo caffè come se ne avesse un disperato bisogno prima di dire: "Penso che tu debba darle credito per aver interrotto la sua relazione con lui. E per volere un tipo di vita diverso."

"Lo faccio" ammisi. "È una delle cose che mi piace davvero di lei. È unica e sta provando così dannatamente a trovare la sua individualità, anche se è abbastanza chiaro per me che è già se stessa. Forse ha solo bisogno di imparare a lasciarsi andare, ridere, divertirsi senza che tutti intorno a lei la giudichino per questo."

Noah mi guardò con sospetto. "Questo è molto più che divertirsi, Seth, e tu lo sai."

Merda! A volte odiavo davvero che Noah mi conoscesse meglio della maggior parte degli altri fratelli. Fin dalla tenera età, si era sentito responsabile di tutti noi, anche se Aiden e io eravamo solo di pochi anni indietro rispetto a lui. Non sarei arrivato al punto di dire che era esattamente una figura paterna. Almeno non per me o Aiden. Eravamo troppo vicini d'età. Ma *si* considerava decisamente il patriarca della famiglia.

"Ha imposto una regola senza sesso" ammisi infelice. "E non mi è permesso metterle la mano sul culo."

Mi accigliai mentre Aiden emetteva una risata malvagia.

"Quindi uscirai con lei, sei attratto da lei, ma non puoi toccarla?" Aiden sbuffò. "Sembra una tortura autoinflitta, amico."

Spinsi da parte la mia tazza di caffè vuota e incrociai le braccia sul petto. "Non sembrare così divertito" brontolai. "Sono abbastanza sicuro che nemmeno Skye abbia accettato di farsi toccare all'inizio."

Bastardo! Aiden si stava ovviamente godendo tutto questo.

"Non lo accettava" confermò. "Ma almeno sapevo di avere un futuro con lei se fossi riuscito a convincerla che ci appartenevamo, cosa vera. E avremmo sempre avuto Maya che ci connetteva. Ma Riley ti ha già detto che non è interessata a qualcosa a lungo termine."

Alzai un sopracciglio. "Forse non lo sono nemmeno io" dissi sulla difensiva.

Noah si intromise. "Lo sei, ed è questo che mi preoccupa. Non voglio vederti distrutto da questa donna. Non hai mai davvero frequentato qualcuno, Seth. Perché lei? Perché non qualcuno che potrebbe renderti felice in futuro?"

Alzai le spalle. "Non esiste una cosa come la felicità garantita quando inizi a uscire con qualcuno, e non c'è un'altra donna con cui voglio uscire. Corrono praticamente solo appresso ai soldi ora. Cavolo, donne che non mi guardavano nemmeno prima che ereditassi mi trovano improvvisamente fottutamente irresistibile. Penso che preferirei stare con Riley. Almeno so che non sta cercando i simboli del dollaro."

Aiden mi lanciò uno sguardo di valutazione. "Non ne ha bisogno dato che è ricca lei stessa. È questa l'attrazione?"

Scossi la testa. "No. Sono attratto da lei da quando mi ha salvato la prima volta al Coffee Shack. E all'epoca non avevo idea che fosse ricca."

"Sei fottuto" mi informò Noah.

"Penso di poterla convincere che non tutti i ragazzi sono grandi maniaci del controllo" informai i miei fratelli. "Okay, sì, ammetto che voglio proteggerla da alcune delle cose brutte che ha vissuto nella sua vita, ma sono sicuro che non la criticherò per essere esattamente chi vuole essere. Non è stato solo il suo fidanzato a scompigliarle la testa. Anche sua madre. Non credo che Riley abbia mai avuto nessuno che l'abbia effettivamente supportata."

"Forse dovresti provarci" disse Aiden pensieroso. "Se sei così attratto da lei, potrebbe valerne la pena."

"Non ne sono così sicuro" replicò Noah scettico. "La maggior parte delle donne sono fondamentalmente guai. Alcune più di altre, suppongo. Ma non sono così sicuro che *qualche* donna valga la pena."

Aiden lanciò uno sguardo deluso a Noah. "Alcune ne valgono la pena" sostenne.

Potevo dire che mio fratello minore stava difendendo il suo matrimonio con la donna che aveva tenuto il suo cuore per tutta la sua vita adulta.

Noah lanciò ad Aiden un'occhiata di scusa. "Non intendevo Skye. Lei è una rara eccezione. E non avresti Maya se non fosse mai esistita."

Sorrisi. Noah adorava la figlia di Aiden, proprio come faceva ogni singola persona della nostra famiglia.

Aiden emise una risata mentre guardava Noah. "Adori mia moglie perché ti lascia sempre la cena. È così dolce che si preoccupa per il tuo culo da maniaco del lavoro."

"Non le ho chiesto io di farlo" disse Noah burbero.

"Lo fa perché ti vede come un membro della famiglia e si preoccupa del fatto che raramente esci dal tuo ufficio."

"Come ho detto, lei è un'eccezione" disse Noah a malincuore. "Ma Riley è una completa sconosciuta."

"Ci tengo a lei" dissi. "Sì, sono attratto da lei. Ma in realtà mi *piace*. È dannatamente coraggiosa."

Stavo ancora pensando a come Riley avesse strappato la preda ad Easton e avesse insegnato a Penny ad apprezzare se stessa.

Il problema era chi era mai stato lì per *Riley*. Nessuno *l'*aveva salvata. Aveva dovuto cavarsela da sola.

Forse era legata ai suoi fratelli, ma per sua stessa ammissione, raramente li aveva visti crescendo.

"Stai solo attento" insistette Noah. "Da tutto quello che ci hai detto, questo potrebbe avere un finale molto infelice se ti affezionassi troppo."

"Ci stiamo solo frequentando" affermai. "Non è che sono pronto a propormi o qualcosa del genere."

"Devo aggiungere anche il mio avvertimento" disse Aiden con rammarico. "Comincio a pensare che quando un Sinclair trova la persona giusta, è praticamente la fine. Non c'è nessun altro, mai. Mi sono innamorato di Skye una decina di anni fa, e non l'ho mai dimenticata. Jade si è innamorata follemente di Eli in un breve periodo di tempo, e non c'è mai stato nessun altro per lei. Lo stesso vale per Brooke e Liam. E da quello che ho capito, tutti i nostri fratellastri erano allo stesso dannato modo. Penso che siamo leali una volta che ci innamoriamo di qualcuno, anche se non vogliamo più saperne dopo che se ne sono andate."

Fissai Aiden con lo sguardo torvo. Non volevo pensare che Riley si *allontanasse* da me. Ma Aiden poteva avere ragione sul fatto che un Sinclair non guardava più nessuno una volta che si innamorava. "Non sono stato io a dirti di non giudicare Skye finché non avessi saputo tutta la verità?" gli chiesi.

"Non ti sto dicendo di *non* uscire con lei" considerò Aiden. "Sto solo aggiungendo il mio consiglio ad usare cautela. Sei testardo, quindi non ho dubbi che puoi influenzare le sue opinioni sugli uomini se finisce per sentirsi come te. Ma come hai detto tu, non c'è alcuna garanzia."

"Non penso che dovresti uscire con lei" disse Noah cupamente. "Meglio evitare un possibile disastro."

Guardai male mio fratello maggiore. "Quindi hai intenzione di essere single per tutta la vita?"

"Sì" rispose immediatamente. "Ho già cresciuto i miei fratelli e non ho nemmeno il desiderio di avere altri figli in giro. Ho finito. Allora perché preoccuparsi del matrimonio? Ma questo non riguarda me, Seth. Riguarda te."

Aiden mi rivolse un sorriso, ed ero abbastanza sicuro che stessimo pensando la stessa cosa... speravamo entrambi che un giorno Noah si sarebbe innamorato di una donna, quindi avrebbe cambiato idea sulle sue tendenze da maniaco del lavoro. Dio sapeva che mio fratello maggiore meritava la sua vita e la sua felicità ora che tutti i suoi fratelli erano adulti.

"Starò bene" assicurò Noah. "Cavolo, potrei sfruttare un po' di tempo libero anch'io. Hai ragione sul fatto che sono uscito a malapena. Forse ho bisogno di affinare le mie capacità. A differenza tua, mi piacerebbe avere una compagna."

Dovetti chiedermi se Noah avesse anche solo avuto il tempo nel corso degli anni per scopare.

Era difficile immaginare che non l'*avesse* avuto.

"Forse tu e Riley potreste venire a fare un barbecue" suggerì Aiden. "Ora che ha comprato la vecchia casa di Jade, siamo quasi alla porta accanto."

Gli lanciai uno sguardo grato. Le nostre case erano tutte vicine e proprio sulla spiaggia. Erano a pochi passi da casa.

Aiden era ovviamente d'accordo con l'intera idea ora, anche se Noah non lo era.

"Probabilmente verrei" borbottò Noah. "Vorrei vedere di persona questa ragazza."

Okay, ero scioccato. Noah raramente usciva di casa a meno che uno di noi non si sposasse o avesse un evento importante nella nostra vita. Ecco perché Aiden e io ci presentavamo a casa *sua*.

"Grazie. Fatemi sapere come va bene per voi ragazzi, e lo chiederò a Riley." Lanciai a Noah un'occhiata di avvertimento. "Solo non fare lo stronzo" lo avvertii.

Alzò un sopracciglio. "Quando mai sono qualcosa di diverso dal discreto?"

Potevo menzionare tutte le volte in cui non lo *era* stato. Come quando era stato proprio lì con Aiden e me quando avevamo messo sulla graticola Eli e Liam. Invece di sottolineare quelle occorrenze, lasciai scivolare il commento.

Onestamente, se avessi pensato che Noah fosse diretto verso dei guai, probabilmente lo avrei scoraggiato dal farlo. Litigavamo crescendo, ma la nostra inclinazione più forte era sempre stata quella di proteggerci a vicenda.

Aiden si alzò. "Per quanto mi piacerebbe continuare questa conversazione, ho un incontro con un potenziale capitano."

"Devo andare anch'io." Non ero ancora andato in ufficio e avevo una riunione quella mattina.

"Ho aspettato di tornare al lavoro" disse Noah prevedibilmente.

Quando non aspettava di tornare nel suo ufficio?

Quando io e Noah ci alzammo da tavola, Aiden mi diede una fraterna pacca sulla spalla. "Buona fortuna" disse, suonando sinceramente di supporto. "Se hai bisogno di consigli o di qualcuno che ti ascolti, chiamami. Tu eri lì per me."

"Suppongo di essere disponibile anch'io" tuonò Noah. "Ma non ho idea di come incantare una femmina."

Sorrisi. Non avevo dubbi che Noah fosse uno sprovveduto in materia, ma apprezzavo il fatto che fosse disposto a lasciare il suo ufficio se avessi avuto bisogno di lui.

"Ti chiamerò" mi informò Aiden poco prima di uscire dalla porta.

Lo seguii a ruota.

Sebbene avessi apprezzato il consiglio di mio fratello, sapevo già cosa avrei fatto *prima* di svuotare il sacco con i miei fratelli.

Ora era il momento di mettere in moto le cose prima che Riley cambiasse idea.

Era arrivato il momento per lei di uscire con un ragazzo che l'avrebbe apprezzata.

E sapevo che non esisteva un uomo migliore di me per quel compito.

CAPITOLO 12

Riley

A cosa diavolo stavo pensando?

Quel pensiero mi frullava nella testa mentre mi sedevo alla mia scrivania la mattina dopo aver fatto lo stupido accordo con Seth di avere incontri regolari.

Era tutta la mattina che cercavo di lavorare su un caso importante e stavo miseramente fallendo nel tenere i miei pensieri lontani da Seth.

Onestamente, sapevo *perché* avevo assecondato la sua idea.

A parte Nolan, non ero mai uscita con qualcuno. Avevo avuto una breve relazione al college con un ragazzo che era stato il mio primo, ma ci eravamo separati poco dopo. Ero curiosa di sapere come sarebbe stato uscire con qualcuno a cui piacevo davvero e che non sarebbe stato così giudicante. Andare agli eventi con il mio ex mi era sembrato sempre come camminare sulle uova. In ogni momento, aspettavo che accadesse qualcosa di irreparabile e mi schiacciasse completamente la vita.

Con Seth, non dovevo preoccuparmi di essere a disagio. L'unica vera ansia che provavo quando eravamo insieme era per la tensione sessuale che sembrava sfrigolare intorno a noi due.

Era scomodo, ma in un modo molto *diverso.*

Posso gestire questa cosa con Seth. Devo smetterla di stressarmi.

Non stavo facendo alcun lavoro, e non era *affatto* da me.

Sentii il mio telefono vibrare, segnalando che avevo un messaggio. In genere, ignoravo il cellulare mentre lavoravo, quindi mi sorpresi quando allungai la mano e presi il telefono.

Seth: *Coffee Shack? Voglio uscire dall'ufficio e fare una passeggiata, e ho bisogno di un po' di caffeina a tarda mattinata per funzionare. Nessuna pressione, ma sarò lì se hai bisogno di un chai tanto quanto io ho bisogno di un caffè in questo momento.*

Sorrisi. Eravamo entrambi dipendenti dalla caffeina, quindi avevamo almeno una cosa in comune.

Non dovrei andare. Ho del lavoro da fare. E lui mi sta dando la scelta.

Non mi aveva ordinato di essere lì. Aveva solo lanciato l'allettante invito a unirsi a lui se volevo andare.

Non posso andare.

Non andrò.

Non è esattamente una richiesta per uno dei nostri... appuntamenti promessi.

"Forse è questo il problema" borbottai ad alta voce. "Sembra quasi che stia solo invitando... un'amica."

Stranamente, era *proprio per questo motivo* che ero tentata di andare.

Sospirai. Non avevo davvero avuto l'opportunità di farmi così tanti amici da quando mi ero trasferita a Citrus Beach. Conoscevo le persone *casualmente,* ma in realtà non uscivo con nessuno.

Prima di trasferirmi qui, non c'era una sola persona nella cerchia di mia madre di cui mi fossi fidata abbastanza da condividere qualcosa di personale, e davvero, non avevo mai avuto molto in comune con nessuno all'interno di quel gruppo.

Gli amici non erano mai stati in grande quantità in vita mia, e all'improvviso avrei voluto averne qualcuno.

O almeno... uno.

Incautamente, digitai una risposta.

Riley: *Quindici minuti. Devo venire con la macchina.*

La mia casa al mare era troppo lontana per raggiungere a piedi il centro cittadino.

Seth: *Vuoi il solito? Ordinerò per te visto che sono già in viaggio.*

Avrebbe ordinato per me? Perché era così strano che qualcuno lo facesse? Forse perché nessuno l'aveva mai fatto.

Ero abbastanza abituata ad essere trattata come una non-persona la maggior parte delle volte. Sapere che i miei bisogni erano importanti per qualcuno era un'esperienza piuttosto strana per me.

Gli risposi, mentre mi alzavo.

Riley: *Sì, per favore. Non cambierei mai il mio ordine. Sono troppo ossessionata dal mio chai. Sto arrivando.*

Corsi in camera da letto, togliendomi la maglietta logora che indossavo mentre andavo nel mio armadio.

Mi accigliai mentre guardavo le mie scelte di abbigliamento. Non avevo intenzione di perdere i miei comodi jeans, ma volevo qualcosa di un po' più carino della maglietta che mi ero appena tolta.

Forse un giro di shopping per altri vestiti era d'obbligo.

Selezionando un maglione leggero e verde scuro che non avevo mai indossato, me lo infilai velocemente sopra la testa.

Non avevo quasi vestiti tra i miei abiti da lavoro logori e le mie tute.

L'abbigliamento per gli incontri non era assolutamente qualcosa di cui avevo mai avuto bisogno negli ultimi anni.

Quando mi ritrovai a scompigliarmi i capelli allo specchio, mi fermai immediatamente.

Questo non è un incontro.

Era solo una corsa alla caffeina.

Presi la mia borsa e attraversai il garage per raggiungere la mia piccola e carina Mazda Miata rossa.

Come Seth, non avevo scelto di acquistare un veicolo scandalosamente costoso, ma adoravo la piccola decappottabile poco costosa che avevo acquistato. Era un piacere guidarla.

Tenni chiuso il tettino, perché se non l'avessi fatto, sarei sembrata la strega cattiva dell'ovest una volta arrivata in città. I miei capelli rosso fuoco erano naturalmente ricci e avevano una mente propria. Il vento non era mio amico trattandosi della mia chioma indisciplinata.

Quando arrivai al Coffee Shack, mi resi conto di essere nervosa, ma non avevo idea del *perché.*

Molto probabilmente, era stato quel bacio della notte prima a farmi innervosire. O forse l'abbraccio mancato che avevo *evitato* quando Seth mi aveva lasciata.

Scesi dal mio veicolo e presi la mia borsa, pensando che tutto questo sarebbe stato decisamente più facile se Seth Sinclair non mi avesse fatto venir voglia di strappargli i vestiti e arrampicarmi su di lui come se fosse un albero.

Scossi la testa mentre mi dirigevo verso l'ingresso.

Perché doveva essere *lui* che improvvisamente mandava a fuoco il mio corpo e faceva andare la mia mente in luoghi erotici di cui non sapevo nemmeno l'esistenza?

Appena entrata, lo vidi subito agitare il braccio in aria.

Era allo stesso tavolo in cui era stato le altre due volte che ci eravamo incontrati qui.

"Ciao" dissi senza fiato mentre mi sedevo di fronte a lui.

"Il solito." Spinse il mio chai verso di me con un sorriso che mi fece contorcere per l'agitazione. Il sorriso di Seth era da batticuore e molto intrigante dal momento che i suoi occhi fumosi non rivelavano nessuno dei suoi segreti. Sembrava che ci fosse così tanta emozione nelle loro profondità, ma non avevo idea di cosa stesse pensando. Onestamente, era un enigma.

Presi il mio chai. "Questo è enorme" gli dissi, guardando la tazza di chai supersize prima di bere un sorso. "Di solito prendo la taglia normale."

"Puoi lasciarlo se non lo vuoi tutto" suggerì.

"No!" esclamai. "Non è che non lo voglia, ma è pieno di zucchero e panna. Mi piace tenerne sotto controllo il consumo. Ai miei fianchi *non* piace."

Sorrise. "Divertente che tu lo dica. Mi piacciono molto i tuoi fianchi. Non mi piacerebbero di meno se si allargassero."

Alzai gli occhi al cielo, anche se stavo segretamente iniziando a deliziarmi per le cose lusinghiere che diceva su di me.

Lo guardai mentre sorseggiavo il mio chai. Non c'era niente di Seth che lo rendesse poco attraente, dal modo in cui riempiva il suo splendido completo grigio personalizzato, al modo in cui i suoi capelli erano leggermente arruffati. Ma probabilmente la cosa più attraente di lui era che non sembrava *sapere* quanto fosse bello, o che il suo sorriso da mille watt era abbastanza per sciogliere quasi tutte le donne in una pozzanghera ai suoi piedi.

Mi sembrava ancora strano che non avesse mai avuto una ragazza a lungo, anche quando non aveva i soldi. Se fossi stata nel mercato per un uomo, cosa che non ero, gli sarei stata addosso, che avesse due centesimi o meno.

"Come sta andando la tua giornata?" chiesi educatamente. Sapevo che era più di una domanda cortese. Volevo davvero saperlo.

"Sono distratto" rispose infelicemente.

"Va tutto bene?" Ero preoccupata. Seth non era un tipo disattento.

"No. Non riesco a smettere di pensare alla sexy rossa che ha scosso il mio mondo con un solo bacio la scorsa notte."

Il mio cuore fremette. "Forse non dovresti rivederla così presto, allora."

Scosse la testa in modo teatrale. "Non è possibile. Ci stiamo frequentando. Voglio *vederla* il più spesso possibile."

Mi spostai sulla sedia a disagio. "Anch'io faccio fatica a concentrarmi" confessai. "Te l'avevo detto che quel bacio era stato un errore."

"Non mi è sembrato un errore, Riley" tuonò. "Il mio problema più grande è quanto presto potrò assaggiarti di nuovo, e tutti i posti in cui mi piacerebbe farlo la *prossima volta*."

Cercai di ignorare il suo commento, ma era impossibile. Il solo pensiero dei nostri corpi che si fondevano insieme, preferibilmente nudi e pelle a pelle, provocò uno shock di calore tra le mie cosce.

Non potevo *non* immaginare dove mi sarebbe piaciuto avere quelle sue meravigliose labbra che mi baciavano. Era semplicemente troppo allettante.

"Perché non possiamo essere solo amici?" dissi disperata. "Non è che abbiamo più bisogno di fingere tutta la faccenda del 'mostrare affetto'."

"Non fraintendermi, voglio essere tuo amico." I suoi occhi mi perforarono il viso. "Ma se inizieremo bene con questa nuova relazione, non ti prenderò in giro dicendo che non voglio molto di più di un semplice bacio. Voglio che siamo onesti l'uno con l'altra, Riley. Non ti fiderai di me se trattengo qualcosa. E per quanto mi riguarda, non stavo fingendo ieri sera."

Forse non mi fiderò di lui se non è sincero. Ma di certo *non* era nemmeno comodo sentire come mi desiderava. Non ci ero abituata.

"Anch'io sono attratta da te" confessai, determinata a essere altrettanto schietta con lui. "Ma ti ho già detto che non sto cercando un uomo o una relazione."

"Allora, sentiti libera di usarmi per il tempo che abbiamo. La verità è che nessuno di noi sa dove sta andando, ma ovviamente ci rendiamo conto che vorremmo scoparci a vicenda fino a quando quel dannato desiderio non finirà."

La mia testa si alzò di scatto per guardarlo a bocca aperta. "Non ho mai fatto sesso occasionale."

In realtà, nella mia vita avevo avuto solo due amanti: una relazione era finita rapidamente al college. E poi c'era stato Nolan, che aveva reso evidente che non era poi così attratto fisicamente da me. Ovviamente, gli piacevano le donne più giovani. *Molto più giovani.*

Non mi piaceva davvero ricordare di essermi scopata il mio ex fidanzato. Non solo mi disgustava considerando che si stava facendo Penny allo stesso tempo, ma nel complesso non era stato buono.

"Mai fatto sesso occasionale?" domandò. "Io ne ho avuto un sacco. Anche se non dirò che è completamente soddisfacente, non fa mai male grattarsi quel prurito."

"Non mi interessa" mentii. "Ho un vibratore."

Rabbrividii mentre mi guardava come se immaginasse il mio aspetto nel masturbarmi.

"Mi piacerebbe vederlo" disse con voce roca. "Ma penso ancora che faresti meglio a provare con *me*."

Mentre lo fissavo, sapevo che avrei trovato molte più soddisfazioni con *lui*. Nudi, rotolando tra le lenzuola, i nostri corpi che si scioglievano insieme mentre entrambi soddisfacevamo il prurito.

Onestamente, per me, gli impulsi sessuali che mi solleticavano erano più simili a un'eruzione cutanea su tutto il corpo che volevo grattare forte.

"Per favore, non insistere" dissi in un tono supplichevole che odiavo.

Non ero abituata a esitare su nulla nella mia vita. *Affatto. Mai.* Ma Seth mi aveva risvegliato una sorta di vulnerabilità che non riuscivo a controllare.

Come se lo sentisse, allungò una mano e afferrò la mia. "Ehi, non volevo insistere. Prenditi il tuo tempo. Potrebbe uccidermi, ma sono più che disposto ad aspettare, Riley. Sinceramente, mi piacerebbe credere che questa possa essere più di una semplice avventura sessuale."

Un impulso vibrava in tutto il mio corpo, mentre mi accarezzava la parte superiore della mano con il pollice.

Qualsiasi contatto.

Qualsiasi tocco.

Qualsiasi allusione sessuale di quest'uomo, non importava quanto sottile, rimuoveva dalla mia testa ogni pensiero razionale che avessi mai avuto.

In verità, volevo che mi toccasse, ma poi finii per pentirmene perché aveva sfondato uno dei muri che avevo costruito dentro di me.

Essere al sicuro è sempre meglio che correre un rischio.

Avevo desiderato la sicurezza per così tanto tempo. Ora che l'avevo trovata nella mia solitudine, era quasi impossibile lasciarla andare. Anche un po'.

Ritirai la mano sulla difensiva. "Dobbiamo mantenere il nostro accordo, Seth."

Le sue labbra si piegarono in un sorriso malizioso. "Sono d'accordo con questo... per ora."

Sorseggiai il mio chai.

Seth cambiò argomento, parlando della sua giornata e chiedendo della mia. *Tranne* le allusioni sessuali e i tocchi sottili.

Ero sollevata e delusa allo stesso tempo.

CAPITOLO 13

Riley

"Non so come farlo" dissi con una risata, mentre guardavo Seth montare due canne da pesca.

Dopo due settimane in cui lo vedevo quasi tutti i giorni, stavo perdendo la mia esitazione a dirgli come mi sentivo davvero.

Avevo riso molto nelle ultime due settimane, più di quanto ricordassi di aver fatto in tutta la mia vita.

Il mio desiderio di spogliarlo era solo cresciuto, ma lui era stato fedele alla sua parola, e non aveva mai insistito o usato la chimica tra noi per manipolarmi.

Stare insieme ogni giorno stava diventando quasi naturale per me. Ad essere onesti, era anche qualcosa che desideravo ora. Probabilmente sarebbe stato anormale non vedere la sua faccia sorridente o non provare il suo malvagio senso dell'umorismo ogni giorno.

Non importava molto cosa facessimo o dove andassimo.

Si era offerto di portarmi ovunque. Dopotutto, *possedeva* un jet privato. Non che non *volessi* andare ovunque con lui, ma avevo scelto di essere solo… normale.

Eravamo stati in diversi ristoranti della zona, incluso il Maya's Bistro, dove avevo incontrato la moglie di Aiden, Skye, che stava rapidamente diventando una delle amiche che non avevo mai avuto.

Andavamo al cinema, e Seth aveva felicemente scoperto che mi piacevano le cose di fantascienza piuttosto che i film per ragazze.

Giurai di aver guadagnato un altro paio di chili incontrandolo tutti i giorni al Coffee Shack, ma stavo imparando a non preoccuparmene perché correvo ogni giorno sulla spiaggia. Dal momento che Seth mi aveva sempre assicurato che le donne con le curve erano sexy e mi incoraggiava a mangiare quello che volevo, avevo perso l'idea un po' paranoica che dovevo essere magra.

Mi guardò. "*Volevi* farlo" mi ricordò.

"Non ho mai pescato" spiegai. "Ma ho intenzione di armeggiare come una principiante. E ora sono un po' preoccupata che questo molo sostenga entrambi."

Avevo suggerito di fare una battuta di pesca sul vecchio molo che si trovava sulla sua proprietà sulla spiaggia libera. Ero rimasta sbalordita quando all'inizio avevo visto un lampo di disaccordo sul suo volto. Ma aveva spazzato via la sua esitazione e aveva aderito all'idea quasi immediatamente.

"Resisterà" disse alzandosi. "Questo molo è qui da quando ho memoria. È stato costruito per durare a lungo."

"Immagino che l'avresti abbattuto se avessi finito per costruire il tuo resort qui."

Annuì mentre mi porgeva una delle canne da pesca. "Lo avrei fatto" rispose. "In effetti, non vedevo l'ora."

Mi distrassi quando mi insegnò a lanciare la lenza e non pensai più alla sua affermazione finché non fummo entrambi seduti casualmente fianco a fianco sul molo con le nostre lenze nell'acqua.

"Perché non vedevi l'ora di abbatterlo?" chiesi incuriosita.

Ci fu un momento di silenzio prima che parlasse. "Ho trascorso molto tempo qui da bambino. A pescare. Proprio così. Mia madre ci portava qui."

"Quindi hai bei ricordi qui." Ero confusa. Amava il posto o lo odiava?

"Alcuni" confermò. "Ma ho sempre saputo che non veniva qui per pescare con Noah, Aiden e me."

Girai la testa per guardarlo. Anche se potevo vedere solo il suo profilo, potevo dire che la sua mascella quadrata era tesa per la tensione. "Allora perché veniva qui?"

"Veniva per cercare il mio padre biologico" disse con voce roca. "È il punto di osservazione perfetto per vedere gli aerei che vanno e vengono dal piccolo aeroporto. Penso che lo tenesse d'occhio ogni giorno, ma quando credeva davvero che stesse arrivando, veniva qui ad aspettare. Solo per essere delusa quando lui non arrivava."

Il mio cuore doleva nell'udire la cruda vulnerabilità nella sua voce. "Lo aspettavi anche tu?" domandai.

"Cavolo, no. Tutti sapevano che non sarebbe venuto, tranne mia madre." La sua voce era tesa.

"Mi dispiace così tanto" risposi. "Deve essere stato difficile stare senza un padre."

"Ora che sappiamo la verità su di lui, penso che sia andata meglio così. I miei fratellastri hanno attraversato l'inferno quando erano bambini perché era un alcolizzato violento. Non sono sicuro di cosa mia madre abbia mai visto in lui. Ma sperava ancora che tornasse perché pensava di essere sposata con lui."

"Non si faceva mai vedere in giro?"

"A dire il vero, non me lo ricordo nemmeno. Di tanto in tanto veniva a trovarci, giusto il tempo di mettere incinta mia madre. Ma raramente riconosceva i suoi figli bastardi." La sua voce era bassa e pensierosa.

"Non ti parlava nemmeno?" chiesi, sbalordita dal fatto che Seth non avesse mai parlato con suo padre di niente.

"No. Era più interessato ad allontanare mia madre da noi in modo che potessero restare da soli da qualche parte. Era una bella donna."

"Bastardo" borbottai.

Le sue labbra si sollevarono in un piccolo sorriso. "In realtà, eravamo *noi* i bastardi. Un'intera famiglia di ragazzini illegittimi che non avevano idea del perché scegliesse di rado di farci visita. Sai che mio padre era un bigamo. Che aveva una famiglia sulla Costa Orientale e l'altra sulla Costa Occidentale?"

Non gli avrei mentito. L'intera sordida storia era apparsa su tutti i notiziari. "Lo sapevo, ma non avevo idea che ti avesse abbandonato."

"L'ha fatto. Completamente. Era un dannato miliardario, ma non ha mai dato un centesimo a mia madre per prendersi cura dei bambini che aveva generato. Abbiamo sempre vissuto nella miseria."

Non lo sapevo, e il mio cuore si strinse davanti all'ingiustizia. Quale sacrificio avrebbe compiuto il padre di Seth dando a sua madre abbastanza fondi per crescere i suoi figli? A me, sembrava solo... crudele. Aveva i soldi e non gli sarebbero mai mancati. *Affatto.*

"Ma l'intera cosa ti ha reso triste?" Potevo dire dalla reazione di Seth che la cosa del bigamo lo infastidiva ancora.

"Non tanto *me* quanto *mia madre*. Mi fa molto più arrabbiare il fatto che le abbia sempre *fatto del male*. Ci uccideva tutti vederla aspettare, guardare e non rinunciare mai alla speranza che alla fine sarebbe tornato a casa. Si faceva il culo per sostenere tutti noi, eppure il mio cosiddetto padre miliardario non ha mai contribuito con un centesimo."

"Lei sapeva che era ricco?" Trovavo difficile immaginare che lei non avesse provato del risentimento verso l'uomo che aveva generato i suoi figli.

"Nessuno di noi lo sa davvero. Mamma non parlava molto di lui. Immagino che volesse che fossimo bambini e che non ci preoccupassimo delle cose da adulti. Era piuttosto riservata, ma doveva saperlo. Nelle rare occasioni in cui lui si presentava, veniva con un jet privato. E lei ci volava insieme quando la portava via per un po'. Suppongo che avrebbe potuto inventare qualche storia, ma verso la fine sappiamo che ha scoperto che lui aveva un'altra famiglia e un'altra moglie."

Lo guardai fissare l'oceano, e capii istintivamente che era preso a ricordare tutto quello che sua madre aveva passato.

Ora, ero pentita di aver insistito per venire qui. Non sapevo che questo posto avrebbe fatto riaffiorare tante brutte esperienze.

"Possiamo andare" offrii dolcemente. "Non sapevo che non ti piacesse stare qui."

Mi afferrò il braccio mentre mi alzavo. "No, Riley" grugnì. "Va tutto bene. Immagino che a volte ci sia solo un vecchio bagaglio che non può essere buttato via. Ma mi piace stare qui con te. Questo vecchio molo ha bisogno di ricordi più felici per portare via quelli vecchi."

"Fanculo" risposi con rabbia mentre lasciavo cadere il sedere sul legno. "Tu porta la benzina, e io porto i fiammiferi. Possiamo bruciare tutto più tardi."

Ridacchiò. "Sembri una leonessa che cerca di proteggere i suoi piccoli."

Sorrisi debolmente perché ero ancora incazzata. "Non quello" negai. "Ma mi piace pensare che siamo... amici. E gli amici si proteggono a vicenda, giusto?"

"Di solito" concordò. "Lo dici come se non avessi mai avuto un solo amico."

Dato che stava riversando le sue viscere, mi sentivo bene a farlo anch'io. "No, in realtà. Ricorda dove sono cresciuta. I miei genitori non accettavano che io stessi con qualcuno a meno che non provenisse dalla nostra presunta *classe*. E non c'erano molti ragazzini in quella cerchia che mi piacessero o di cui mi fidassi davvero."

"Non mi sorprende" biascicò. "E l'università?"

Alzai le spalle. "Ero troppo impegnata a studiare. Ho frequentato un ragazzo per un po', ma non ha funzionato. Volevamo cose diverse ed eravamo giovani. Ha trovato qualcun'altra che seguiva la sua stessa specializzazione con cui aveva molto più in comune alla fine."

"E poi Easton quando sei tornata a casa?" tirò a indovinare.

"Sì" dissi tristemente.

"Devi esserti sentita isolata."

"Sì. Ma mi ci sono abituata. Forse ero così abituata a stare da sola che in realtà mi sentivo più a mio agio in quel modo. Inoltre, non ho mai conosciuto un *altro modo*. Anche quando ero fidanzata con Nolan, mi sentivo sola. Stavo ancora giocando."

Scosse la testa. "Non era un gioco per te allora, Riley. Era la tua realtà. Penso che tutto ciò che hai sempre voluto fosse adattarti. Ma non l'hai mai fatto perché non sei come loro."

"È davvero difficile smettere di volere l'approvazione di mia madre, anche se so che non accadrà mai." Una fitta di dolore mi attraversò il cuore.

"Non ne hai bisogno" ringhiò. "So che è difficile non voler provare. Dio sa che anche io e i miei fratelli volevamo l'approvazione di nostro padre, anche se era uno stronzo. Penso che sia un istinto che devi lavorare sodo per scrollarti di dosso. È normale volere che i nostri genitori siano orgogliosi di noi. Ma a un certo punto, penso che tu debba liberarti e dire loro di andare a farsi fottere. Non è mai stata una madre per te, Riley, e odio dirlo, ma probabilmente non lo sarà mai."

Sospirai. "Hai ragione. E ci sto lavorando da quando ho rotto con Nolan."

"Accadrà quando sarai pronta" disse Seth in un baritono basso ed empatico.

"Mi ci avvicino ogni giorno" risposi con leggerezza. "Mi piace qui a Citrus Beach. Nessuno mi giudica perché la maggior parte delle persone non ha idea di chi io sia. Per loro, sono solo un'avvocatessa in città. Ad essere sincera, mi piace."

"Che lo sappiano o meno non importa" rifletté. "Puoi allontanare le persone a cui non importa della persona che sei e tenerti vicino quelle che ti apprezzano."

Gli lanciai un'occhiata leggermente ammonitrice. "Come tu allontani le donne che ti inseguono per i tuoi soldi?"

Non l'avevo mai visto farle scappare via. Mai. In realtà, sembrava avere problemi a farlo da solo.

"Non importa" rispose disinvolto. "Non mi piace quel tipo di attenzione, ma non me la prendo nemmeno. So cosa stanno cercando, e di sicuro non sono *io*."

Iniziavo ad arrabbiarmi per il fatto che alcune donne lo trattassero come se non fosse altro che un conto in banca. Più tempo passavo con Seth, più sapevo che aveva molto di più da offrire oltre ai soldi. "Alcune delle donne in questa città sono pazze" borbottai. "Tu sei un uomo d'oro, soldi o meno."

"Ad essere sincero, devo ammettere che non ci ho provato così tanto quando ero al verde. Alcuni rifiuti mi hanno insegnato una lezione, e non avevo davvero molto da offrire a una donna" disse in tono genuino. "Non c'era nemmeno qualcuna che mi interessasse così tanto. Non sono mai stato nella situazione di Aiden, non avendo incontrato una donna che desideravo più di qualsiasi altra cosa al mondo. Una delle cose incredibili di Skye è che si è innamorata di mio fratello quando era povero. Lei ha visto... lui. È piuttosto raro."

Dovetti guardare dritto davanti a me in modo che Seth non vedesse i miei occhi lucidi. Il fatto che nessuna donna avesse mai visto... lui, mi sembrava così incredibilmente triste. Eppure, non volevo nemmeno che trovasse quella donna adesso.

Perché lo voglio per me.

Esitai al pensiero, ma sapevo benissimo che era vero.

Per qualche ragione, non volevo che nessuna donna stesse con questo uomo meraviglioso e sensibile accanto a me... tranne me.

Non ebbi molto tempo per rimuginare sulla mia rivelazione.

La mia canna da pesca si piegò fortemente e fui sorpresa a morte.

"Dio mio! Ho preso un pesce, Seth! Ne ho uno!" Ero così eccitata che mi alzai inciampando, non ricordando una sola cosa che avesse detto sull'impostazione dell'amo o su come tirare su un pesce.

Quando il mostro tirò di nuovo forte, persi l'equilibrio nel mio entusiasmo di aver effettivamente catturato qualcosa, e prima che me ne rendessi conto, stavo precipitando in avanti.

"Riley!" urlò Seth mentre si alzava e mi raggiungeva.

Ma stavo già precipitando in avanti, dritta in acqua, canna da pesca e tutto il resto.

Riaffiorai in superficie. "Merda! Fa freddo" dissi con un sibilo, asciugandomi l'acqua dal viso.

Alzai lo sguardo su Seth, mentre nuotavo nell'acqua gelida. La sua espressione di orrore si trasformò in una di allegria. Probabilmente dopo che si era reso conto che non ero ferita, e che sapevo ovviamente nuotare.

Lo guardai torvo, mentre la sua risata rimbombava nell'aria. "Non è divertente" dissi scontenta. "Penso di aver perso il mio pesce."

La canna era ancora nella mia mano, ma il feroce strattone alla lenza era cessato.

Il bastardo rise più forte, come se non riuscisse a smettere.

La sua mano uscì per sollevarmi. "Andiamo a scaldarti. La temperatura di quell'acqua è probabilmente di quindici gradi, e non fa esattamente caldo qui oggi."

Dopo lo shock iniziale, avevo iniziato ad abituarmi all'acqua frizzante. Eravamo nel sud della California, e il Pacifico raramente era così caldo, anche nei mesi di fine estate, ma alcune persone coraggiose ci nuotavano tutto l'anno in giorni decenti.

Seth stava ancora sorridendo, ed ebbi l'improvviso bisogno di cancellare l'espressione compiaciuta dal suo viso.

Afferrai la sua mano tesa, ma invece di lasciarmi tirare su, appoggiai saldamente un piede su una sporgenza dura, e poi tirai con tutte le mie forze.

Se la mia situazione lo faceva tanto ridere, poteva venire a farmi compagnia.

Mi sentii euforica quando udii un enorme tonfo accanto a me.

Quando tornò in superficie bagnato fradicio, sul mio viso si formò un ghigno malvagio.

Proprio come me, aveva nuotato verso l'alto.

"Ora, quanto pensi che sia divertente?" chiesi, cercando di mantenere l'umorismo fuori dal mio tono.

Ricominciò a ridere. "Mi hai colto alla sprovvista, donna."

"Lo so" dissi sfacciatamente. "Questo era il piano."

Iniziammo a nuotare nell'acqua come bambini.

Gli inzuppai la testa e lui schizzò un muro d'acqua verso di me.

Mi sentivo una bambina.

Mi sentivo una monella.

Soprattutto, mi sentivo... felice.

Quando finalmente nuotò in avanti e mi avvolse un braccio intorno alla vita, mi disse con voce roca all'orecchio: "Sai, diventi più impertinente giorno dopo giorno."

Anche se l'acqua era fredda, il mio corpo si riscaldò nel momento in cui mi toccò.

La cosa strana era che non sembrava affatto dispiaciuto del mio comportamento.

CAPITOLO 14

Seth

Tutta quella fottuta cosa dell'*amico* mi stava uccidendo. *Uscire* con Riley Montgomery era praticamente la cosa più logorante che avessi mai fatto.

"Sono dannato quando sono con lei, e ancora più dannato quando non lo sono" borbottai mentre voltavo le spalle all'erogatore della doccia e sciacquavo il sapone dal mio corpo.

Il mio cazzo era duro e le mie palle erano blu, che fossi con lei o meno. Avevo evocato alcune fantasie piuttosto sorprendenti nelle ultime settimane. Sfortunatamente, quegli eventi sexy e immaginari non erano più sufficienti.

Non lo erano mai stati davvero.

L'unica cosa per cui funzionavano era togliere un po' di tensione.

Cercai di non pensare al fatto che in quel momento Riley era in fondo al corridoio, in un altro bagno di casa mia, completamente nuda. Una volta tornati a casa mia dopo la nostra nuotata improvvisata, l'avevo mandata in un bagno per gli ospiti perché voleva una doccia calda.

C'era voluta tutta la mia forza di volontà per non trascinarla con me nella doccia del bagno principale.

Ho promesso di non insistere.

Purtroppo, mi odiavo per averle dato la mia parola su questo. Ogni. Singolo. Giorno.

Non c'era *mai* stato un momento in cui non avrei voluto spogliarla e scoparla contro un muro. Duramente.

O nel mio letto.

O sul tavolo della cucina.

O nella maledetta doccia, esattamente dove mi trovavo adesso.

Il problema era che era in un altro dannato bagno.

Se avessi voluto essere sincero, avrei potuto facilmente trascinarla sul molo e possederla sul posto.

Dopo aver tirato il suo corpo contro di me nell'acqua, fui *completamente* fottuto.

Era la prima volta che quelle belle curve erano sul mio corpo, e l'avevo sentita capitolare quasi immediatamente.

Stava iniziando a fidarsi di me.

Quindi, anche se era stato fisicamente doloroso fare marcia indietro, l'avevo fatto.

I compromessi valevano la pena. Nelle ultime settimane, avevo visto Riley iniziare a lasciarsi andare, divertirsi e abbassare la guardia.

Sfortunatamente, questo la rendeva una tentazione *ancora più grande*.

Sembrava che preferissi donne bellissime con capelli rossi ricci e curve che avrebbero tentato un angelo a cadere. Per non parlare della sua mente acuta, del suo eccentrico senso dell'umorismo e, ora che la conoscevo, della sua empatia.

"Figlio di puttana!" ringhiai.

Non ero abituato a desiderare così tanto una donna da riuscire a malapena a trattenermi.

Avvolsi la mano intorno al mio uccello dolorosamente duro, sapendo che avevo bisogno di sfogarmi un po'.

Chiusi gli occhi mentre evocavo un'immagine di Riley, nuda, bisognosa e gemente, mentre tenevo la testa tra le sue cosce tremanti.

Stava per venire ed ero fottutamente euforico, quando aveva iniziato a urlare il mio nome.

"Oh, Dio, Seth. Per favore. Fammi venire."

Mi accarezzai il cazzo più forte. Non c'era niente di così eccitante come immaginare che Riley andasse in frantumi perché l'avevo fatta venire.

"Sì, per piacere!"

Gettò la testa all'indietro, i suoi capelli infuocati che cadevano su un cuscino bianco, il suo viso euforico mentre esplodeva.

Così bella.

Così dannatamente... mia.

L'orgasmo si placò, e quando finalmente si riprese, mi tirò i capelli. "Ho bisogno che mi scopi, Seth. Ora!"

La sua voce era bassa, avida ed esigente. Non dovette chiedermelo due volte.

Adoravo vederla fuori controllo.

Avida.

Affamata.

Concentrata sull'ottenere ciò che voleva.

Perché anch'io stavo per ottenere qualcosa che volevo davvero.

Potevo sentire le mie palle stringersi, mentre crollavo contro il muro della doccia.

"Dimmi cosa vuoi, splendida" chiesi, mentre mi arrampicavo sul suo corpo setoso e sinuoso di cui non ne avevo mai abbastanza.

Misi il mio membro contro la sua apertura stretta.

Avvolse le sue braccia intorno al mio collo. "Te" disse con una voce roca piena di desiderio. "Voglio solo te, Seth."

Non potevo più aspettare. Diedi a Riley esattamente quello che voleva, e fui immediatamente avvolto nell'immagine bagnata e rovente che non avrei mai voluto finisse.

Riley.

Così dannatamente sexy. Così dannatamente bella.

Guardai il suo viso e gemetti quando vi scorsi la gioia disinibita e primordiale.

Mentre acceleravo il passo, sapevo che la stavo rivendicando con ogni singolo affondo.

Riley era mia. Ed ero determinato che lo sarebbe sempre stata.

"Merda!" gemetti, mentre aprivo gli occhi per vedere il mio orgasmo volare verso l'alto, e poi scemare.

Mi voltai e sbattei il pugno contro il muro per la frustrazione.

Non *arrivai* mai alla *fine* della fantasia.

Nella mia mente, era troppo bello essere dentro Riley per *non* venire.

Sfortunatamente, era praticamente lo stesso con la maggior parte delle mie illusioni fantasiose e carnali su Riley.

Mentre mi risciacquavo, dovetti chiedermi se valesse la pena masturbarmi ancora, se avere un orgasmo valesse la frustrazione.

Scesi e presi il primo paio di jeans che riuscii a trovare e una felpa blu.

Riley è probabilmente al piano di sotto a quest'ora.

Uscii dalla camera da letto e scesi al piano di sotto in un attimo.

Potevo sentire Riley in cucina, quindi mi diressi in quella direzione.

Una volta raggiunto l'ingresso, mi fermai bruscamente, fissando il sedere ben fatto che stava preparando una tazza di tè.

I suoi jeans erano attillati, quindi come potevo resistere a fissare il modo in cui quel bel culo era in bella mostra?

I capelli di Riley erano sciolti e sembravano ancora umidi, a giudicare dal colore rosso leggermente più scuro. Stavano appena iniziando ad arricciarsi, e dovetti stringere i pugni per rimanere sul posto, e non muovermi in avanti per seppellire le mani nelle belle trecce umide.

Il maglione corto, carino, rosa confetto che aveva indossato raggiungeva a malapena la cintura dei suoi jeans e, poiché scivolava lungo una spalla, immaginavo che *non* indossasse un reggiseno.

Accidenti!

Sapevo che stavo sbavando, ma quale maschio single dal sangue rosso non l'avrebbe fatto?

"Scusa se ci ho messo così tanto" dissi con voce pesante mentre entravo in cucina e distoglievo gli occhi dal suo corpo. "Vedo che hai trovato qualcosa da indossare."

Si voltò e non potei farne a meno, i miei occhi che andarono direttamente al suo seno.

Riley *non* indossava un reggiseno. Lo confermai, quando vidi il sottile contorno dei suoi capezzoli contro il tessuto rosa. *Non* era un maglione pesante.

"Occhi sul mio viso, per favore" chiese con fermezza.

Ero stato sorpreso a guardarle il seno, ma non mi sentivo per niente pentito.

"Difficile non guardare." Alzai lo sguardo sul suo viso.

Fui ricompensato dall'adorabile tinta rosa che le colorava le guance.

Riley non era un tipo civettuolo, quindi se le facevo qualsiasi tipo di complimento, arrossiva.

La sua reazione era incongrua poiché era schietta in quasi tutti gli altri sensi.

"I jeans, a chiunque appartengano, sono troppo stretti. Sono sicuramente fatti per qualcuno più esile. Anche il maglione" disse con voce piatta mentre si voltava verso la caffettiera. "Vuoi del caffè?"

"Sì, volentieri."

Il suo tono era rigido, quindi le lanciai un'occhiata curiosa.

Capii subito che in lei c'era qualcosa che non andava.

Lo sentivo.

"Ehi, stai bene?" chiesi.

"Benissimo" disse brevemente mentre sbatteva una tazza nella caffettiera un po' più forte del necessario.

I suoi occhi erano di sfida, mentre si girava a guardarmi con il caffè che gocciolava nella tazza.

Non stava bene. Qualcosa la stava infastidendo.

"Non sono davvero affari miei se una donna lascia i suoi vestiti a casa tua" sbottò.

Santo cielo!

La guardai con attenzione per un minuto prima di riconoscere cosa stava realmente accadendo.

È gelosa.

Pensa che quei capi di abbigliamento appartengano a qualche donna attuale o precedente con cui sono uscito.

Sapevo di non aver immaginato il breve lampo di dolore nei suoi occhi.

Feci un passo avanti e le sollevai il mento in modo che potesse guardarmi. "Sei gelosa" accusai leggermente.

Scosse la testa e sbuffò mentre prendeva il mio caffè. "Non sono gelosa. Non siamo davvero coinvolti. È tutto un mucchio di finzione. Zucchero e panna?"

"No, grazie. Lo prendo nero come esce dalla caffettiera."

Sorrisi mentre mi porgeva la tazza di liquido fumante.

Non avevo idea del perché mi facesse piacere che Riley fosse irritata per i vestiti da donna che erano nell'armadio della mia camera.

Cavolo, non avevo intenzione di lamentarmi se avesse voluto sfogarsi un po' per il fatto che avessi scopato un'altra donna.

Anche se non l'avevo fatto.

Era un segno che questa relazione stava diventando più di una finzione per lei.

Tuttavia, avevo visto quel lampo di dolore, che mi dava fastidio. "Quelle cose appartengono a mia sorella, Brooke. Tiene le cose qui perché lei e Liam di solito stanno con me quando vengono a trovarmi dalla Costa Orientale."

Appoggiò un fianco al bancone mentre mi guardava. "Quella roba appartiene a tua sorella?"

Annuii. "Se ti fa sentire meglio, puoi guardare nell'altro armadio dall'altra parte della stanza. Anche Liam ha delle cose qui." Pensavo che avesse usato l'armadio a destra la prima volta.

"Ti credo" disse, sollevata. "E non ero gelosa. Ero solo curiosa."

"Non prendermi in giro, Riley. Ti ha dato fastidio."

Prese il tè dal bancone e ne bevve un sorso prima di rispondere. "Come posso essere arrabbiata per questo?" disse, con voce tremante. "Non sei veramente mio. Voglio dire, non dovrei davvero preoccuparmi perché hai vestiti di un'altra donna a casa tua, giusto?"

Sembrava spaventata dall'intera consapevolezza di essere stata davvero incazzata.

"Cavolo, sì, puoi essere arrabbiata. Ci stiamo frequentando. Esclusivamente in questo momento."

"Non voglio trasformarmi in un mostro dagli occhi verdi" confessò.

Sorrisi. "I tuoi occhi *sono* verdi, ma non potresti mai essere un mostro."

"Non è divertente, Seth" replicò mentre rimetteva la tazza sul bancone. "Non riesco a ricordare un momento in cui sono mai stata gelosa. *Affatto! Mai!*

Immaginavo che non fosse il momento di dirle quanto fosse carina quando aggiungeva *affatto* o *mai* alle sue frasi quando stava cercando di convincersi che qualcosa era assolutamente vero. O se *voleva* che l'affermazione fosse vera, ma sapeva che non era così.

"Le emozioni accadono quando esci con qualcuno, Riley" ragionai. "Cavolo, sono geloso di ogni ragazzo con cui sei mai stata, specialmente Easton."

Sbatté forte le palpebre. "Davvero? Come mai?"

"Perché una volta ti sei offerta a lui, ti sei impegnata con lui. Gli hai dato una parte di te che non mi hai mai dato." Era ora di essere onesti, e non avevo intenzione di smettere di dirle la verità.

Mi mossi in avanti e misi le mani sul bancone, intrappolando il suo corpo tra le mie braccia. Non si sarebbe mossa finché non avessimo chiarito le cose. Se non l'avessimo fatto, sarei impazzito.

Mi guardò come se fosse all'oscuro, e il mio cuore quasi si fermò, quando avvolse esitante le braccia intorno al mio collo. "Non gli ho mai dato niente, Seth" sussurrò dolcemente. "Non proprio. L'unica cosa che otteneva era il mio corpo di tanto in tanto, ma nel profondo, sapevo che non era poi così attratto da me. Aveva anche la mia lealtà, anche se non faceva lo stesso con me. A parte questo, non mi ha mai veramente conosciuta. Non gli ho mai parlato come parlo con te. Non mi ha mai fatta ridere. E di sicuro non mi ha accettata per come ero. Tutto era condizionato."

Per qualche ragione, le sue parole mi placarono. Sì, non ero entusiasta che il bastardo avesse avuto accesso al suo corpo. Non lo aveva meritato.

Volevo chiederle cosa diavolo stesse facendo con lui se non la rendeva felice. Ma conoscevo già la risposta. Stava ancora cercando di ottenere l'approvazione di sua madre.

"Niente sarà mai condizionato tra di noi. Lo capisci, vero?" Avevo bisogno che sapesse che non avrei mai voluto cambiare nulla di lei. Nemmeno un capello rosso in testa.

Riley era la mia idea di perfezione.

Annuì lentamente. "Penso di saperlo. Ma ti prego di capire che non è sempre facile da accettare."

"Lo so" le dissi mentre l'avvolgevo tra le mie braccia.

Fanculo le regole dell'amicizia.

Qualcuno aveva bisogno di *proteggere* questa donna, e io sarei stato il tipo che l'avrebbe fatto.

Nessun altro l'aveva mai fatto.

Aveva passato tutta la sua vita cercando di essere ciò che non era per compiacere un genitore a cui non fregava niente di *lei*.

"Grazie per la comprensione" mormorò.

Si rannicchiò nel mio corpo con tanta fiducia che capii di essere all'inferno, ma non avevo alcuna intenzione di sfuggire al mio destino.

CAPITOLO 15

"La cena è stata fantastica, Skye. Grazie per averci ospitato" le dissi mentre ci sedevamo nel patio esterno della sua splendida casa sulla spiaggia.

"Apprezzo che tu abbia invitato anche me, Skye" ripeté timidamente Penny. "Non sono esattamente parte della famiglia."

Eravamo solo noi tre nel patio. Aiden e Seth stavano suonando della musica all'interno della casa, Aiden al piano e Seth alla chitarra. Io, Skye e Penny ci eravamo sedute in un posto fuori, abbastanza vicino da sentirli, ma abbastanza lontano dal resto della famiglia e dagli ospiti per chiacchierare.

"Mi dispiace solo non avervi dato molto preavviso" rispose Skye in tono di scusa. "E sono felice che tu sia qui, Penny."

Il viso della ragazza era raggiante perché Skye era stata così gentile con lei. La sua bellezza dagli occhi azzurri e dai capelli scuri brillava davvero ora che la sua espressione era veramente felice.

Quando Seth aveva suggerito di andare al barbecue del fine settimana di Skye e Aiden qualche giorno addietro, avevo già programmato di far venire Penny a stare con me per il fine settimana. Con gentilezza, Skye aveva invitato anche lei a partecipare.

"Le tue feste sono divertenti" disse la mia giovane amica a Skye. "Qui tutti ridono molto."

Skye alzò gli occhi al cielo. "Dobbiamo solo ridere. Jade e io siamo sopraffatte dal testosterone e dagli scherzi maschili. E ora anche la povera Riley deve sopportarli."

Sorrisi a Skye dalla mia posizione seduta di fronte a lei. "Credimi, non mi dispiace." Le feste con i Sinclair *erano* divertenti, così diverse da quelle a cui ero abituata. "Ma oggi sono stata messa sulla graticola da Noah."

Skye rimase a bocca aperta. "Non l'ha fatto!"

Annuii. "L'ha fatto."

"Non è sicuramente da lui. Di solito è interessato solo a tornare nel suo ufficio."

"Ho avuto la sensazione che volesse conoscere le mie intenzioni nei confronti di Seth."

Skye e Penny scoppiarono a ridere.

"È come un ruolo invertito" osservò Penny. "Come se stesse cercando di proteggere una figlia."

"Non era così protettivo" pensai. "Ma si è comportato come se avesse paura che avrei spezzato il cuore di Seth o qualcosa del genere."

"Probabilmente è così" disse Skye dolcemente. "Seth non è esattamente un playboy, ed è abbastanza ovvio che è pazzo di te."

"Non lo è" dissi in fretta. "Siamo più come amici, davvero."

"Allora perché sta costantemente osservandoti il culo e le gambe in quei pantaloncini?" prese in giro Penny.

"Devo ammettere che l'ho visto anch'io" confessò Skye.

Alzai le spalle. "Forse è attratto da me, ma questo è tutto."

"Riley, è più che semplicemente attratto" replicò Skye dolcemente. "Penso che lo vediamo tutti. Seth non è mai stato un donnaiolo, e Aiden dice di non averlo mai visto fare sul serio con una donna. Seth ci tiene a te."

Sospirai. "Penso di aver fatto un casino, Skye. Ho stabilito una regola *niente sesso* e *niente tastate al sedere* prima che iniziassimo a uscire insieme. Ci tocchiamo appena. E ora che stiamo insieme quasi tutti i giorni da più di tre settimane, me ne pento.

Una parte di me vuole vedere dove potrebbe andare a finire tutta questa faccenda con lui, ma sono... spaventata."

Skye annuì con forza. "Lo capisco. Davvero. Le cose diventano davvero intime una volta che è successo qualcosa." Esitò prima di chiedere a Penny: "Ti va di ascoltare tutto questo?"

Avevo parlato un po' a Skye del passato di Penny con Nolan, quindi sapeva che era stata abusata e manipolata da lui.

Penny tirò su col naso come se fosse offesa. "Certo. Non sono vergine e ho quasi diciotto anni. Riley ed io abbiamo parlato di molte cose spiacevoli nel nostro passato. Sto meglio per questo. Mi ha aiutata a scappare dai miei genitori. Vivo con lontani cugini ora fino a quando non partirò per Harvard l'anno prossimo."

Girai la testa per guardare la bellissima giovane donna seduta accanto a me. Penny aveva fatto molta strada da dove era stata due anni prima in un'atmosfera nuova e più amorevole con i suoi cugini e un paio d'anni di terapia.

"Sei una giovane donna straordinaria, Penny. E molto coraggiosa" disse Skye con fare incoraggiante.

Penny mi guardò. "Ho avuto molto aiuto. Devo a Riley degli enormi favori per quello che ha fatto per me che so di non poter mai davvero ripagare."

"Non si fanno favori per essere ripagati" la rimproverai. "Sono solo felice di essere qui con te ora. Sono così orgogliosa di te."

Il mio cuore batteva alle stelle ogni volta che vedevo Penny raggiungere un altro traguardo. Non sapeva che mi dava più di quanto io avrei mai potuto darle. Mi rendeva felice solo sapere che non avrebbe mai dovuto attraversare lo stesso inferno da adulta che avevo vissuto io. E non avrebbe mai dovuto essere sposata con una feccia della Terra come Nolan.

Penny rimase in silenzio prima di dire: "Non mi avevi detto che Seth sapeva suonare la chitarra. Lui e Aiden sono davvero fantastici insieme."

"Non sapevo che suonasse" ammisi. "Non me ne ha mai parlato fino ad oggi."

"Seth e Aiden non divulgano mai di avere entrambi talento musicale. Sono per la maggior parte autodidatti" disse Skye. "Penso che entrambi dubitino del loro talento perché non hanno una vera formazione."

"Il che, in realtà, li rende molto più dotati" risposi.

La maggior parte della famiglia e i pochi amici invitati al barbecue erano dentro ad ascoltare. Evidentemente, era raro che Seth e Aiden suonassero.

"Sono d'accordo" disse Skye con un sospiro. "Ma penso che Aiden, Seth e Noah abbiano ancora molte insicurezze sul loro passato."

Girai bruscamente la testa per guardarla. "Come mai?"

"So che Aiden è ancora alle prese con il fatto che siano cresciuti tutti così poveri. Che non ha mai potuto dare a Jade, Brooke e Owen tutte le cose che i bambini dovrebbero avere. È davvero ridicolo, considerando quanto hanno rinunciato a se stessi per tenere unita la famiglia. Nessuno ha sofferto la fame, e sono cresciuti affiatati. Forse non erano viziati, ma avevano i beni di prima necessità."

Penny parlò. "A volte penso davvero che sia meglio che non siano cresciuti viziati. Ho visto i cattivi risultati che possono capitare quando un bambino ha tutto. Il denaro diventa troppo importante per lui e si aspetta di essere coccolato per il resto della sua vita. Le donne hanno davvero bisogno di imparare l'indipendenza contando di più su se stesse e sposando molto meno i ricchi."

"Esatto" brontolai.

"Sei saggia per la tua età" disse dolcemente Skye a Penny.

Lei scrollò le spalle. "Non proprio. All'improvviso sono stata spinta fuori nel mondo, e non sapevo cosa fare. Riley mi ha insegnato ad essere più indipendente. Se non l'avesse fatto, ora sarei sposata con un vecchio che mi tratterebbe come un oggetto."

"Mi dai fin troppo credito, Penny" le dissi. "Se non avessi fatto il lavoro da sola, saresti ancora esattamente dove eri due anni fa."

"E lo odierei" disse empaticamente. "Sono contenta che tu stia con Seth ora. È piuttosto straordinario. Lui mi piace molto. Nessuno dei Sinclair è pretenzioso, anche se sono mega ricchi."

Presi il mio bicchiere di vino dal tavolino davanti a noi e bevvi un sano sorso.

Skye sorrise. "Nessuno di loro sarà mai snob. Lo garantisco. Anch'io sono una Sinclair ora. Non si deve essere dello stesso sangue per far parte della famiglia."

Dovevo essere d'accordo con Skye. Persino Noah era estremamente con i piedi per terra, anche se mi aveva messo alla prova per vedere se sarei stata adatta a suo fratello. Non che avesse bisogno di farlo. Gli avevo detto chiaramente che io e Seth eravamo solo amici.

Sfortunatamente, *ora* volevo di più, ma mi sembrava impossibile averlo. Per la maggior parte, Seth era normale. Io ci stavo lavorando, ma avevo molta strada da fare. Meritava qualcuno molto meglio di me. Una donna che aveva già la testa a posto e non era impantanata nel proprio passato.

Mi rilassai mentre sorseggiavo il mio vino, ascoltando la musica che scorreva attraverso la porta aperta del patio.

Seth e Aiden erano bravi. *Davvero bravi.* Era difficile credere che non fossero cresciuti con il beneficio delle lezioni. Sembrava che entrambi avessero perfezionato le loro qualità per anni.

"Non sto *davvero* con Seth" dissi alla fine. "Te l'avevo detto, Penny. È un gioco. Un esperimento."

Roteò gli occhi: "Per favore, Riley. Ho una vista perfetta. Come ha detto Skye, è pazzo di te. Non è così anche per te?"

Improvvisamente ebbi due paia di occhi indagatori in attesa della mia risposta.

Deglutii a fatica. "Forse. Ma questo non significa che io sia la donna giusta per lui. Non posso esserlo."

"Si tratta di tuo padre?" chiese Penny dolcemente. "È per questo che pensi di non essere quella giusta?"

Le lanciai uno sguardo in preda al panico e scossi la testa. Anche se Skye e io stavamo diventando amiche, non avevo detto a nessuno, tranne a Penny, di gran parte della mia prima infanzia. E le avevo rivelato tutto solo perché pensavo che potesse aiutarla. "No. Non è per quello."

Anche se lo negai, sapevo che stavo mentendo.

"Cos'è successo?» chiese Skye incuriosita. "È qualcosa che non so già? Puoi parlare con me, Riley. Per l'amor di Dio, una volta sono stata sposata con la mafia. Ho sopportato un sacco di paura e dolore durante quegli anni. Ma ho imparato che è molto meglio parlarne invece di cercare di seppellirlo."

"È una lunga storia" dissi brevemente.

"Non così lunga" replicò Penny.

"Ricordati solo che sono qui se vuoi parlare" disse Skye gentilmente. "Non voglio spingerti a parlare di qualcosa che non vuoi condividere. Quando sarai pronta, sarò qui."

"Dio mio!" esclamò Penny. "Eri davvero sposata con un mafioso, Skye?"

Fui quasi invidiosa quando Skye annuì e iniziò a raccontare a Penny della sua storia.

Avrei voluto essere così aperta, così sicura.

Skye poteva parlare del suo passato senza che questo influisse sul suo presente o sul suo futuro.

Sfortunatamente, io non potevo. Non ancora.

Quando Penny ebbe finito di fare domande ed espresse la sua ammirazione per il coraggio di Skye, iniziarono a parlare del futuro di Penny.

"Quale sarà la tua specializzazione?" le chiese Skye.

"Informatica" disse Penny, con voce animata.

"Ha talento" condivisi con Skye. "Ha imparato a programmare da sola, quindi è molto più avanti."

"I tuoi genitori ti sostengono?" chiese Skye.

Penny scosse lentamente la testa. "No. Quando mi sono rifiutata di avere qualcos'altro a che fare con Nolan e sono andata via di casa, mi hanno pagato milioni di dollari per farmi accettare di non mostrare più la mia faccia nel loro mondo. Il che non è stato esattamente un sacrificio per me. Sono grata di avere i soldi per conseguire la mia istruzione, però. Quindi è già qualcosa."

Dovetti ricacciare indietro le lacrime mentre ascoltavo Penny. Sapevo dannatamente bene che era ancora ferita per essere stata così facilmente rifiutata.

Gli occhi di Skye sembravano turbati, ma non insistette per ulteriori informazioni. Grazie alla mia amicizia in erba con lei, sapevo già che era incredibilmente intuitiva ed empatica. Pensavo che sapesse quando non c'era nient'altro da dire.

Personalmente, pensavo che Penny sarebbe stata meglio *senza* i suoi genitori. *Condizionato.* Tutto era condizionato nel nostro mondo. Ne aveva passate abbastanza.

Aprii la bocca per cambiare argomento, e poi la richiusi quando sentii una voce maschile dietro di me che non avrei mai voluto riascoltare.

"Ciao Margaret. Che piacere *vederti* qui. Avevo partecipato a una piccola riunione lungo la spiaggia. Stavo facendo una passeggiata quando ho visto voi tre sedute qui. Ed eccoti qui. E anche Penelope. È bello rivedervi, devo dire."

Lo sguardo inorridito sul viso di Penny fu sufficiente per farmi alzare e mettermi tra lei e *la voce.*

Incontrare lo sguardo fisso dell'uomo dagli occhi marroni mi fece venire voglia di vomitare. Ma il mio istinto protettivo era troppo forte per voltare le spalle.

"Nolan" risposi, la mia voce grondante di ghiaccio. "Non è affatto bello vederti. Vattene. Ora."

CAPITOLO 16

Riley

Era ovvio che Nolan probabilmente *era stato* a una festa in spiaggia. Era vestito con pantaloni e una polo, abbigliamento che di solito non indossava. Ma chi avrebbe indossato uno smoking per un affare in spiaggia?

"Mi siete mancate tu e Penelope" disse Nolan con quel tono nasale irritante che disprezzavo.

"Come hai fatto a trovarci?" pretesi di sapere.

Non credevo alla stronzata che fosse capitato in zona per caso.

Scrollò le spalle con nonchalance. "Il mio ospitante potrebbe aver detto che sembrava che i Sinclair stessero organizzando una festa. Non ho mai avuto il piacere di incontrare nessuno di loro."

Ero furiosa. Ovviamente si era sentito offeso per non aver fatto la conoscenza della famiglia che aveva più soldi di lui. Quindi aveva deciso di verificare se poteva entrare nelle loro grazie. Forse la famiglia non partecipava a nessuna delle feste dei ricchi, ma nessuno avrebbe voluto far incazzare un Sinclair.

Non ora che erano scandalosamente ricchi.

"Non sei stato invitato. Vattene" dissi con rabbia.

L'*ultima cosa* di cui Penny aveva bisogno era che questo stronzo si facesse vivo. Lo sguardo spaventato sul suo viso fu sufficiente a farmi desiderare di stendere Nolan sul cemento.

"Esattamente come siete state invitate tu e Penelope?" chiese casualmente.

Conoscevo *quella voce*. Era invidioso, il che era abbastanza normale per Nolan. Non importava quanto avesse, voleva sempre di più.

Skye si alzò. "Sono amiche" disse freddamente. "E tu non lo sei."

"Oh, sono decisamente *più che amico* di entrambe queste due donne" ribatté con un tono freddo. "Mi sono mancate entrambe. Mi piacerebbe vederle... più spesso."

Gesù! Quel bastardo pensava davvero che avremmo fatto entrambe un rapporto a tre o saremmo state una coppia di donne in una specie di harem?

È fuori di testa.

"Nessuna di noi vuole vederti!" sbottai.

Iniziò a farsi avanti, ma puntai i piedi mentre mi diceva: "Andiamo, Margaret. Non puoi essere felice qui. Tua madre mi ha detto che hai una baracca sulla spiaggia e che raramente partecipi a qualche evento. Vuoi davvero vivere ancora come una vecchia zitella e vicino allo status di indigente?"

"Sì. In realtà, sì." Non gli dovevo ulteriori spiegazioni.

La mia piccola "baracca" era costata più di quanto il novantanove per cento della popolazione poteva permettersi, e il cottage era bellissimo. Ma era così ossessionato dall'avere "cose" che gli sembrava povertà.

"Mi vuoi ancora, Margaret. E lo stesso vale per Penelope. Avete entrambe troppa paura del rifiuto per avvicinarvi a me. Quindi mi sto avvicinando io." Lo fece sembrare come se ci stesse facendo un enorme favore.

"Sei feccia" dissi senza mezzi termini. "E sono sicura che Penny e io siamo *troppo vecchie* per te ora perché sembrava che le tue femmine ti piacessero giovani. *Molto giovani.*"

Il suo viso rimase scioccato, e poi si trasformò in rabbia.

Forse giravano *voci* sugli abusi sui minori, ma nessuno aveva mai affrontato Nolan per qualcosa di tutto ciò.

"Sei un molestatore di bambini, Nolan" continuai, la mia rabbia che bruciava troppo calda ora per fermarsi. "Un pezzo di merda di basso livello che dovrebbe essere in prigione in questo momento. E forse non frequento più il tuo gruppo, ma credimi, ti tengo d'occhio. Se mai ti ritroverai con un'altra minorenne, lo saprò. Conosco ancora abbastanza brave persone nella tua cerchia per ricevere la notizia, e mi assicurerò che tu finisca in prigione."

"Come se tuo padre fosse finito lì?" rispose sarcasticamente. "Pensi davvero che quelle voci siano passate inosservate, Margaret? E se l'è cavata *per anni*. Nessuno poteva toccarlo. La gente deve sporgere denuncia, e nessuno lo farà. Ora parliamo di stare insieme. Tu, io e Penelope."

"La toccherai di nuovo sul mio cadavere" ringhiai.

Nolan balzò in avanti e mi sbatté contro il muro di mattoni del patio.

Per un attimo, vidi le stelle, e poi tutto si oscurò, ma fu momentaneo, e quando tornai in me, tutto ciò che potevo sentire erano le sue labbra viscide sulle mie.

"Mi stai prendendo in giro, cazzo." Sentii il commento arrabbiato provenire da Seth, ma non lo compresi completamente.

Ero troppo impegnata a cercare di riportare la mia vista alla normalità.

"Togliti di dosso da lei" urlò Skye mentre tirava indietro Nolan. "Aiden! Per favore, vieni ad aiutarci."

Quando la mia vista fu semi-normale, la mia rabbia per il fatto che avesse avuto il coraggio di toccarmi inondò il mio essere.

Ero fuori controllo, ma non me ne fregava niente.

La mia mano volò forte, e udii lo schiocco soddisfacente del mio palmo che schiaffeggiava il suo viso. Mentre Nolan era momentaneamente stordito, alzai il ginocchio e lo colpii nelle palle con forza sufficiente per conficcargliele in gola. E poi lo feci di nuovo. E di nuovo. Finché non cadde sul cemento con un patetico ululato di dolore.

"Alzati, bastardo" chiesi, anche se mi sentivo oscillare.

Non avevo finito di causargli abbastanza dolore che non sarebbe mai più arrivato a meno di cento miglia da Penny.

"Riley, non farlo" sentii Aiden gracchiare nel mio orecchio mentre mi tirava indietro per le spalle.

"È ferita, Aiden" disse Skye, con un tono un po' frenetico. "Le ha sbattuto la testa contro il muro di mattoni. Ha bisogno di cure mediche."

"Sto bene" borbottai. "Devo portare Penny a casa."

Mi girai per andare a sedermi vicino a Penny. "Stai bene?"

Prese la mia mano nella sua. "Non sono stata io a essere sbattuta contro un muro. Riley, devi andare in ospedale."

"Sto bene" la rassicurai, anche se la mia vista era ancora un po' offuscata.

L'adrenalina mi scorreva ancora nel corpo e tremavo per un po' di rabbia residua non spesa.

Feci un respiro profondo e cercai di calmarmi, mentre Noah e Aiden venivano a trascinare via Nolan.

Le sue lamentele rimbalzavano ancora sulle pareti del patio, quindi ero grata che lo stessero portando via.

"Era venuto da una specie di evento qui sulla spiaggia" dissi ai fratelli tremante, abbastanza forte da essere sentita sopra i gemiti di Nolan.

"So dov'è" disse Aiden a Noah. "Siamo stati invitati, ma non sono il tipo di persone con cui abbiamo molto in comune. L'abbiamo rifiutato."

"Io dico di riportarlo lì personalmente e lasciare che *il suo ospitante* si occupi di lui" disse Noah con un tono furioso che raramente sentivo da mio fratello maggiore.

"Chi ha organizzato la festa gli ha detto dove abitavi" dissi ad Aiden. "Inizialmente non era qui per Penny e me. Voleva conoscere te e la tua famiglia. Immagino che noi fossimo solo un bonus."

"Bonus un cavolo" gracchiò Aiden. "Farò sapere al suo ospitante che se questo pezzo di merda metterà di nuovo un piede sulla sabbia, sarà lui il prossimo a urlare."

"Dov'è Seth?» chiesi tremante.

"Andato" rispose brevemente Aiden. "Ha detto che doveva andare perché non voleva competere con il tuo ex. Ha detto che lo stavi baciando. Penso che sapesse che era Easton. Dio solo sa che questo idiota non è timido davanti a una telecamera."

Nolan era una puttana dei media, quindi ero certa che Seth sapesse che aspetto aveva.

"Non lo *stava* baciando" disse Skye in mia difesa. "Era mezza incosciente. L'unico motivo per cui le sue mani erano sulle sue spalle era per cercare di stabilizzarsi dopo che Nolan le aveva sbattuto la testa contro il muro. Dio, Aiden. Ho potuto sentire il suo cranio colpire il dannato muro. Seth pensava davvero che lei avrebbe baciato qualcun altro?"

"Non lo farei" dissi in lacrime, la mia mente ancora non completamente funzionante.

"Non lo farebbe mai" commentò Penny. "È un completo stronzo."

"Sicuramente sapevi come prenderlo a calci in culo" disse Noah con apprezzamento nel tono.

"Ero... arrabbiata" cercai di spiegare.

"Con buone ragioni" grugnì Aiden mentre lui e Noah sollevavano Nolan in piedi. "Ricordami solo di non farti incazzare." Girò la testa e mi fece un occhiolino malizioso.

"Chiama un'ambulanza per Riley, per favore" disse Noah a Skye. "Noi portiamo fuori il merdoso." Fece un cenno verso un Nolan che ancora urlava.

"Non ho bisogno di un'ambulanza" sostenni.

"La accompagno io" disse Skye con fermezza. "Sono solo pochi minuti per l'ospedale da qui."

"Vengo anch'io" insistette Penelope. "E non accetteremo un no come risposta, Riley. Starò bene. Sarò con te. Non ho più paura di lui. Ero solo... scioccata. Ma sono preoccupata per *te*. Ti prego, fatti controllare. Per me. Non posso tornare a San Diego finché non saprò che stai bene.”

La mia più grande paura era che Nolan trovasse un modo per arrivare a Penny. Viste le sue condizioni in questo momento, i miei pensieri erano probabilmente irrazionali, ma ovviamente sapeva dove vivevo.

Fui grata quando le urla di Nolan si fermarono, mentre Noah e Aiden lo trascinavano in casa per raggiungere il garage.

“Puoi camminare?” chiese Skye mettendo la mano sotto il mio braccio.

“Sono sicura di poterlo fare” dissi con voce molto più calma.

Ora che Nolan se n’era andato, mi sentivo come se potessi fare quasi tutto.

Penny si alzò, lasciò andare la mia mano e mi guardò.

“Avrei dovuto aiutarti” disse imbronciata. “Mi sono solo... bloccata, Riley.”

“Nessuno avrebbe avuto abbastanza tempo per aiutare, tesoro” replicò Skye. “È successo troppo in fretta. Non pensarci adesso. Non è importante. Portiamo Riley all’ospedale.”

Le due donne erano così sconvolte che non avrei più discusso.

Penny sarebbe stata con me, quindi Nolan non si sarebbe avvicinato a lei. Molto probabilmente, non si sarebbe mai più avvicinato a nessuna di noi due.

C’era una certa soddisfazione in quella teoria.

Entrai lentamente in casa, ogni donna che mi stringeva le braccia.

Mi fermai, quando arrivammo alla porta del garage. “E Seth? Pensava davvero che avrei baciato Nolan? Fa male che abbia anche preso in considerazione quella possibilità.”

Skye mi spinse in avanti e non rispose, finché non ci sistemammo tutte in macchina. “Onestamente non credo che stesse pensando *affatto*. Ma questo non vuol dire che approvi il suo comportamento ridicolo.”

Aprì la porta del garage prima di continuare: "Quando sei svenuta, dal suo punto di vista, probabilmente sembrava che lo stessi baciando. Non hai potuto combattere subito e hai messo le mani sulle spalle di Nolan."

"Non poteva fermarsi per scoprirlo?" chiesi tristemente.

"Avrebbe dovuto" mormorò Skye. "Devi parlare con lui del fatto di esprimere un giudizio immediato. Aiden e io siamo andati su quella strada una volta, e questo provoca solo inutili dolori al cuore."

"Non sono nemmeno sicura di voler parlare di nuovo con lui. Pensavo si fidasse di me."

Anche se ero stata lenta a dare la mia fiducia a Seth, pensavo che fossimo andati oltre il non avere fiducia l'uno nell'altra.

"Gli uomini sono stupidi quando sono gelosi. A volte si trasformano in mostri dagli occhi verdi in pochi secondi. Immagino che anche le donne possano farlo."

Mostro dagli occhi verdi?

Non mi ero trasformata in uno di quelli per i vestiti femminili che avevo trovato a casa di Seth?

Nel mio caso, non ero andata via.

Seth l'aveva fatto.

Avrei potuto facilmente lasciare la sua casa senza preparare una tazza di tè o gironzolare per vedere se c'era qualche tipo di spiegazione.

Avrebbe potuto farmi la stessa cortesia.

"Il fatto è che Seth era geloso perché non vi vede più come amici, Riley" fece notare Skye mentre si dirigeva verso l'ospedale.

"Non sono un suo oggetto" risposi.

"Sono d'accordo. E non penso che creda che tu lo sia nemmeno per un secondo. Le sue azioni erano completamente motivate dal dolore. Ho visto la sua faccia. Sembrava completamente distrutto prima di incazzarsi."

Il mio cuore si strinse. "Qualsiasi delusione gli ho causato non è stata intenzionale. Non lo farei mai deliberatamente."

"Lo so. Una volta che Seth avrà la possibilità di ragionare, lo saprà anche lui. Gli uomini Sinclair tendono a reagire prima di pensare a volte. E poi si pentono quasi da infastidire." Fece una pausa prima di aggiungere: "Non preoccuparti per Seth adesso. Prendiamoci cura di te."

"Sto bene" borbottai. "Lo sto facendo solo per te e Penny."

"Mi sta bene, se questo ti porterà in ospedale" cinguettò Penny dal sedile posteriore.

"Anche a me" concordò Skye con un sorriso mentre si avvicinava al pronto soccorso.

Sorrisi debolmente a entrambe.

Non avevano idea di quanto fosse bello avere delle *vere* amiche.

CAPITOLO 17

Seth

Che cazzo le sta passando nella mente! Non può tornare da quello stronzo!

Ero completamente esausto, ma non abbastanza per frenare la mia rabbia e la frustrazione.

Bum! Bum! Bum!

Ero stato fuori per una lunga corsa, e al momento ero nella mia palestra di casa a picchiare a sangue un sacco da boxe montato sul soffitto.

Forse ero sfinito fisicamente, ma il resto di me era ancora così furioso che non riuscivo a fare abbastanza attività per tenere lontana dalla mia testa l'immagine di Riley che baciava spontaneamente Easton.

Bum! Bum! Bum! Bum!

"Figlio di puttana!" imprecai, colpendo ancora una volta il sacco prima di chinarmi per riprendere fiato.

Mi tolsi i guanti e mi raddrizzai, cercando di decidere a quale tipo di tortura avrei potuto sottopormi.

Diedi un'occhiata alla mia bici Peloton e decisi che sarebbe stata la prossima sulla mia lista. Avrei potuto tirare fuori un bel po' di sudore una volta essermi messo in moto.

In questo momento, avrei preso in considerazione ogni attrezzo della mia palestra se ciò avesse significato che sarei stato così esausto e dolorante da distogliere la mente da Riley.

Senza dubbio, non avrei mai cancellato dalla mia mente le visioni di Easton che divorava la donna che volevo, ma di sicuro avrei voluto che facesse meno... male.

L'avevo visto.

Il ricordo era fresco nella mia testa.

Riley aveva pienamente collaborato in quell'abbraccio.

Se non l'avesse fatto, avrei ucciso il bastardo.

La verità era che mi importava troppo di lei per non volere che avesse qualunque cosa la rendesse felice.

La renderà fottutamente infelice.

Quella era la parte che mi *uccideva.*

Forse non avrebbe mai smesso di cercare l'approvazione di sua madre.

Forse non poteva.

Merda! Sapevo dannatamente bene che mi sarei ritrovato alla sua porta alla fine, cercando di convincerla che non poteva stare con un essere così disgustoso per sentirsi a suo agio con qualcuno.

La verità era che lei *apparteneva* a me.

Riley era mia dal primo momento in cui l'avevo vista. Forse non l'avevo capito allora, ma lo sapevo *adesso.* Nessun dubbio nella mia mente.

Potevo renderla felice. Aveva sorriso, riso spensierata al barbecue finché quello scarafaggio non era strisciato fuori dal muro.

Lo aveva invitato?

Non c'era altra spiegazione razionale sul perché Easton fosse lì.

"Che cazzo ci fai qui?" La voce di mio fratello Noah chiese alle mie spalle.

Mi voltai. "*Vivo qui*, cazzo" risposi, non dell'umore per nessuno dei consigli patriarcali di Noah. Sapevo già che non avrei dovuto pensare di parlare con Riley dopo che aveva baciato un altro ragazzo. "Cosa ci fai qui? Come sei entrato?"

Aveva in mano un portachiavi. "Mi hai dato una chiave. E non hai risposto alla porta. La tua Range Rover era nel garage, quindi ho pensato che fossi qui da qualche parte."

"Mi sto allenando. Non ho tempo per parlare in questo momento" brontolai.

Guardò nella mia direzione, apparentemente valutandomi. "Mi sembra che tu abbia già fatto il tuo allenamento. Tutto il tuo corpo sta grondando sudore."

"Non me ne frega un cazzo" dissi con voce stridula. "Mi fa sentire meglio."

Mi ignorò e andò al piccolo frigorifero nell'angolo. Tirò fuori dell'acqua in bottiglia, l'aprì e me la porse. "Bevi o sarai disidratato."

La strappai dalla sua mano. Non avevo rallentato abbastanza a lungo da rendermi conto che stavo davvero morendo dalla voglia di un po' d'acqua.

Trangugiai l'intero contenitore e lo gettai nella spazzatura. "Ovviamente vuoi qualcosa, Noah. Non sei mai esattamente passato per una chiacchierata fraterna."

In genere dovevamo *cercarlo per parlargli.*

"Te lo chiederò di nuovo... perché sei qui?" ripeté.

"E ti ho detto che vivo qui."

Mi lanciò un'occhiata irritata. "Dovresti essere in ospedale."

La mia testa si alzò di scatto, la mia attenzione che si spostò in un istante. Se qualcuno nella nostra famiglia era ferito o malato, ovviamente volevo esserci. "Cosa è successo? È Aiden?"

Scosse la testa. "Visto quanto sembri preoccupato per Riley, ho pensato che saresti voluto stare con lei mentre veniva curata."

Riley?

Che cazzo?

"Stai cercando di dirmi che è in ospedale?"

Annuì semplicemente.

"Non c'è Easton con lei?» chiesi seccamente.

Noah si accigliò. "Perché diavolo dovrebbe essere lì? Dopo quello che è successo, dubito che sarà mai più vicino a lei."

"Stavano serrando bene le labbra al barbecue" lo informai con voce roca. "Erano dannatamente amichevoli."

Noah sembrava deluso. "Sai, per essere un ragazzo abbastanza intelligente da costruire un'attività immobiliare commerciale velocemente come hai fatto, hai i tuoi momenti in cui puoi essere completamente senza cervello. Come adesso. Non stava baciando volontariamente lo stronzo."

Il mio cuore accelerò. «Sembrava che lo stesse facendo."

"Ti sei perso la parte in cui Easton le ha sbattuto la testa contro il muro. Per l'amor di Dio, Seth, la donna era praticamente incosciente quando lui la stava baciando. Okay, forse aveva le mani su di lui, ma solo perché le aveva incasinato il cervello. Ti sei perso anche la parte in cui lei lo ha preso a calci nelle palle dopo essersi allontanata da lui. Stava proteggendo Penny per qualche motivo, ma sono sicuro che non le dispiacesse mettergli il ginocchio nell'inguine un paio di volte, abbastanza forte da assicurarsi che cantasse come un soprano per il resto della sua vita. Personalmente, sono rimasto colpito. Combatte sporco. Mi piace."

La mia mente tornò alla scena che era durata solo un paio di secondi prima che non ce la facessi più a guardarla.

Le sue mani erano sulle sue spalle.

Easton le era addosso.

Ma... lei aveva la schiena contro un muro di mattoni.

E... non aveva combattuto contro di lui, ma non aveva nemmeno partecipato con entusiasmo.

Mi scossi per liberarmi della scena nella mia testa. *Gesù!* E se Noah avesse avuto ragione?

Gli lanciai uno sguardo sospettoso. "Sei sicuro?"

"Certo che sono sicuro. Aiden e io abbiamo assistito all'ultima parte quando lei lo ha preso a calci nel culo. Lo ha colpito abbastanza forte da fargli quasi staccare il collo dalle spalle, e poi gli ha conficcato le palle in gola. Era impazzita, e avrebbe continuato ad andare avanti se Aiden non fosse intervenuto. Non sono esattamente sicuro di cosa sia successo tra loro, ma a quanto pare ha molta rabbia repressa nei suoi confronti. Aiden ha detto che ha il diritto di odiarlo perché ha sentito dei pettegolezzi su un suo tradimento, e io gli credo. Ma non sono certo che non ci sia dell'altro in quella storia visto che stava proteggendo Penny."

"Non ne hai idea" mormorai mentre la mia mente continuava a correre. "Quindi è stato tutto non consensuale?"

"Indotto dalla rabbia" corresse. "Non solo è stato non consensuale, ma ha scatenato l'ira dell'inferno su di lui anche se aveva già preso un bel colpo al cranio. Come ho detto, mi piace, e non mi piacciono molte persone oltre alla mia famiglia. La donna ha una grande forza d'animo ed è coraggiosa. Di certo non vorrei farla incazzare."

Scossi la testa. "Non ho mai visto Riley così."

"Grazie a Dio" disse Noah. "Era un po' spaventosa."

"Sta bene?" Il cuore mi batteva forte dal petto. Dovevo sapere che non era gravemente ferita. "Dimmi la verità."

"Ho parlato con Skye, e terranno Riley in osservazione per la notte. Ha una commozione cerebrale, ma fortunatamente non le ha rotto il cranio. Skye mi ha detto che l'ha sentito sbattere contro il muro." Quando ebbe finito di parlare, Noah andò di nuovo al frigo e mi porse un'altra acqua. "Bevi. Hai bisogno di idratarti. Hai un aspetto di merda."

Bevvi un enorme sorso. "Devo raggiungere Riley. Cosa diavolo ho fatto, Noah? L'ho... lasciata. Easton le stava facendo del male e io me ne sono andato."

La nausea mi salì in gola e presi un altro sorso d'acqua per trattenerla. Stavo iniziando a credere che il racconto di Noah fosse reale. Doveva esserlo. E al momento mi sentivo uno stronzo più grande di Easton.

Come avevo potuto semplicemente... andarmene, quando Riley era stata ferita e nei guai.

"Non lo sapevi. E credimi, quella donna può proteggersi" disse cupo. "Non iniziare a rimproverarti per la tua reazione. Impara da essa. Se ti fossi fermato solo per un momento, ti saresti reso conto che i tuoi pensieri non avevano senso. Riley odia Easton. Perché diavolo avrebbe dovuto coccolarlo di nuovo?"

Per compiacere sua madre?

Cavolo, ora che ero razionale, anche *quella* scusa non aveva senso.

Conoscevo Riley.

Sapevo che si stava staccando.

Sapevo che odiava quella vita in cui *tutto* era condizionato.

"Ho fatto una cazzata" dissi con voce roca.

Quella donna può proteggersi. Questo era quello che aveva appena detto Noah. E sì, non avevo dubbi che Riley potesse prendersi cura di se stessa, perché l'aveva sempre fatto.

Il fatto era che avrei dovuto essere lì per aiutarla. Era ora che sapesse che qualcuno sarebbe stato lì *per lei.*

E io... non l'avevo fatto.

"Allora sistema le cose" suggerì Noah. "E la prossima volta stai più attento. Non ha famiglia a Citrus Beach. Probabilmente avrà bisogno di aiuto finché il suo cervello non sarà di nuovo a posto. Skye è più che disposta a stare con lei, e anche Aiden lo è. Stanno entrambi cercando di convincere Penny a tornare a casa visto che deve andare a scuola la mattina."

"Mi prenderò cura io di lei." Non sopportavo l'idea che Riley pensasse di essere sola.

Noah sorrise. "Pensavo che l'avresti fatto. Se solo avessi potuto tirare fuori la testa dal culo."

Forse mi odiavo per essermi allontanato da Riley quando aveva avuto bisogno di me, ma non avrei aggravato quell'errore e non l'avrei mai ripetuto.

"Sei sicuro che stia bene?" chiesi di nuovo a Noah.

"Quando mai ti ho preso in giro?" domandò.

"Mai" ammisi.

"Allora credimi sulla parola. Ha un terribile mal di testa ed è un po' confusa. Ma il dottore ha detto che andrà tutto bene. Tenerla tutta la notte è una precauzione, solo per assicurarsi che sia osservata. Non si aspettano complicazioni."

Guardai negli occhi mio fratello maggiore: "Potrebbe finire per odiarmi perché sono un coglione, ma non la lascerò più."

Noah scrollò le spalle. "Non posso dire di capire come ti senti. Non me ne intendo dei problemi di relazione con una donna. Ma penso che valga la pena prendersi cura di lei."

"Ne vale la pena" lo informai con enfasi. "Devo andare. Voglio arrivare in ospedale il prima possibile."

"Finisci quell'acqua e per favore fatti una doccia. Se Riley non è già nauseata, lo sarebbe. Puzzi."

Tutto quello che volevo davvero era arrivare da lei, ma Noah aveva ragione. Per il suo bene, dovevo togliermi di dosso il cattivo odore.

"Ci sto" dissi mentre correvo verso le scale.

"Seth!" gridò Noah.

Mi fermai al terzo gradino con impazienza. "Sì?"

"Se è davvero incazzata, prendi un gattino alla ragazza" disse. "Potrebbe ammorbidirla."

Guardai mio fratello come se fosse pazzo. "Che cosa?"

"Riley ha sempre desiderato un gatto. Ma i suoi genitori non le avrebbero mai permesso di prenderne uno. È emerso in una conversazione che ho avuto con lei oggi. Aveva intenzione di prenderne uno, ma non ha ancora trovato il tempo. Quindi, se è davvero arrabbiata, procurale un gattino. Potrebbe funzionare" disse, cercando di sembrare indifferente, quando sapevo che in realtà non lo era.

Gli sorrisi. "Grazie per il consiglio."

Scrollò le spalle. "A cosa servono i fratelli?"

Senza un'altra parola, feci uno sprint sui gradini.

Mi mossi troppo velocemente per sentirlo brontolare: "Troverò l'uscita da solo." O per vedere il sorrisetto soddisfatto sul suo volto mentre saliva le scale con un ritmo più tranquillo.

CAPITOLO 18

Riley

Non potevo dire che *volevo* davvero vedere Seth quando varcò la mia porta in ospedale.

Ora che il mio cervello si stava riordinando, ero dannatamente arrabbiata per il fatto che avesse espresso un giudizio rapido.

Anche se lo sguardo preoccupato sul suo viso mi fece rabbrividire un po'.

Avevo accettato a malincuore di restare in ospedale, non perché lo volessi, ma perché era l'unica cosa che avrebbe spinto Penny a partire per tornare a San Diego per la scuola il giorno successivo.

Aiden e Skye erano ancora seduti al mio capezzale, ed entrambi salutarono Seth mentre entrava dalla porta.

Non ero altrettanto cordiale. "Cosa vuoi?" borbottai mentre si fermava accanto al letto.

Allungò una mano e mi accarezzò dolcemente i capelli. "So che sei incazzata, Riley. E hai il diritto di esserlo. Ho espresso un giudizio affrettato—"

"Troppo affrettato" risposi.

Aiden e Skye si alzarono.

"Penso che dovremmo andare" disse Aiden.

"Volevo rimanere con Riley stasera" protestò Skye.

"Resto io. Non ho intenzione di lasciare questa stanza stanotte" disse lui in tono fermo.

"Riley deve essere d'accordo con questo" insistette Skye.

Oh, Dio. Volevo davvero dire che *non* ero d'accordo, che volevo che Seth se ne andasse. Ma poi Skye sarebbe dovuta restare qui tutta la notte perché pensava che qualcuno avesse bisogno di stare qui con me. Per nessun motivo avrebbe cambiato idea, anche se le infermiere le avevano assicurato che sarei stata osservata da vicino.

Le sorrisi. "Va bene. Vai a casa. Grazie per essere stata qui con me."

"Chiamami se hai bisogno di qualcosa" rispose. "Siamo così vicine che posso tornare in pochi minuti."

Aiden prese la mano di Skye e la guidò fuori dalla stanza.

Seth prese una sedia in modo da potersi sedere vicino al letto. "Ascoltami, Riley. So di aver fatto una cazzata—"

"Mi hai ferita" gli dissi senza mezzi termini. Ero stanca di dover sempre dire la cosa giusta. Stavo imparando che era molto più facile affermare tutta la verità.

I suoi occhi erano pieni di rimpianto. "Lo so. Scusami. Avrei dovuto essere lì per te, ma non lo ero. Pensavo che stessi baciando Easton a tua volta. Il pensiero di perderti non era piacevole. Ho solo... perso la testa."

Incrociai le braccia sul petto. "Il fatto che tu non ti sia fidato abbastanza di me per restare a vedere cosa stava realmente accadendo mi ha fatta incazzare. Immagino che tu abbia già la storia *corretta* adesso?"

Qualcuno doveva averglielo detto visto che era qui. E molto pentito, proprio come aveva predetto Skye.

Annuì. "Noah è passato a casa mia. Giuro che ucciderò Easton per questo."

"No, non lo farai. Non ti avvicinerai a lui. Non vale la pena finire in galera, e ha già ricevuto i miei colpi." Okay, mi stavo *un po'* allarmando per la furia nella sua espressione.

Seth sembrava essere stato drogato. Aveva i capelli arruffati, come se si fosse appena alzato dal letto. Indossava un paio di vecchi jeans e una felpa dall'aspetto logoro. Le cose più preoccupanti erano le rughe sul suo viso e i suoi occhi turbati.

Per non parlare del fatto che sembrava completamente esausto e sfinito.

"Se accetto di *non* ucciderlo, mi lasci stare qui con te?"

Lo guardai storto. "Mi stai ricattando?"

"Non è un ricatto. È un compromesso."

Alzai gli occhi al cielo. "Suppongo che tu possa restare, ma davvero non ho bisogno di nessuno. Sono in questo dannato ospedale. Ho un sacco di persone che mi tengono d'occhio. Questo è il motivo per cui sono qui."

"Considerami il tuo infermiere personale" suggerì.

"*Non* mi porterai in bagno" gli dissi, mortificata al pensiero.

Lui annuì. "Chiamerò la vera infermiera per quello."

"Bene. Ora dimmi perché sei stato così idiota. La verità. Sai cosa provo per Nolan e cosa ha fatto a Penny. Cosa ti avrebbe mai fatto credere che sarei tornata subito da lui? Dio, non sopporto nemmeno di guardarlo in faccia, tantomeno lasciare che mi tocchi in *alcun* modo" lo informai.

"Non c'era un solo pensiero razionale nella mia testa quando vi ho visti insieme" gracchiò. "Tutto quello a cui riuscivo a pensare era che stessi tornando da lui."

"Niente di tutto questo dovrebbe essere reale" dissi dolcemente.

"Non è più una finzione, Riley. Penso che tu lo sappia già, ma non vuoi dirlo."

Sapevo di non poter mentire. Le settimane che avevamo passato insieme erano state il periodo più felice della mia vita grazie a Seth. "Non voglio parlare della nostra relazione" insistetti. "Non adesso."

"Non è necessario" disse mentre prendeva la mia mano e intrecciava le mie dita con le sue. "Tutto quello che devi fare è guarire."

"Sto bene. Perché nessuno ascolta quando lo dico?" Sembravo seccata.

"Probabilmente perché si preoccupano per te" rispose. "Da quello che ho capito, hai preso un bel colpo alla testa quando lo stronzo ti ha scaraventata contro il muro."

"È così» spiegai. "Sono rimasta stordita per diversi secondi, ovvero quando hai visto quello che sembrava un bacio reciprocamente desiderato. Ma non lo era. Mi sono quasi strozzata quando ho capito cosa stava succedendo. La sua lingua era in fondo alla mia gola."

"Noah ha detto che lo hai preso a calci nel culo" disse Seth.

"Più forte che potevo" confessai. "Penso di avergli spostato le palle. È un comportamento così strano per me, ma la parte peggiore era che non riuscivo a fermarmi. Volevo che restasse in piedi per poterlo colpire ancora. Ma è crollato sul pavimento lamentandosi fino a quando Aiden e Noah alla fine lo hanno portato via. Credo che, in un certo senso, fossi anch'io completamente irrazionale. Tutto quello a cui riuscivo a pensare era Penny e tutto quello che le aveva fatto passare."

"Non era stato esattamente facile nemmeno per te" sottolineò.

Alzai le spalle. "Forse no. Ma Penny era solo una bambina. Io ero un'adulta."

"Avrei dovuto essere lì per te invece di comportarmi come un idiota" disse. "Sei stata ferita, dannazione!"

Seth sembrava sconvolto, quindi ebbi pietà di lui. "Sono sopravvissuta. Non mi aspettavo che qualcuno mi salvasse. Nessuno l'ha mai fatto. Non sei stato tu a farlo. L'ha fatto Nolan."

"Avrei ancora voluto essere stato lì" tuonò.

Guardai di nuovo il suo viso. "Penso che dovresti dormire un po'. Vai a casa, Seth. Sono in buone mani."

"Non ti lascio di nuovo, Riley. Sarò qui nel caso tu abbia bisogno di me questa volta. Ogni dannata volta" ringhiò.

"Allora puoi sdraiarti sulla poltrona reclinabile o saltare nell'altro letto. L'infermiera mi ha già detto che non metterà nessun altro in questa stanza."

"Prenderò la poltrona reclinabile. Sarò più vicino nel caso tu abbia bisogno di qualcosa."

Guardai il suo corpo enorme, completamente scolpito, e mi chiesi se non avrebbe dovuto scegliere il letto. "Non sarà comoda."

"Merito di essere a disagio in questo momento" disse burbero.

Sì, ero arrabbiata, ma per qualche ragione non volevo vederlo soffrire.

Sospirai. "No, non è vero."

"Hai detto che ti ho ferita."

"Sono stata solo sincera. Non voglio più avere paura. Voglio dire cosa intendo veramente." Avevo passato anni a cercare di accontentare tutti nella mia vita.

"*Voglio* che tu sia sincera" insistette. "Penso che dobbiamo davvero parlare quando ti sentirai meglio. Ci tengo a te, Riley. Molto. Giuro che farò tutto il possibile per farmi perdonare."

Non volevo che si sentisse come se avesse bisogno di fare ammenda. Avrei solo voluto che mi credesse in primo luogo. "Non so cosa voglio in questo momento, Seth."

Ero confusa e avevo bisogno di tempo per pensare. Preferibilmente una volta avute le idee chiare.

Uno sbadiglio uscì dalla mia bocca.

"Sei stanca" accusò.

Annuii assonnata. "Probabilmente è a causa dei farmaci anti-dolorifici. Ne ho presi un po' prima che tu arrivassi qui."

Mi strinse la mano. "Dormi, Riley. Sarò qui."

Sbadigliai di nuovo, mentre lo guardavo mettere la poltrona reclinabile nella posizione più orizzontale.

Abbassai la testata del letto, non sapendo quanto ancora avrei potuto tenere gli occhi aperti. Erano improvvisamente *molto* pesanti.

Seth si allungò verso gli interruttori e spense la luce, ma lasciò accesa quella piccola.

"Posso farti una domanda?" disse con voce baritonale.

"Che cosa c'è?" chiesi.

"Mi perdonerai mai? Voglio dire, non dobbiamo parlare della nostra relazione in questo momento. Ma voglio riconquistare la tua fiducia. Ne ho bisogno. Voglio solo sapere se mi darai la possibilità di farlo."

Probabilmente avrei finito per perdonarlo. Prima o poi. Ma non avevo intenzione di rendergli la vita troppo facile.

"Ci penserò" risposi mentre i miei occhi si chiudevano.

Ridacchiò. "Va bene."

CAPITOLO 13

Riley

Nei giorni successivi trovai *davvero* difficile rimanere arrabbiata con Seth.

Per prima cosa, mi aveva ostinatamente trascinata a casa sua invece di portarmi alla mia, sostenendo che il dottore aveva insistito che qualcuno mi tenesse d'occhio per un altro giorno o due.

In secondo luogo, aveva lavorato a casa per poter fare proprio questo.

Terzo, mi aveva viziata a morte. Il mio cuore si scioglieva ogni volta che mi portava un chai quando usciva. O a pranzo. O a cena.

Erano giorni che non alzavo un dito se non per fare un po' di lavoro sul mio computer.

In breve, era stato a dir poco straordinario.

Certo, probabilmente l'avevo spinto perché non avevo ancora ammesso di averlo perdonato.

"Sono già stato perdonato?" chiese dalla sua scrivania nel suo ufficio a casa.

Mi stavo rilassando su una poltrona reclinabile dall'altra parte della stanza, cercando di recuperare un po' di lavoro. "Ci penserò" risposi per la milionesima volta da quando ero uscita dall'ospedale.

Skye non aveva esagerato sul fatto che gli uomini di Sinclair fossero incredibilmente contriti quando commettevano un errore.

Stava ricevendo la stessa risposta da giorni, ma non sembrava infastidirlo. In realtà, per noi era più uno scherzo ora, dal momento che avevo già deciso di dargli un po' di tregua.

"Continuerò a provare" disse con leggerezza.

"Per quanto?" chiesi, con il cuore in gola.

Scrollò le spalle. "Per tutto il tempo necessario."

I suoi occhi erano ancora sul laptop, e colsi l'occasione per studiare l'uomo che di certo non capivo, ma che adoravo.

Non stavo più cercando di illudermi che fosse solo un esperimento. Anche se, al momento, non avevo idea di cosa fossimo esattamente l'uno per l'altra.

Tenevo molto a lui, e stavo iniziando a chiedermi se sarei mai riuscita ad andarmene tra un mese, una volta scaduto il nostro contratto.

Notai che sembrava molto più rilassato di quando era arrivato in ospedale. Lavorando a casa, non si preoccupava di un completo, quindi indossava jeans e una polo blu navy che gli faceva risaltare gli occhi ogni volta che mi guardava.

Era stupendo, ma a volte ancora rude, qualcosa che davvero amavo di Seth.

Okay, forse *potevo* fare a meno di un po' della sua testardaggine, come il suo rifiuto scellerato di lasciarmi andare a casa da sola. Ne avevamo discusso, ma alla fine avevo ceduto. Non perché mi avesse maltrattata, ma perché avevo visto la profonda preoccupazione nei suoi irresistibili occhi grigi.

Di solito, lavoravamo in silenzio, a nostro agio con la reciproca compagnia. Ma la mia mente stava vagando quel giorno.

Chiusi gli occhi e feci un respiro profondo, assaporando l'accenno del suo profumo che sembrava sempre aleggiare nell'aria qui nel suo ufficio, che era un po' isolato in fondo alla casa.

Quando li riaprii, mi stava fissando mentre mi chiedeva: "Cosa stai facendo?"

Colta in flagrante!

"Niente" risposi brevemente e diressi lo sguardo al mio laptop.

Aveva idea di quanto fosse difficile lavorare quando ero circondata dai feromoni sexy che emanava, anche quando non stava davvero cercando di attirare la mia attenzione?

Ora che mi ero ripresa, diventava sempre più difficile ignorare l'attrazione inarrestabile, la potente alchimia tra noi due.

"Penso che potrebbe essere un bene se potessi tornare a casa nel mio ufficio." Alzai gli occhi per guardarlo di nuovo.

"Perché?" Sollevò un sopracciglio.

"Potrei lavorare meglio lì."

"Non sei a tuo agio?" Sembrava preoccupato.

"Lo sono. Ma non posso continuare a lavorare qui per sempre, Seth."

"Resta" disse gutturalmente.

Sembrava un cavernicolo che mi avrebbe assolutamente trascinata nella sua caverna per i capelli se avessi provato a uscire di casa.

Probabilmente avrebbe dovuto essere terrificante, ma non lo era. Mi stavo abituando alle richieste irragionevoli di Seth perché era preoccupato per me.

Non volevo dirglielo direttamente, ma il modo in cui mi aveva trattata negli ultimi giorni aveva reso notevolmente più facile superare il fatto che aveva vacillato nella sua fiducia per un breve lasso di tempo.

Feci un respiro profondo. "Ti perdono" gli dissi. "Davvero non hai più bisogno di vegliare su di me. Sto bene dal giorno in cui mi hai portata a casa. Non sono abituata a nessuno che si prenda cura di me, Seth."

"Abituati" brontolò. "Dal momento che non mi lasceresti uccidere Easton, l'unica soluzione è tenerti d'occhio, anche se mi perdoni, cosa di cui sono grato."

Sospirai esasperata. "Non puoi controllarmi per sempre."

Si alzò e si avvicinò alla mia sedia. Spostò il mio laptop sul pavimento. Squittii quando mi sollevò, si sedette e mi tirò in grembo. "Non posso nemmeno lasciarti da sola. E se tornasse?"

Mi accarezzò i capelli e mi sciolsi nel suo corpo forte e muscoloso. Era una sensazione così bella che non potevo resistere. E davvero, sarei voluta stargli vicino in questo modo per giorni. Senza pensarci, avvolsi le braccia intorno al suo collo e gli accarezzai la nuca, godendomi la sensazione dei suoi capelli naturali sulla punta delle mie dita.

"Non tornerà" dissi, cercando di calmarlo. "Si è imbattuto in Penny e me per caso. Il fatto che fosse qui a Citrus Beach non era un complotto per trovarci. Ma devo ammettere che mi è piaciuta la possibilità di prenderlo a calci, anche se ho sbattuto la testa."

"Non hai *sbattuto la testa*" disse con forza. "Il bastardo te l'ha sbattuta contro un muro di mattoni."

Il mio cuore si strinse. Seth era incazzato... ancora. "Non sono abituata a qualcuno che si prenda cura di me. Nessuno l'ha mai fatto davvero. Sono sola da molto tempo. Ero autosufficiente anche da bambina."

Rabbrividii quando mi strinse le braccia intorno, e una delle sue grandi mani mi accarezzò la schiena.

"Lascia che mi prenda cura di te, Riley. Lo faccio già, ma voglio che tu lo accetti come un tuo diritto, come qualcosa che meriti. Non posso tornare a non toccarti e fingere che siamo amici. Impazzirei, cazzo." La sua voce era roca e persuasiva.

E col cavolo che riuscivo a convincermi a dire di *no*. "Cosa succederà se cambiamo tutto?" Ero così tentata, ma allo stesso tempo spaventata.

"Qualunque cosa vogliamo che accada, piccola" rispose. "Non dobbiamo pianificare le cose. Dobbiamo solo scoprire dove andrà a finire. Nel mio caso, so cosa voglio. Ti desidero dal momento in cui ti sei seduta per la prima volta al mio tavolo al Coffee Shack.

Mi sentii cedere. Forse avevo ancora paura, ma non potevo negare che io e Seth stavamo costruendo questo momento esatto da settimane.

Io l'avevo sentito.

Lui l'aveva sentito.

E tornare al modo in cui eravamo stati sarebbe stato atrocemente doloroso.

"Mi sentivo allo stesso modo" confessai mentre infilavo le mani tra i suoi capelli. "Ma non volevo essere in combutta con il nemico" scherzai.

Mi prese la testa tra le mani, incoraggiandomi a guardarlo. Lo feci.

E fui completamente persa.

La cupezza nella sua espressione e il calore nei suoi occhi erano così reali che sentii un'ondata di calore tra le cosce. I miei capezzoli si irrigidirono dolorosamente, mentre i nostri occhi si fissavano per così tanto tempo che persi la cognizione del tempo.

Alla fine disse con voce roca: "Non sarai mai mia nemica, tesoro. Non accadrà mai."

Rabbrividii. Potevo sentire la sua dura erezione sotto il mio sedere e vedere una fame straziante nel suo sguardo tempestoso.

Me. Questo bell'uomo voleva *me.*

"Cosa vuoi?" chiesi in un sussurro ipnotizzato.

"Voglio che mi baci, cazzo, prima che impazzisca" ringhiò.

E poiché non potevo più aspettare, lo feci.

Mi mise una mano dietro la nuca, e io abbassai la bocca sulla sua.

Gemetti contro le sue labbra, il sollievo di essere finalmente in grado di esprimere le mie emozioni fisicamente che era una tregua, un alleviamento di un dolore che mi stava corrodendo dal momento in cui ci eravamo incontrati.

La sua lingua invase la mia bocca, la sua mano mi tenne ferma la testa come se avesse paura che mi allontanassi.

Non andrò da nessuna parte. Non posso. Desidero quest'uomo da troppo tempo.

Il nostro abbraccio diventò affamato, bisognoso, pieno di un desiderio che non poteva essere placato finché non fossimo stati entrambi nudi e pelle a pelle.

"Seth" mormorai quando la sua bocca si spostò lungo il mio collo, assaporando ogni centimetro della pelle sensibile.

Mi stava esplorando come se dovesse imparare esattamente cosa mi avrebbe eccitata.

"Seth" dissi con un tono più forte.

Alzò la testa. "Qual è il problema, Riley. Cosa vuoi?"

Te. Tutto quello che voglio sei tu! Voglio che mi scopi finché il mio corpo non è soddisfatto. Fino a quando non sarò sopraffatta dalle richieste intransigenti del mio corpo.

Mi spostai un po' indietro, anche se il mio corpo esitò all'azione. "C'è qualcosa che devo dirti. Qualcosa di importante.»

Seth e io eravamo in fiamme, quindi avevo bisogno di tirare fuori una verità che dovevo dire prima di non poter più essere in grado di riferirla.

La mia bocca si aprì e di riflesso si richiuse.

Scacciai le lacrime di frustrazione dai miei occhi. "Dannazione!" imprecai, arrabbiata perché qualcosa mi ostacolava sempre quando volevo dire la verità sulla mia infanzia. Non che qualcuno lo sapesse tranne Penny e la mia psicologa, ma era stato difficile anche quando l'avevo detto a loro.

Quindi iniziai in un modo diverso. "Non ho molta esperienza sessuale" sbottai. "Voglio dire, non sono assolutamente vergine, ma non è mai stato... bello."

"Te lo farò apprezzare, Riley" promise in un baritono sexy.

Feci un respiro profondo. "C'era un ragazzo al college, ma alla fine se ne andò perché era interessato a qualcun'altra. Nel profondo, so che è stato perché non ho risposto bene al... sesso. Non mi piaceva molto, e non faccio... sesso orale. *Affatto. Mai.*"

Rimase in silenzio, quindi continuai: "E poi c'è stato Nolan." Le lacrime iniziarono a sgorgare dai miei occhi mentre parlavo. "È stato terribile ogni singola volta, ma non credo che gli importasse davvero. Rimanevo lì a pregare che finisse. Quindi sentirmi in questo modo con te è... inaspettato. Non so cosa accadrà."

Con mia grande mortificazione, iniziai a singhiozzare in modo incontrollabile, qualcosa che non avevo mai fatto in tutta la mia vita.

Seth mi tirò la testa sulla sua spalla: "Lascia perdere, Riley. Lascialo andare."

Mi accarezzò la schiena e tenne il mio corpo contro il suo, mentre iniziavo a gemere in modo incontrollabile.

Mi sentivo come se stessi espellendo anni di tormento e dolore con ogni respiro che prendevo, ogni grido convulso che lasciava la mia bocca.

Non ero sicura di quanto tempo avessi urlato contro la sua spalla come una bambina, ma era con me ad ogni passo.

Potevo *sentire* la sua compassione. E potevo sentire il suo dolore mescolarsi al mio mentre mormorava: "Andrà tutto bene, piccola. Lo giuro. So che qualcosa non va. Dimmi. Qualunque cosa sia, ce ne occuperemo."

"Questo è il problema" dissi in lacrime contro la sua spalla. "Non sono mai stata in grado di affrontarlo fino a poco tempo fa. Anche dopo la consulenza intensiva che ho seguito negli ultimi due anni."

I miei pianti si erano calmati, ma le lacrime continuavano a scorrere, bagnandogli la maglietta mentre continuavano a sgorgare incessantemente.

Sentii il corpo di Seth irrigidirsi sotto il mio. "Dimmi. Fallo uscire."

Volevo dirglielo.

Avevo bisogno di dirglielo.

La nostra relazione non poteva davvero andare oltre finché lui non lo avesse saputo, ma sarebbe stato difficile discuterne.

Attinsi a tutto ciò che avevo imparato nei due anni di trattamento che avevo avuto per i miei problemi. Ma fu la cosa più difficile che avessi mai fatto quando sbottai: "Penso che non mi sia mai piaciuto il sesso perché mio padre mi ha molestata per tre anni quando ero piccola. Da quando avevo sei anni, fino a quasi dieci. Penso che tu debba sapere che sono emotivamente danneggiata, Seth. Non sono sicura di poter essere la donna di cui hai bisogno. *Affatto. Mai.*"

CAPITOLO 20

Seth

S arei stato meno sorpreso se Riley mi avesse detto che era segretamente un alieno proveniente da un altro pianeta in un'altra galassia.

Probabilmente avrei potuto gestirlo.

Sfortunatamente, non avevo idea di come razionalizzare quello che mi aveva appena detto.

Tutto quello che sapevo era che in qualche modo avevo bisogno di rimettere le cose a posto per lei. Il suo dolore emotivo mi stava uccidendo.

Ricominciò a singhiozzare, e ogni respiro affannoso che faceva era come un coltello che si conficcava nella mia anima.

Mi sentivo distrutto.

Mi sentivo selvaggiamente protettivo, al punto che le mie braccia si strinsero attorno al suo corpo nel tentativo di proteggerla da cose che le erano già successe da bambina.

Ma non potevo farlo. Non potevo proteggerla dagli eventi della sua infanzia.

Tutto quello che potevo fare era farle capire che da oggi era mia da proteggere per il resto della sua vita, o fino alla fine della mia.

Potevo sentire quanto fosse stato difficile per lei condividere qualcosa del genere con me, e mi ero sentito ferito vedendola lottare coraggiosamente per sputare fuori la verità.

Mi alzai con lei tra le braccia, salii le scale, la adagiai dolcemente sul letto e ci avvolgemmo finché le nostre membra furono così intrecciate che lei non avrebbe saputo dove finiva, e dove cominciavo io.

Strofinò la testa contro la mia spalla. "Seth?" mormorò incerta.

"Non ti ho portata qui per fare sesso, Riley" promisi. "Voglio solo che tu riposi. E voglio stringerti mentre lo fai. Se vuoi parlare, allora parleremo. Ma l'ultima cosa che voglio è forzarti."

"Probabilmente non vorrai più fare sesso con me, giusto?"

"Sbagliato" dissi aspramente. "Ti voglio così tanto che fa male, cazzo. Ma questa non è la mia priorità. Non lo è mai stata. Tesoro, le mie palle non cadranno se non facciamo sesso, anche se potrebbero sembrarlo. D'ora in poi, tutto dipende da ciò che *tu* vuoi. Andremo al tuo ritmo."

"Penso che tu abbia bisogno di trovare una donna che sia... integra" sussurrò vicino al mio orecchio.

"Ho la donna che voglio" gracchiai. "E sposterò una dannata montagna per aiutarla a capire che è già integra. Mi dispiace così tanto per quello che ti è successo da bambina, ma non fa differenza per chi sei *ora*. Non è stata colpa tua, Riley. Non lo sarà mai. Eri una bambina. E un adulto in una posizione di potere nella tua vita l'ha usato contro di te. Dovresti saperlo ormai."

"Razionalmente, lo so" rispose debolmente mentre si coccolava contro il mio corpo. "Ma ci sono ancora scorci del senso di colpa e della vergogna che ho portato fin dall'infanzia, anche se sono stata in terapia per due anni. Mio padre è morto da dieci anni, e ricordo ancora tutto. Non sono mai stata in grado di fare sesso piacevole. Mi sentivo... sporca."

"Non sei sporca" risposi, mentre la rabbia scorreva in tutto il mio corpo. La confortai. L'ultima cosa di cui Riley aveva bisogno era affrontare le mie emozioni riguardo a quello che le era successo. "Sei bella dentro e fuori, piccola."

"Non mi sono mai sentita tale" mormorò dolcemente. "Pensavo che l'avrei dimenticato, Seth. È successo molto tempo fa. Ma più tardi, ho iniziato ad avere dei flashback, e sono sprofondata nella depressione e nell'ansia quando stavo finendo la scuola di legge. Stavo precipitando verso il basso, e penso che questo sia ciò che mi ha portata ad accettare la proposta di Nolan. Ho pensato che forse se avessi potuto solo... appartenere a qualcosa, sarei stata bene. Solo che penso di aver ottenuto il risultato opposto. Mi sentivo... in trappola. E ancora più ansiosa. È stato solo quando ho iniziato a vedere una psicologa qui a Citrus Beach che mi sono resa conto che probabilmente soffrivo di una forma di Disturbo Post-Traumatico da Stress. Ho iniziato a capire che quel tipo di cose non possono essere sepolte. Mai. Ho dovuto imparare ad affrontarlo prima che controllasse completamente la mia vita. Ho bisogno di parlarne."

"I tuoi fratelli lo sanno? Tua madre lo sa?"

"No" rispose dolcemente. Non gliel'ho detto. Non sono sicura che mia madre lo sapesse, ma sono sicura che ha sentito le voci. Una notte mio padre è stato sorpreso a strisciare nel mio letto da uno dei membri del personale, e le chiacchiere sono circolate. Molte persone hanno iniziato a parlarne, ma da bravi codardi non l'hanno mai affrontato perché era un miliardario. Era quasi intoccabile. Non ho mai saputo che la gente sospettasse fino a quando non sono diventata più grande. Pensavo fosse *colpa mia*. Che avessi fatto qualcosa per meritarmelo. Non l'ho mai detto a nessuno perché non sapevo nemmeno se mi avrebbero creduta."

"Fanculo alle persone che sanno ma non dicono una parola al riguardo" imprecai. "Ecco perché hai trascinato via Penny, giusto? Non sto dicendo che non l'avresti fatto comunque, ma ti ha ricordato quello che era accaduto?"

"Sì" confermò dolcemente. "Non volevo che un'altra bambina passasse attraverso quello che avevo passato io. Proprio come me, non credo che abbia davvero capito di essere stata abusata fino a quando non è stata fuori da quel piccolo mondo. Forse mi sono sentita un po' meglio riguardo alla mia situazione aiutando anche lei. Alla fine mi ero alzata in piedi per combattere quello che mi era successo, anche se era troppo tardi per me. Ma Penny lo sa, e comprende le azioni di Nolan esattamente per quello che erano. Aveva me con cui parlare, e non lo ha represso. Penny è l'unica persona nella mia vita che lo sa. Volevo che sapesse che sarei sempre stata lì a sostenerla perché era successo anche a me."

Nascosi il viso tra i suoi capelli e la respirai, desiderando poter capire perché qualcuno potesse aver ferito Riley da bambina. Ma non potevo. "Sei così coraggiosa, piccola. Così incredibilmente coraggiosa. Non dovresti vergognarti di quello che ti è successo. Eri tutta sola. Non avevi nessuno che ti salvasse come Penny aveva te ad aiutarla. Capisco perché non l'hai detto a tua madre. Dubito che sarebbe stata comprensiva."

"Probabilmente mi avrebbe chiamata bugiarda" rispose. "Non ha mai amato mio padre. Voleva solo i suoi soldi. Non è cresciuta ricca. Quindi lo status e il denaro erano qualcosa a cui si sarebbe aggrappata ad ogni costo."

"Tuo padre era in una posizione di fiducia. L'ha violata. Sono davvero contento che sia morto, altrimenti avrei voluto uccidere anche lui, forse *prima* di uccidere Nolan".

Sentii una piccola risata uscire dalla bocca di Riley, ed era il suono più dolce che avessi mai sentito.

Non c'era da stupirsi che non ridesse molto.

Avrei cambiato le cose.

"Vorrai sempre commettere un omicidio se qualcuno mi ferisce?"

"Sì" dissi onestamente. Non avrei mentito. "Ho un'area di protezione larga miglia quando si tratta di te, tesoro. Probabilmente l'avrò sempre."

"Ho sempre desiderato sentirmi al sicuro, ma non lo sono mai stata" spiegò. "È davvero bello avere qualcuno che mi guarda le spalle, ma non puoi proteggermi per sempre. Ho praticamente imparato a stare in piedi da sola."

"Puoi essere indipendente, ma avere comunque qualcuno che vuole tenerti al sicuro, piccola."

"Forse hai ragione" disse. "Sono abbastanza sicura di essere dipendente da te."

"Idem" replicai con voce roca, il dolore sordo allo stomaco che diventava più acuto perché sembrava che fosse disposta a tenermi in futuro.

"Mi dispiace scaricarti questo addosso, ma avevi bisogno di sapere tutta la verità se vogliamo portare avanti questa relazione. Ho delle... limitazioni. Non sono esattamente una grande amante. Dovevi saperlo" disse esitante.

Ovviamente, il padre di Riley l'aveva costretta a mettergli la bocca addosso, motivo per cui non poteva sopportare di fare sesso orale con un uomo. Me ne poteva fregare un accidente? Per lei, probabilmente sarei diventato celibe se ciò avesse significato che si sentiva al sicuro.

"Riley, sei la donna più incredibilmente reattiva e sexy che abbia mai incontrato. La palla è nel tuo campo ora. Non succederà niente a meno che tu non lo voglia veramente. E non ti incoraggerei mai a fare qualcosa che non ti senti a tuo agio a fare" dissi sinceramente.

Non volevo solo il suo *corpo*. Volevo *lei*. Se non avessi potuto avere tutta questa donna, avrei aspettato di poterlo fare. Sapevo che ne sarebbe valsa la pena.

Se avessi dovuto continuare a masturbarmi, l'avrei fatto.

"Sei davvero disposto ad essere così paziente?" chiese, sembrando sorpresa.

"Cosa devo fare per farti capire che tutto ciò che voglio sei tu, tesoro? È così dal giorno in cui ci siamo incontrati. Preferirei essere qui così con te piuttosto che scopare con qualsiasi *altra* donna." Quando alla fine avessi preso Riley, e sapevo che l'avrei fatto, sarebbe stata vogliosa quanto me.

Onestamente, anche se lo avessi voluto, cosa che sicuramente non volevo, non ero nemmeno sicuro di essere in grado di stare con qualsiasi donna *tranne* Riley.

"La mia psicologa ha detto che sono pronta, ma ho un po' paura. E se non dovessi essere la donna che vuoi, Seth?"

Mi uccideva sentirla parlare così. "No, Riley. Sei la donna più coraggiosa che conosca. Tutto quello che devi fare è capire che è quello che *vedo*, e lo farò sempre. Tu *sei* la donna che voglio. Nessuna paura, okay? Risolveremo tutto insieme."

"Va bene" replicò. "Solo non dire che non ti avevo avvertito."

Ridacchiai. "Debitamente avvertito, ma per nulla timoroso di tuffarmi in questa relazione con tutto il cuore, comunque."

"Tu sei solo un po' matto, lo sai" rispose. "Io ho dei problemi."

"Abbiamo *tutti* dei problemi, tesoro. Perché pensi che volessi abbattere quel molo su quel lotto di spiaggia e costruire una sovrastruttura? Le cose che ci accadono da bambini possono mandare a puttane tutta la nostra vita."

La capivo meglio di quanto avrebbe mai saputo. Anche se la mia prima infanzia non era stata come la sua perché avevo sempre avuto mia madre, capivo che una persona poteva portare con sé brutti ricordi per tutta la vita.

Tuttavia, ero *determinato* ad aiutarla a superare il trauma infantile che aveva subito. Forse sarebbe sempre stato lì nel retro della sua mente, ma non avrei permesso che interferisse con la sua felicità ora.

Si tirò indietro un po', e fu come un rapido calcio nello stomaco quando guardai i suoi occhi gonfi. "Non lasciare che quelle cose ti feriscano ancora, Seth. Non farlo. Nessuna delle cose con il tuo padre biologico è stata colpa tua. Avrebbe dovuto essere lì per te, ma era uno stronzo. *Non* eri immeritevole di amore. Era lui quello incapace di amare perché era un narcisista. Non poteva amare *nessuno*."

Mi strappava il cuore che Riley stesse cercando di *consolarmi*, anche se era lei quella che aveva davvero bisogno di essere ascoltata e compresa.

Accarezzai delicatamente una ciocca di capelli che le pendeva sul viso. "Non abbatterei quel molo ora, anche se potessi. Ho un bel ricordo di te lì, ora. So che mio padre non era in grado di prendersi cura di nessuno di noi. Immagino che fosse solo un residuo di rabbia infantile a guidarmi. In nessun modo gli permetterò di rovinare il mio futuro. Penso che aver creato nuovi ricordi che superano quelli brutti mi abbia aiutato. Di tanto in tanto salta fuori sempre della merda, ma non dura mai così a lungo."

"Vorrei poter dire la stessa cosa" disse malinconicamente.

"Sii paziente" suggerii. "Ci arriverai. Vacci piano con te stessa."

Annuì lentamente. "Ci sto provando. Ho fatto molta strada in due anni."

Considerando che aveva avuto una stronza senza cuore come madre e un bastardo crudele come padre, Riley era fottutamente incredibile.

"Sì" concordai. "Anche se non te ne rendi ancora conto, *sei* integra, Riley."

Alzò un sopracciglio. "Come ho fatto a finire con un ragazzo come te nella mia vita? Sembra che tu mi accetti così come sono."

"Non capisci che provo lo stesso per te?"

Scosse la testa.

Continuai: "Tu vedi me, Riley. Non vedi il mio conto in banca. È piuttosto raro. Ecco perché all'inizio mi piacevi. Non hai esitato a rimproverarmi o a combattere per ciò che volevi. Diventare ricco mi ha reso dannatamente prudente. Non posso dire che abbia cambiato esattamente nessuno di noi, ma essere ricchi è una novità e ha cambiato il modo in cui guardiamo le altre persone nella nostra vita. Mi chiedo cosa vogliano, perché in genere vogliono *qualcosa*. Quando sei entrata nella mia vita, hai cambiato tutto per me."

"Ero una sfida?" chiese con attenzione.

"Eri *vera*" corressi. "E forse mi piace una donna che mi sfida."

"Va bene. Penso che mi piaccia di più che *essere* una sfida da vincere" prese in giro. "Ma ho i miei soldi."

"Io ne ho di più." Cercai di non far sembrare quel commento arrogante. "È davvero importante che hai i tuoi soldi? Sembra che molte persone ricche vogliano sempre di più."

Potevo vedere la piccola piega sulla sua fronte che mi diceva che stava pensando.

"Di solito sì" disse alla fine. "Almeno nel mio mondo. Personalmente, non mi interessa. Ho abbastanza soldi per parecchie vite di spese sontuose. Che senso ha avere di più?"

Annuii. "Esattamente. Non lavoro alla costruzione di Sinclair Properties per i soldi, lo sai. Lo faccio perché è una sfida e mi piace. Il denaro è solo un sottoprodotto del mio successo."

"Faccio la maggior parte del mio lavoro pro bono" disse con riluttanza. "Forse è un po' folle visto che mi sono laureata ad Harvard. Ma sto facendo qualcosa che significa il mondo per me."

"*Non* è folle. Ti stai rendendo felice e stai aiutando molti amici pelosi o piumati lungo la strada." Adoravo il fatto che stesse facendo ciò di cui era appassionata. Non riuscivo a vedere Riley fare altro.

Si rannicchiò contro la mia spalla. "Mi sento così... stanca. Non è ancora nemmeno ora di cena."

Sapevo *esattamente* perché era esausta. Era emotivamente esausta. Aveva lasciato andare un mucchio di dolore che era rimasto in lei per troppo tempo.

"Non c'è niente di male nel fare un pisolino, Riley."

"Non lo faccio. *Affatto. Mai.*"

Sorrisi contro i suoi capelli rosso fuoco. "Dovresti provarlo."

"Sicuramente non lo farò" ribatté, in tono irritato. "È una giornata lavorativa, Seth."

Sorrisi quando la sentii respirare in modo costante pochi istanti dopo.

Si era addormentata.

CAPITOLO 21

Riley

Ero confusa quando i miei occhi si aprirono, ed era buio. Impiegai un paio di minuti per mettere a fuoco la situazione.

Ho detto a Seth della mia storia di abusi sessuali.

Ho pianto come una bambina isterica.

Gli ho detto che non mi sarei addormentata.

E poi, l'ho fatto.

Detti una sbirciata all'orologio sul comodino.

Quattro del mattino.

Quanto tempo era passato da quando avevo dormito per quasi dodici ore? Dato che non ero un tipo di donna che andava a letto presto e mi alzavo relativamente presto, era passato molto tempo da quando avevo dormito *così tanto*.

Mi resi conto lentamente che c'era un corpo molto voluminoso, duro e incredibilmente caldo dietro di me. Sapevo esattamente a chi apparteneva. Se non lo avessi fatto, sarei stata terrorizzata ormai.

In realtà noi due stavamo... a cucchiaio. Le sue braccia erano avvolte intorno a me, le sue mani appoggiate proprio sotto i miei seni.

Mi dimenai appena, cercando di avvicinarmi a lui più di quanto non fossi già.

Dio, mi sentivo così incredibilmente bene.

Era così allettante.

In quel momento, mentre mi appoggiavo a lui, sapevo che per la prima volta nella mia vita, ero... al sicuro. Anche il mio cuore era molto più leggero di quanto non fosse mai stato prima. Come se un enorme peso fosse stato finalmente sollevato dalla mia anima.

Seth mi aveva ascoltata senza giudicarmi e mi aveva rassicurata che non ero meno attraente per quello che aveva fatto mio padre. Mi aveva detto che non era colpa mia e che era stato mio padre a tradire la *mia* fiducia.

Erano tutte cose che già sapevo e che avevo cercato disperatamente di solidificare nei miei pensieri e nelle mie emozioni. Tuttavia, c'era sempre un *po'* di vergogna residua.

Ma sembrava più piccola, meno importante.

Dirlo a Seth aveva aiutato. Era stato terrificante mentre lo facevo. Suppongo che avrei dovuto sapere che avrebbe capito.

La stanza era buia tranne che per la luce che filtrava dalle persiane, ma lentamente mi girai sull'altro fianco per poter essere di fronte a Seth. Sfortunatamente, dopo essermi girata completamente, mi resi conto che non potevo davvero vedere la sua faccia così bene.

Tuttavia, ero più che felice del fatto che potevo sentire la pelle calda e liscia della sua spalla e della sua schiena.

Non indossa una maglietta.

Chiusi gli occhi mentre accarezzavo la pelle morbida, assaporando ogni centimetro sotto la punta delle dita.

"Cosa stai facendo?" brontolò assonnato.

Rimasi sorpresa dalla sua voce, ma non riuscivo a smettere di toccarlo.

"Ti sto assaggiando" mormorai. "Scusami. Mi sono svegliata e tu eri proprio... lì. Non ho resistito."

Scusa, non mi dispiace.

Non che potessi davvero pentirmi di quello che stavo facendo. Avevo aspettato troppo a lungo per poterlo toccare in questo modo.

"Piccola, se hai intenzione di toccarmi, avrei in mente molti posti migliori in cui palparmi" disse con voce bassa e assonnata.

"Potrei baciarti" mi offrii, il cuore che accelerava.

Volevo quest'uomo. Da morire. Non sapevo davvero come prendere l'iniziativa, e ovviamente stava aspettando.

Aveva detto che tutto sarebbe potuto succedere quando fossi stata pronta.

Beh, *ero* pronta.

Adesso più che mai.

Non ero proprio sicura di cosa fare esattamente.

"Potresti sicuramente baciarmi" disse in un sexy baritono. "Sono tutto tuo, tesoro."

Tutto mio.

Il pensiero era esilarante e terrificante allo stesso tempo.

Avvolsi le mie braccia intorno al suo collo e lo baciai, cercando di comunicare esattamente come mi sentivo senza parole.

Rimase passivo solo per un istante, e poi prese il controllo, la sua lingua che esplorava la mia bocca a fondo, in modo deciso e con così tanta passione che il mio nucleo si inondò di calore liquido.

"Seth" dissi senza fiato mentre interrompeva l'abbraccio per esplorare il mio lobo dell'orecchio sensibile.

"Gesù, Riley. Ti voglio così tanto che non sono sicuro per quanto tempo riuscirò a resistere" gracchiò accanto al mio orecchio.

Potevo sentire il suo respiro caldo che si diffondeva sul mio orecchio, la tensione nel suo corpo e il modo in cui la sua voce suonava come se stesse per impazzire.

C'era qualcosa nel sapere che mi voleva tanto quanto io volevo lui che mi spezzava.

"Non ce la faccio più neanche io" confessai. "Non posso. Voglio che mi scopi, Seth. Per favore" supplicai. "Sto male. Da molto tempo. Ma dovrai aiutarmi, almeno questa volta."

Si allontanò da me per un momento e praticamente soffrii la perdita. Seth accese una luce soffusa al suo lato del letto, e poi tornò di nuovo verso di me.

Mi spinse dolcemente sulla schiena. "Guardami, Riley" insistette. "Ho bisogno di sapere che lo stai facendo perché lo vuoi davvero. Non voglio metterti fretta. Non era questo che volevo dire. Posso aspettare."

Lo fissai con aria di sfida. "Non faccio cose che non voglio fare. *Affatto. Mai.* Okay, forse lo *facevo*, ma non più. Non posso stare con te e non volere di più. Non avvicinarmi a te. Fa male anche a me. Ma non so davvero cosa fare, a parte contare i momenti fino alla fine del sesso. Non so cosa fare con il modo in cui mi fai sentire, Seth."

"Tesoro, non conterai mai i minuti finché non avremo finito" mi disse con voce grave.

La sua bocca scese sulla mia quasi immediatamente, ed emisi un gemito di sollievo contro le sue labbra. Avevo così tanto bisogno di essere connessa a lui che non riuscivo a respirare.

Partecipai attivamente invece di lasciare che accadesse, avendo bisogno che sapesse quanto avevo bisogno di lui.

Rabbrividii mentre mi mordicchiava il labbro inferiore e poi lo leniva con la lingua.

"Assicurati che questo sia ciò che vuoi, Riley. Perché una volta che questo accade, non si torna indietro. Non per me" ringhiò.

Anche per me non si torna indietro.

Forse avevo sempre saputo che sarebbe stato tutto o niente con quest'uomo, il che mi aveva terrorizzata a morte.

Fino ad ora.

Fino a stasera.

Fino a quando non mi ero fidata di lui.

Capii in quel momento che ero innamorata di Seth. Perdutamente. Totalmente. Irrevocabilmente.

Non potevo esprimerlo bene in questo momento.

Non ero pronta per essere così vulnerabile perché era nuovo per me.

"Non voglio tornare indietro" sussurrai. "Ho solo bisogno di entrambi nudi."

"Non ho intenzione di discutere su questo" disse con un sorriso che mi fece battere forte il cuore.

I nostri sguardi si incontrarono, e ci parlammo senza dire parola, prima che lui rotolasse giù dal letto.

Mi leccai le labbra secche quando vidi tutto il suo corpo. Tutto quello che indossava era un paio di pantaloni della tuta, e una cinta che li teneva sui fianchi, che gli permise di toglierseli di dosso.

Dolce Gesù!

Non era sembrato così allettante nemmeno nelle mie *fantasie*. Era completamente scolpito, ma non gonfio come un bodybuilder. Seth aveva muscoli forti nei bicipiti, nelle cosce e addominali scolpiti su cui qualsiasi donna avrebbe sbavato.

I miei occhi finalmente caddero su un'erezione molto grande che quasi mi rese diffidente.

Quando il mio sguardo si alzò di nuovo, stava sorridendo.

L'uomo non si vergognava di sfoggiare ogni centimetro di pelle che aveva. E lo adoravo.

Gli sorrisi mentre mi sedevo. Afferrai l'orlo della mia maglietta e la portai sopra la testa. La buttai via, non mi importava molto di dove fosse finita.

Seth fu su di me prima che potessi battere ciglio.

"Ci penso io adesso, splendida" tuonò, le sue dita che cercarono e trovarono la fibbia del mio reggiseno. Lo sganciò e lo lanciò nella stessa direzione in cui avevo il mio top.

Prese a coppa i miei seni nudi e poi strofinò le punte dure e sensibili dei capezzoli tra il pollice e l'indice.

La mia testa cadde all'indietro sul cuscino con un gemito soffocato di piacere.

Si prese il suo tempo, la sua bocca che esplorava ogni centimetro del mio seno. Morse dolcemente un capezzolo e lo lenì con la lingua. Poi si spostò sull'altro e fece la stessa cosa.

Si mosse avanti e indietro, tormentandomi fino a farmi sentire come se stessi perdendo la testa.

"Seth. Per favore" piagnucolai.

Lo sentii slacciare il bottone dei miei jeans e abbassare la cerniera. Alzai i fianchi per aiutarlo a spogliarmi. Prese le mie mutandine allo stesso tempo.

Quando ebbe finito, non lasciò la sua posizione in ginocchio.

Semplicemente... guardò. "Sei così dannatamente bella, Riley" disse, come se fosse stata passata della carta vetrata sulle sue corde vocali.

Probabilmente avrebbe dovuto mettermi a disagio il fatto che stesse valutando ogni centimetro del mio corpo nudo, ma non lo fece.

"Fottimi, Seth" chiesi, sentendomi tesa e impaziente.

"Ci arriverò, credimi" avvertì. "La tua avversione per il sesso orale vale sia nel darlo che nel riceverlo?"

Stava per...

Voleva...

Oh Dio.

"Non credo" confessai. "Ma nessuno l'ha mai fatto prima."

"Allora sarò più che felice di essere il primo" disse con un tono rude e selvaggio.

Tremai mentre mi allargava le gambe e le sue mani scivolavano sulle mie cosce. Quel semplice tocco leggero delle sue dita così vicino a dove volevo che fosse mi fece alzare i fianchi.

Quando si abbassò e nascose la testa tra le mie cosce, urlai per lo shock della sensazione, e il bisogno carnale mi lacerò.

Infilò la sua lingua tra le mie pieghe e la fece scorrere per tutta la lunghezza della mia figa.

"Oh, Dio" gridai piano, non abituata alla sensazione della bocca di un uomo che scendeva su di me.

Ma mi sentivo così bene che volevo piangere.

Esplorò la mia figa con calma, e così a fondo che i miei respiri iniziarono a uscire dalla mia bocca in piccoli sospiri.

"Di più" chiesi, infilando le mie mani nei suoi capelli e stringendo a pugno in modo che potessi in qualche modo radicarmi a terra.

Alla fine, mordicchiò dolcemente il mio clitoride, e poi mi diede l'esplosione di piacere che desideravo passando con fermezza la sua lingua più e più volte contro il minuscolo fascio di nervi che implorava la sua attenzione.

Il grosso nodo che si era formato nella mia pancia iniziò a dispiegarsi, e inarcai la schiena. Alzai i fianchi, implorando ogni tocco della sua lingua che potevo.

"Seth. Sì. Per favore" urlai con abbandono, mentre il peso lasciava il mio stomaco e mi attraversava il corpo prima di esplodere senza sosta nel mio intimo.

Mi lasciai andare e permisi al mio corpo di godersi la soddisfazione del mio intenso climax.

Prima che crollassi, Seth mi venne sopra e mi spinse dentro finché non fu seppellito fino alle palle.

Era esattamente quello che volevo, quello di cui avevo bisogno. "Sì!" sibilai mentre gli avvolgevo le braccia al collo.

"Questo è meglio di qualsiasi fantasia che abbia mai avuto su di te, Riley. Molto meglio" ringhiò.

Non ebbi il tempo di contemplare l'eccitazione che cresceva dentro di me dal sapere che in realtà aveva avuto fantasie lussuriose su di me. Ma non mi lasciava pensare razionalmente.

Si tirò quasi fuori e poi tornò dentro.

Mi sentivo distesa, i muscoli del mio canale che si rilassavano per accogliere un uomo della sua stazza.

Emisi un sussulto di piacere, quando Seth stabilì un ritmo regolare, ogni colpo dentro di me più duro del precedente.

E Dio, quanto desideravo la sua ferocia, i suoi istinti primitivi che sembravano sopraffare entrambi.

Mi faceva sentire viva, e l'accolsi con favore.

Alzando i fianchi in modo sperimentale, presi il suo ritmo e spinsi indietro, intensificando la forza di ogni spinta.

Avvolsi le mie gambe intorno ai suoi fianchi per istinto, disperata perché entrambi trovassimo sollievo.

La nostra pelle era umida per lo sforzo, e la nostra pelle nuda scivolò insieme in modo erotico, mentre il suo petto mi sfregava i capezzoli nel muoversi.

Il mio corpo era in sovraccarico. Niente avrebbe mai potuto prepararmi a sentirmi come mi sentivo.

Ferocemente affamata.

Selvaggia.

Disposta a fare qualsiasi cosa per saziare entrambi i nostri desideri avidi l'uno per l'altra.

E poi, successe. Ero immersa nel piacere più dolce e acuto che avessi mai provato.

"Seth. Oh, Dio" ansimai.

Potevo sentire il climax attraversarmi, quando mi prese la bocca e usò la lingua per imitare le azioni del suo enorme uccello.

Affondai le mie unghie corte nella pelle nuda della sua schiena, artigliandolo, mentre sentivo il primo spasmo nel mio intimo. Poi, mi persi nel climax travolgente.

Non riuscivo a pensare.

Non potevo fare nulla.

Tutto ciò che ero in grado di fare era *sentire*, cavalcare ogni ondata di beatitudine che si riversava sul mio corpo.

Il mio orgasmo era così instabile che i miei muscoli interni si serrarono con forza attorno al suo cazzo.

Gemette forte. Seth affondò il suo membro dentro di me ancora una volta e lasciò andare il suo caldo rilascio dentro di me.

Eravamo entrambi ansimanti e senza parole, ma riuscì a rotolare, prendendo il mio peso, lasciandomi distesa sul suo corpo.

"Sono abbastanza sicuro che non stavi guardando l'orologio" disse, il petto ancora ansante.

Quando il mio respiro rallentò e il mio battito cardiaco iniziò a tornare alla normalità, finalmente parlai. "No. Non me ne frega niente di che ore sono. Sono abbastanza sicura che i miei problemi sessuali siano quasi guariti."

Onestamente, ero in terapia da così tanto tempo che avevo lavorato sulla maggior parte di essi. Ero solo cauta nel testare la cosa reale.

Rise con voce bassa e malvagia. "Ne sono dannatamente felice, piccola. Sono sicuro che *molte più* sperimentazioni lo renderanno ancora migliore."

Il suo perfido tono baritonale era stuzzicante, ma potevo sentire anche una nota seria nella voce sexy e bassa.

Seth mi prese la testa tra le mani e mi baciò, un abbraccio appagante che mi fece arricciare le dita dei piedi.

Più sperimentazione? Cavolo, sì. Ero *completamente* d'accordo con quello.

CAPITOLO 22

Riley

"Non abbiamo nemmeno parlato di controllo delle nascite o protezione la scorsa notte" disse casualmente Seth più tardi quella mattina.

Avevo deciso di avere compassione di lui e preparare la colazione poiché entrambi eravamo affamati dopo il sesso a letto e poi il sesso sotto la doccia. Oh sì, e poi il sesso prima di vestirci. Che ci aveva rimandato di nuovo nella doccia.

Avevo deciso di non fare sesso dopo la doccia... *di nuovo.*

Non che non fossi stata *tentata*, ma una donna poteva sopportare fino a un certo punto prima di non riuscire a camminare dritta.

L'avevo scacciato dalla camera prima che ci mettessimo di nuovo nei guai, e iniziammo a preparare qualcosa da mangiare.

Era quasi ora di pranzo, e nessuno di noi due aveva ancora avuto la dose di caffeina del mattino.

Seth stava rimediando. Stava preparando il mio tè e il suo caffè mentre io preparavo il bacon e le uova.

"Non farti prendere dal panico" gli dissi. "Prendo la pillola. Non ho smesso di prenderla dopo aver chiuso con Nolan. Non sono esattamente desiderosa di avere un figlio. Non lo sono mai stata."

Trattenni il respiro per un momento, non sicura di come avrebbe preso la mia affermazione sincera.

Scrollò le spalle, mentre mi passava il tè. "Mi sta bene" brontolò. "Ho passato la maggior parte della mia vita a crescere fratelli e poi a farli andare al college."

Capivo cosa intendeva. Non aveva mai avuto tempo per *se stesso*. Lui stesso era ancora un bambino quando aveva iniziato ad assumersi la responsabilità dei suoi fratelli più piccoli. Era perfettamente comprensibile che non volesse crescere nemmeno lui dei figli.

La mia paura di avere figli derivava dalla mia infanzia. Non sapevo nemmeno se *avessi* la capacità di essere una buona madre. Non avevo esattamente avuto buoni esempi di genitorialità, quindi il solo pensiero di avere un figlio e rovinarlo era sufficiente per farmi prendere le pillole anticoncezionali come se fosse un'esperienza religiosa obbligatoria ogni singolo giorno.

Mi rivolsi a lui dicendo: "Non so perché non ne abbiamo discusso prima di fare sesso... più volte."

Non commettevo errori critici del genere. *Affatto. Mai.*

Mi lanciò un sorriso malizioso che mi fece battere il cuore.

"So io perché" disse con voce strascicata in un tono profondo e malizioso.

Gli sorrisi di rimando. Non potevo farne a meno.

Seth era irresistibile in *ogni* circostanza, ma era doppiamente sexy quando era a torso nudo nella sua cucina, vestito solo con un paio di pantaloni da jogging.

Perché doveva essere così dannatamente... attraente? Anche dopo aver esplorato ogni centimetro del suo petto massiccio e quegli addominali scolpiti, volevo ancora tracciare di nuovo ogni muscolo duro con la lingua.

"Suppongo che sia qui che mi dici perché?" chiesi, la mia voce senza fiato per aver guardato il suo splendido corpo seminudo.

Si fermò prima di parlare. "Non l'ho mai fatto prima. Non ho mai parlato di controllo delle nascite o protezione prima di portare una donna a letto" spiegò mentre si muoveva furtivamente in avanti.

Indietreggiai finché il mio culo non colpì il tavolo e lui stava invadendo il mio spazio.

Aggiunse: "Ma tu? Non sei come qualsiasi altra donna che abbia mai conosciuto, Riley. Penso di aver dimenticato il mio dannato nome ieri sera. Niente importava tranne entrare dentro di te prima che perdessi la testa."

Era così vicino che potevo sentire il suo respiro caldo sulle mie labbra. "È così?" chiesi mentre avvolgevo le mie braccia intorno al suo collo.

"Colpa tua" brontolò. "Mi hai reso temporaneamente pazzo."

Risi e gli abbassai la testa per baciarlo.

C'era qualcosa di incredibilmente seducente nel sapere che potevo far dimenticare a questo uomo bellissimo e perfetto tutto tranne... me.

Mi baciò teneramente, a fondo, e io chiusi gli occhi e gustai il suo sapore.

Non mi sarei mai abituata al modo in cui mi sbilanciava. Ma mi fidavo abbastanza di lui da sapere che mi avrebbe presa se fossi caduta.

Non avevo mai avuto quel tipo di fiducia in nessun uomo prima, ma non avevo mai conosciuto un uomo come quello che mi baciava come se la sua vita dipendesse da questo.

Rimasi delusa quando finalmente alzò la testa.

"Stai bene?" chiese guardandomi. "Voglio dire, dopo quello che è successo con tuo padre—"

Gli misi un dito sulle labbra. "Sto bene. L'unico motivo per cui l'ho menzionato è perché pensavo avessi il diritto di saperlo. Non mi è mai piaciuto essere così intima con un uomo prima, e non avevo idea di *cosa* sarebbe successo. Ho sempre tollerato il sesso, ma di certo non mi è mai piaciuto."

Il fatto che fossi diventata improvvisamente orgasmica era stato in realtà una sorpresa. Sì, ero molto attratta da Seth, ma temevo che sarebbe rimasto deluso, o lo sarei stata io, una volta che avessimo finalmente compiuto l'atto.

"E con me ti è piaciuto?" chiese con un leggero cipiglio.

Sbuffai. "Se non hai capito la risposta a quella domanda ieri sera, allora sono preoccupata per te."

Sembrava sollevato. "Immagino che volevo solo sentirtelo dire."

"Hai scosso il mio mondo" confessai. "Mi rende felice sentirmi finalmente normale."

Mi mise una ciocca di capelli dietro l'orecchio. "Sei tutt'altro che *normale*, Riley. Sei unica nel tuo genere."

Il mio cuore ebbe un sussulto quando guardai nei suoi occhi grigi, così pieni di sincerità che mi venne voglia di piangere. Potevo vedere il modo in cui mi vedeva nei suoi occhi.

Mi faceva sentire desiderata, adorata. Anche se il modo in cui mi guardava a volte mi metteva a disagio, mi faceva anche sentire come se potessi volare.

Alla fine, avrei potuto abituarmi a essere trattata come se fossi preziosa per qualcuno con cui uscivo, ma ero certa che non l'avrei mai dato per scontato.

Alla fine, risposi: "Sei piuttosto speciale anche tu, ragazzone."

Sorrise. "Sono pronto per riportarti a letto."

"Oh, no, non lo farai" dissi con una risata deliziata. "Sono dolorante. Non faccio sesso da alcuni anni e ora che abbiamo fatto una maratona con diverse sessioni, faccio fatica a camminare."

"Fa male" disse tristemente. "Mi dispiace, bellissima. Avrei dovuto pensarci."

Gli rivolsi un sorriso malizioso. "Non mi sto lamentando, ma potrei aver bisogno di una pausa. Almeno per qualche ora."

"Ci prenderemo tutto il tempo di cui hai bisogno."

"Non ci vorrà molto" gli assicurai mentre alzavo la mano per far scorrere il palmo contro la sua basetta. Per qualche ragione, pensavo che la rapida crescita della barba gli donasse molto.

"Voglio più del semplice sesso, Riley" disse con voce roca. "Dovresti saperlo."

"Cos'altro vuoi?" replicai, la mia voce poco più di un sussurro.

"Tutto" rispose in tono di avvertimento. "Mi piace svegliarmi con te nel mio letto. Mi piace vederti alla fine della giornata per parlare di quello che è successo mentre non eravamo insieme. Mi piace incontrarti al Coffee Shack quando abbiamo bisogno di una pausa. Mi piace vederti ridere. Davvero, mi piace tutto di te, anche il tuo caratteraccio."

"Non ho un caratteraccio" gli dissi con finta indignazione.

"Stronzate" replicò scherzosamente. "Hai ridotto male le palle di Easton. Avrei voluto essere lì a vederlo."

Alzai gli occhi al cielo. "Non ti sei perso molto. Ha pianto come un bambino. E avevo un motivo per prenderlo a calci in culo. Non avevo intenzione di lasciarlo vicino a Penny. Forse avevo anche un po' di rabbia repressa per quello che mi aveva fatto."

"Se fosse stato solo un residuo di rabbia, odierei vederti furiosa."

"Se rimani in giro per un po', lo vedrai un giorno."

"Non ho intenzione di andare da nessuna parte."

Scrutai i suoi occhi, cercando di vedere se stava dicendo la verità. Ora che sapevo di essere completamente pazza di lui, tutta questa storia della relazione era dannatamente spaventosa.

Seth era in grado di distruggermi, ma avrei dovuto imparare a mettere da parte le mie paure. "Quindi questa relazione sarà monogama?"

"Stai scherzando?" chiese burbero. "Ovviamente lo è. Non riesco nemmeno più a pensare di stare con un'altra donna. Cavolo sì, è monogama *e* impegnata."

Impegnata?

Volevo l'impegno?

Con lui, ero abbastanza certa di volerlo.

Annuii. "Va bene. Immagino che volessi solo sapere esattamente cosa stiamo facendo."

"Non è quello che vuoi anche tu?" chiese, suonando leggermente apprensivo.

"Sì" risposi prontamente. "Ho dormito con te, Seth. Se non lo avessi voluto, non l'avrei fatto. Ma ho un po' paura. Ho avuto un solo uomo nella mia vita. Non posso davvero contare la cosa del college. E guarda come è andata a *finire*."

Non ero stata altro che un ornamento per Nolan.

Ma questa volta era tutto diverso.

Seth era diverso.

"Non sono Easton" tuonò.

"Lo so."

"Non ho nemmeno intenzione di fingere di non essere un ragazzo un po' geloso. Sarò anche eccessivamente protettivo, perché non sopporto di vederti soffrire di nuovo. Ma sarò fedele. Sempre."

Riflettei per un minuto prima di rispondere. "Allora immagino che siamo monogami."

"Sono contento che funzioni per te" replicò, come se *non* avesse mai avuto intenzione di accettare un'altra risposta.

Alzai le spalle. "Nemmeno io voglio stare con nessun altro."

"Grazie al cielo!" disse con voce roca. "Dubito che la prenderei bene se lo facessi."

La mia attenzione fu momentaneamente distratta mentre annusavo l'aria. "Dio mio! Il bacon!"

L'odore nocivo che avevo annusato era fumo.

Spinsi contro la forma spaventosamente grande di Seth per poter tornare di corsa ai fornelli e spensi rapidamente il gas mentre agitavo la mano in aria sopra il bacon per dissipare il fumo denso.

"L'ho rovinato" osservai malinconicamente mentre usavo una forchetta per mescolare il pasticcio annerito.

Seth mi mise le mani sulle spalle. "Non importa, splendida. Non preoccuparti."

"Certo che importa" borbottai. "Stiamo entrambi morendo di fame. È colpa tua se mi distrai."

Ridacchiò. "Ho mai detto che mi piace molto il bacon extra croccante?"

Ero ancora incazzata con me stessa per aver fatto qualcosa di così stupido, ma non potevo trattenermi.

Sbuffai.

E poi risi.

CAPITOLO 23

Gentile Signora Montgomery,

Vorrei farle una proposta.

Anche se è l'avvocatessa più sexy su cui abbia mai posato gli occhi, mi ritrovo a desiderare qualcosa di diverso dalla sua competenza legale.

In realtà, potrebbe benissimo implicare palpeggiarle il sedere e fare sesso bollente, qualcosa a cui prima era contraria secondo il nostro vecchio accordo.

Mi faccia sapere se desidera continuare a infrangere il contratto precedente, il prima possibile.

Distinti saluti,

Seth Sinclair

"Sono molto *interessata* a distruggere per sempre quel vecchio contratto" dissi con una risata mentre leggevo l'e-mail di Seth.

Era passata più di una settimana da quando eravamo stati intimi per la prima volta, e sembrava che non potessimo superare una giornata lavorativa senza un qualche tipo di comunicazione reciproca.

Patetico, vero?

Mi appoggiai allo schienale della mia sedia da ufficio con un sorriso stampato in faccia.

Quando l'avevo salutato con un bacio questa mattina ed ero tornata al mio ufficio a casa per andare al lavoro, sapevo benissimo che *uno di noi* sarebbe crollato e avrebbe mandato messaggi o persino e-mail—la forma di comunicazione che lui aveva deciso di utilizzare *oggi*.

Emisi un enorme sospiro, sapendo di essere inutile per il resto della giornata. La mia mente era ora concentrata su ogni singola cosa sporca che mi sarebbe piaciuta fare per continuare a infrangere il mio precedente contratto con Seth. Per fortuna era tardo pomeriggio, e avevo fatto tutto quello che dovevo davvero fare per i miei clienti.

Ogni singolo giorno, mi sembrava di ritrovarmi più pazza di Seth di quanto non lo fossi stata il giorno prima. Stranamente, non ero così spaventata come un tempo per la mia situazione. Ero convinta che fosse coinvolto in questa relazione tanto profondamente quanto me.

Praticamente vivevo a casa sua adesso, tornando al mio cottage solo durante il giorno per lavorare. Se non mi presentavo a casa sua quando tornava dall'ufficio, veniva a cercarmi.

È normale? *Era davvero salutare essere così connessi da voler stare insieme quasi ogni momento in cui non stavamo lavorando?*

Dato che avevo pochissima esperienza con la *normalità*, non ero sicura di cosa una coppia dovesse davvero fare insieme.

Importa davvero quello che fanno gli altri?

Probabilmente no. Seth ed io eravamo entrambi abbastanza contenti di continuare a fare quello che stavamo facendo ora.

Mi chinai in avanti e rilessi le poche righe della sua e-mail.

Mi venne in mente che di solito era lui quello che mi contattava durante il giorno. Non che non volessi, ma di solito aspettavo che lo facesse.

Sapendo *esattamente* cosa volevo fare, mi alzai, presi le chiavi e mi diressi verso la porta del garage.

Dopo aver fatto una breve sosta, finii nel suo ufficio una ventina di minuti dopo.

"Buon pomeriggio, Edie" salutai la segretaria di Seth mentre entravo dalla porta.

Edie mi sorrise dalla sua scrivania. "Signora Montgomery. È così bello vederla di persona."

Mi ero fermata solo una volta nell'ufficio di Seth, quando avevamo programmato di uscire a cena dopo che lui aveva lasciato l'ufficio. Qualsiasi altra comunicazione che avevo avuto con Edie era stata al telefono.

Sorrisi alla donna più anziana. "Anche per me è bello vederti. Ti ho portato un caffè. Non so se ti piace."

Era raggiante. "Sì. Amo qualsiasi cosa del Coffee Shack. È così premuroso da parte sua."

Misi il caffè sulla sua scrivania. "Lui è dentro?"

Edie annuì. "È in riunione con suo fratello, Hudson."

"Solo Hudson?" chiesi.

Edie annuì mentre prendeva il caffè. "Sì."

Le sorrisi. "Allora interromperò."

"Dubito che a uno di loro dispiacerà. Al Signor Sinclair sicuramente no" scherzò. "Entri subito, Signora Montgomery."

"Riley. Per favore." Signora Montgomery somigliava troppo a mia madre.

"Riley" concordò lei. "Lasciami aprire la porta. Hai le mani occupate."

Avevo un caffè in ogni mano, quindi le ero grata quando aveva aperto la porta dell'ufficio di Seth.

"Consegna" dissi allegramente mentre chiudevo la porta con il sedere. "Dato che di solito mi porti la mia dose, ho pensato di ricambiare il favore."

Il mio cuore ebbe un sussulto quando gli occhi di Seth andarono immediatamente da Hudson a me, e sorrise.

Era mozzafiato in un completo blu personalizzato che rendeva i suoi occhi grigi più belli del solito.

E il suo sguardo avido era concentrato... su di me.

Questa era una delle tante cose che amavo di lui. Quando ero nella stanza, era come se nessun altro esistesse per lui. Mi dava la sua totale attenzione.

"Ehi, bellissima" disse con voce roca mentre si alzava.

"Ciao" dissi senza fiato. "Non volevo interrompere. Volevo solo restituire i tanti favori del Coffee Shack." Mi spostai per poggiare il suo caffè sulla sua scrivania.

Mi prese per la vita e mi baciò come se Hudson non fosse seduto proprio di fronte a lui. L'abbraccio fu breve, ma potevo sentire la sua passione anche nella breve dimostrazione di affetto.

"C'è così tanta dolcezza in questa stanza che mi sta venendo la nausea" disse Hudson.

Potevo sentire le mie guance diventare rosa mentre mi voltavo verso mio fratello maggiore. "Penso che stia iniziando a godermi un po' di zucchero nella mia vita."

"Non posso dire che ti biasimo" replicò Hudson pensieroso mentre si alzava e mi abbracciava. "Di certo non hai mai avuto niente di tutto questo nella nostra famiglia." Esitò prima di chiedere: "Niente caffè per me?"

"Non sapevo che fossi qui. Che ci fai a Citrus Beach?"

"Sto convincendo il tuo ragazzo che ha bisogno dei fratelli Montgomery come investitori."

Guardai da Hudson a Seth. "E ha funzionato tutto?"

Hudson annuì. "Penso che abbiamo discusso di tutto. E visto che ho un altro incontro a San Diego, vi lascio soli."

"Ottima idea" rispose Seth.

Gli occhi di Hudson si strinsero mentre lanciava uno sguardo di avvertimento a Seth. "Ricorda solo quello che ho detto su cosa succede se fai del male alla mia sorellina."

"Cosa succederebbe se fosse lei a spezzarmi il cuore?" chiese Seth con finta innocenza.

Hudson si strinse nelle spalle mentre si dirigeva verso la porta. "Non me ne fregherebbe un cazzo. Se lo facesse, probabilmente te lo saresti meritato. Ti chiamo domani dopo aver parlato con Jax e Cooper."

Seth ridacchiò quando Hudson uscì.

"Non posso dire che tuo fratello non sia dolorosamente schietto" disse Seth appoggiandosi disinvoltamente alla scrivania mentre la porta del suo ufficio si chiudeva.

Bevvi un sorso del mio chai prima di rispondere: "Tutti i miei fratelli sono così. Ma almeno sai esattamente come stanno le cose con loro."

Prese il caffè e lo bevve. "Preferirei sapere come stanno le cose con te."

"Penso che tu lo sappia già" scherzai. "Sono qui con il caffè prima ancora che la giornata lavorativa sia finita. Ho ricevuto la tua e-mail."

Alzò un sopracciglio. "Sei venuta qui per sciogliere il contratto... di nuovo."

"Sono venuta a portarti il caffè."

Appoggiò la tazza sulla scrivania. "Molto apprezzato dal momento che non sono potuto uscire oggi. Il caffè era un bonus. Quello che mi piace *davvero* è vederti."

Finii il mio chai e buttai la tazza usa e getta nella spazzatura.

Come al solito, mi lasciò senza parole. Scherzare era facile, ma avevo difficoltà a sapere cosa dire quando il suo tono era così serio.

Seth era proprio... così.

Poteva spifferare un complimento o esprimere le sue emozioni molto più facilmente di quanto potessi fare io.

"Mi sei mancato" borbottai imbarazzata.

Mi avvolse un braccio d'acciaio intorno alla vita e mi sollevò il mento. "Ehi, non essere così timida con me ora. Sei la benvenuta se vieni qui ogni volta che ti manco. Anche tu mi sei mancata, bellissima."

Sorrisi. Seth aveva un modo di farmi sentire... preziosa. E voluta. Non avrei mai più potuto essere reticente in sua compagnia per molto tempo.

Venire qui era stato del tutto spontaneo e non facevo mai nulla senza averlo pianificato. *Affatto. Mai.*

Quindi era bello sentirmi benvenuta quando in realtà mi ero arresa a non essere vincolata.

Avvolsi le braccia intorno al suo collo, e il mio corpo era pervaso dal calore.

Cercai di non ricordare tutte le cose intime che avevamo fatto la sera prima, ma stavo fallendo miseramente.

Abbassò la testa e mi baciò, una versione molto più lunga del suo precedente abbraccio.

Godevo del piacere di Seth che prendeva il controllo con una fame feroce che non mancava mai di esprimere ogni volta che mi toccava.

Mi persi nel bacio mentre mi accarezzava la schiena sensualmente, e poi abbassava le mani per prendermi a coppa il sedere.

"Seth!" sussultai quando lasciò la mia bocca.

"Gesù, Riley" disse come se stesse soffrendo. "Tutto quello che devo fare è vederti, e mi viene duro. Quando ti tocco davvero, sono fottuto."

Fui sollevata quando espresse il fatto che vedermi lo eccitava. Forse perché era bello sapere di non essere sola in questa follia.

Squittii mentre mi mordicchiava la pelle del collo e poi la leniva con la lingua.

"Avevo bisogno di vederti" confessai. "Avevo bisogno di toccarti."

Lui gemette. "Penso di sentirmi così ogni dannato minuto della giornata, Riley."

"Questo è folle?" Ansimai, mentre le sue labbra calde e morbide accarezzavano lo spazio in cui il mio collo incontrava le spalle.

Le sue dita si infilarono nei miei capelli. "Se lo è, sono sicuro che non voglio essere di nuovo sano di mente" disse con voce roca.

Infilai le mani nei suoi capelli, chiudendo gli occhi perché la sensazione di quelle ciocche folte tra le mie dita era troppo bella.

Quest'uomo mi aveva completamente consumata, ed ero più che disposta a lasciarglielo fare.

Non mi ero mai sentita così.

Non sapevo nemmeno che potevo.

Mi strinse le natiche attraverso il denim dei jeans e mi spinse in avanti per sentire l'effetto che avevo sul suo corpo.

Nel momento in cui sentii la sua erezione contro il mio basso ventre, gemetti.

"Seth, dobbiamo fermarci" dissi debolmente, senza tentare di tirarmi indietro perché semplicemente... non potevo.

Avevo bisogno di sentire il suo corpo enorme contro di me. Ero invischiata in una bellissima rete di bisogni a cui non potevo sfuggire.

"Non voglio fermarmi, bellissima" replicò burbero. "Affatto. Mai."

La sua bocca scese sulla mia con una forza che tolse il respiro al mio corpo. Avvicinai la sua testa e cercai di ottenere più soddisfazione possibile dal suo bacio.

La sua lingua scavò in profondità, possedendo la mia bocca come se appartenesse a lui.

Il calore fuso inondò il mio nucleo e tutto ciò che volevo fare era arrampicarmi dentro quest'uomo e non uscirne mai.

Mi mordicchiò il labbro inferiore e poi passò di nuovo sul punto in cui aveva mordicchiato con la lingua, il che mi fece assolutamente impazzire.

"Seth, per favore" supplicai, senza nemmeno sapere cosa volevo. Ero nel suo ufficio, non a casa nel suo letto.

Soffrivo dal bisogno. Ma ero nel posto sbagliato se avevo bisogno di soddisfazione.

Sentii la mia schiena sbattere contro il muro, anche se non mi ero nemmeno accorta che lui mi stava spingendo lì.

Quando tornò indietro, quasi piagnucolai per aver perso il contatto con lui.

Raggiunse la cerniera dei miei jeans e la tirò giù dopo aver aperto rapidamente il bottone sopra.

"Non possiamo, Seth. Non qui" dissi, suonando leggermente in preda al panico.

"Proprio qui. Proprio ora" ringhiò. "Nessuno di noi vuole aspettare. Possiedo questo dannato edificio, quindi posso fare quello che mi pare."

"Edie?" dissi, il mio respiro affannato ora.

"Non muoverti" rispose lui, e poi andò alla porta dell'ufficio. Fece scattare la serratura e tornò prima che potessi prendere un altro respiro. "Non può entrare. Quindi tutto questo si fermerà solo nel momento in cui *tu* lo vorrai."

Incontrò e sostenne il mio sguardo, la sua espressione feroce che rifletteva il modo in cui mi sentivo in quel momento.

La sua mascella cesellata era serrata, i suoi occhi valutanti, mentre passavano sul mio viso. "Decidi tu, Riley. Io non posso. Se potessi fare a modo mio, ti starei già scopando contro questo muro finché non implori pietà."

Oh, Dio, sì!

Potevo vedere l'immagine di lui che mi sbatteva contro, le mie gambe avvolte intorno alla sua vita, entrambi persi e tesi per il sollievo.

Senza pensare, tirai sopra la testa la maglietta e la lasciai cadere a terra. Poi mi tolsi il reggiseno e lo buttai giù.

"Non. Posso. Aspettare." Mi tirai giù i jeans, presi le mutandine e le calciai di lato. "Fottimi, Seth. Fai in modo che il mio corpo smetta di soffrire per te."

Il suo petto si sollevava mentre mi metteva una mano su ciascun lato della testa, intrappolandomi. "Mi hai quasi fatto venire un dannato infarto, Riley. Quando diavolo sei diventata così audace?"

Ero sempre stata incredibilmente reattiva con lui, ma non avevo idea di quando avessi deciso di essere avventurosa.

Aveva sempre preso l'iniziativa, ma ero stanca di aspettare. E non me ne fregava niente di dove e come mi fossi avvicinata a quest'uomo.

Io.

Riley Montgomery.

La donna che pianificava tutto.

Gli afferrai la cravatta e lo tirai più vicino. "In questo momento" risposi finalmente. "È un problema?"

Mi sorrise. "Questa è la mia ragazza. Cavolo, no. Puoi spogliarti nel mio ufficio ogni volta che vuoi. Non mi sto lamentando."

CAPITOLO 24

Riley

L'espressione di Seth cambiò quando mi chinai e liberai il suo fallo.

Lo accarezzai delicatamente, e poi avvolsi le mie dita attorno all'asta. "Sei così duro" mormorai.

Mi afferrò il polso. "Ti renderai conto personalmente di quanto sia duro tra pochi minuti" ringhiò. "Se continui a toccarmi in quel modo, impazzirò."

Avvolsi le mie braccia intorno al suo collo. "Forse *voglio* vederti impazzire."

Niente mi eccitava di più che guardare un uomo potente come lui rinunciare a ogni parvenza di controllo.

"Tesoro, lo vedi ogni dannata notte."

Onestamente, lo *vedevo*. Assaporavo il momento in cui Seth perdeva la razionalità.

Mi cullò la nuca e mi baciò, mentre l'altra sua mano scendeva languidamente lungo il mio corpo.

Rabbrividii quando le sue dita mi stuzzicarono tra le pieghe della fica, il suo contatto come un fulmine che accendeva ogni singolo nervo che possedevo.

Il suo tocco era lento e stuzzicante, il suo dito che scivolava sul mio clitoride con colpi lunghi e leggeri.

Misi le mani nei suoi capelli e strinsi le ciocche, il mio corpo teso.

"Ora, dannazione!" insistetti a denti stretti.

"Stai davvero diventando incredibilmente prepotente" brontolò. "Sei così bagnata, Riley. Perfetta. È come se fossi stata creata per me."

Gemetti mentre mi accarezzava il clitoride un po' più forte, ma non abbastanza da soddisfarmi.

Il desiderio mi corrodeva, ed era pronto a inghiottirmi per intero.

Saltai in piedi e avvolsi le mie gambe intorno alla sua vita. "Basta tormentarmi" insistetti. "Fottimi, Seth, prima che perda la testa."

"Voglio che tu sia pronta, bellissima" sussurrò rauco contro il mio orecchio. "Voglio che ti diverta tanto quanto me. E voglio sapere che mi vuoi tanto quanto io voglio te. E questo è un inferno."

Crede che non lo voglia tanto quanto lui vuole me?
Impossibile.

Inspirai profondamente, il suo profumo muschiato che mi avvolgeva.

"Sto male, Seth" gli dissi. "Fammi guarire. Ti voglio già così tanto che non posso sopportarlo."

Mise la sua mano sotto il mio sedere per sostenermi, e un secondo dopo era seppellito fino alle palle dentro di me.

"Sì!" sibilai, i miei muscoli che cedettero lentamente per accettare il suo enorme fallo.

"Sarà una corsa sfrenata" grugnì.

Il mio corpo era così eccitato che sapevo esattamente cosa intendeva.

Non ci fu alcuna lenta preparazione, né esitazione, mentre aumentavamo insieme il ritmo.

Eravamo frenetici, mentre sbatteva dentro di me, e io mi dondolavo in avanti contro di lui, entrambi sforzandoci di trovare l'orgasmo di cui avevamo disperatamente bisogno.

C'era qualcosa di incredibilmente erotico nell'essere completamente nuda, mentre Seth era ancora vestito con un completo costoso. I miei capezzoli sensibili sfregavano contro la sua giacca mentre ondeggiavo contro di lui, ogni azione che mi impediva di raggiungere un orgasmo che era stato ritardato troppo a lungo.

"Seth" gemetti.

Avrei voluto urlare, ma mi morsi il labbro per rimanere il più silenziosa possibile perché non eravamo soli nell'edificio.

Avrei voluto gridare quanto lo amavo, ma ingoiai le parole.

La mia testa cadde all'indietro e colpì il muro, ma non mi importava.

Tutto quello che volevo era mantenere il ritmo frenetico che aveva stabilito.

"Siamo fatti per stare insieme, Riley" ringhiò. "Tu. Appartieni. A. Me."

Avvolsi le mie braccia intorno a lui più forte mentre sbatteva dentro di me con una forza che fece oscillare deliziosamente il mio corpo.

"Lo so" ansimai. "Anche tu appartieni a me."

Non c'era altro da dire.

Non adesso.

Forse mai.

Seth Sinclair mi possedeva anima e corpo, e non avevo dubbi che fossimo fatti per stare insieme.

Era più della semplice lussuria carnale che guidava entrambi.

Ti amo. Ti amo così tanto!

Volevo pronunciare le parole, ma mi sentivo già troppo vulnerabile.

"Sì!" dissi ad alta voce, il mio corpo che si irrigidiva mentre Seth continuava il suo ritmo frenetico.

Assaporai la sensazione di ogni tuffo duro del suo uccello dentro di me mentre sentivo il mio climax attraversarmi.

Nascosi il viso nella sua spalla, cercando di attutire il suono dei miei gemiti di euforia mentre venivo così forte che il mio corpo tremava.

"Cristo, Riley. Mi sento così dannatamente bene che non voglio che tutto questo finisca" gemette.

I miei muscoli si serrarono con forza attorno al suo membro, facendogli trovare il suo potente orgasmo.

"Santo cielo!" gracchiò rudemente, il petto che si sollevava mentre mi teneva stretta a sé, le sue dita che affondavano nelle mie natiche.

Non sapevo quanto tempo fossimo rimasti sospesi in quella posizione, il suo corpo che inchiodava il mio al muro mentre ansimavo per riprendere fiato. Il mio cuore batteva così forte che potevo quasi giurare di poterlo *sentire*.

Pochi minuti dopo, Seth finalmente parlò. "Ti sto schiacciando. Puoi stare in piedi?"

Tutto il mio corpo sembrava gelatina, ma annuii comunque. "Sì."

Non ero davvero sicura di poter stare in piedi, ma mi sentivo come se potessi volare.

Mi rimise lentamente in piedi, poi mi prese in braccio e mi portò su una sedia di pelle nell'angolo del suo ufficio. Si sedette e mi tirò in grembo. Mi cullò lì, con il suo tocco gentile mentre spingeva via alcune ciocche di capelli dal mio viso.

"Sei così bella, Riley" disse con voce roca.

Non mi ero mai sentita così attraente prima, ma Seth mi faceva sentire una seduttrice. "Sei piuttosto attraente anche tu" risposi. "Troppo attraente. Sei pericoloso."

Scacciai alcune ciocche leggermente umide dei suoi capelli dalla fronte.

"Siamo un disastro" gli dissi. "Ho la sensazione che sembriamo aver scopato nel tuo ufficio."

Il mio cuore ebbe un fremito quando mi lanciò un sorriso malvagio. "Probabilmente perché lo abbiamo fatto" rispose mentre passava una mano su e giù lungo la mia schiena nuda.

"Non avresti dovuto inviarmi quell'e-mail" dissi con finto dispiacere. "Mi ha fatto venire voglia di scoprire esattamente come avremmo potuto continuare a infrangere quel vecchio contratto."

"Tesoro, quel contratto è polvere" ribatté con voce strascicata. "L'ho strappato molto tempo fa. Ho superato da tempo la sperimentazione. Questo è vero, Riley. Per me, penso che lo sia sempre stato. Sarei completamente distrutto se te ne andassi adesso."

Il mio cuore si sentiva come se fosse in una morsa, quando incontrai il suo sguardo serio. Dio, avrei voluto esprimere i miei sentimenti nel miglior modo possibile. Desideravo potermi rendere così vulnerabile. "Non vado da nessuna parte."

"Faresti meglio a non farlo. Se lo farai, ti troverò" brontolò mentre mi abbassava la testa per baciarmi.

Sospirai nella sua bocca, godendomi la sensazione delle sue labbra morbide che stuzzicavano le mie.

Fu un abbraccio pieno di emozioni e promesse, e una scoperta di sesso rilassato.

Era un bacio in cui potevo perdermi, e lo feci per diversi istanti.

Alla fine, mi tirai indietro per guardarlo. "Sono ancora un po' danneggiata, lo sai" rivelai candidamente. "A volte non sono sicura se sarò mai normale. Ma sto iniziando a sentirmi molto meglio. Ed è tutto perché sto finalmente scoprendo chi sono veramente. Grazie a *te*, Seth. Grazie a *noi*."

Mi guardò come se non ci fosse una sola cosa che non andasse in me mentre rispondeva: "Allora ti aiuterò a rimetterti in sesto, Riley, se è quello che vuoi. Ma per me, sarai sempre l'unica donna che voglio."

Cercai di ricacciare indietro le lacrime che mi scendevano dagli occhi, ma non ci riuscii. Una grossa goccia mi cadde sulla guancia. E poi un'altra.

"Non so davvero nemmeno cosa sia la normalità, Seth. L'ho capito oggi. Tutto quello che è successo nella mia vita è stato così disfunzionale che non so davvero cosa significhi essere completamente integri" dissi stoicamente.

"Non devi essere la definizione di normalità di qualcun altro, Riley. Devi solo essere te stessa. Capisco che a volte non sai quanto sei speciale, ma sei la donna più intelligente, più forte e più coraggiosa che conosca. Vorrei tanto poter estirpare tutto quello che ti è successo e che ti fa sentire a pezzi. Perché non c'è davvero niente che non vada in te." Mi asciugò le lacrime sul viso con un dito delicato.

"Va bene. Quindi forse *non* sono completamente distrutta, ma a volte ho solo problemi ad esprimermi. Non quando si tratta di lavoro o di cose legali, ma di cose personali" condivisi.

Scosse la testa. "Cavolo, non sei stata esattamente incoraggiata ad esprimerti da bambina o da adulta. Ho conosciuto tua madre, Riley. E tuo padre era uno stronzo pedofilo. Hai imparato a tenere tutto dentro di te. Ma questo alla fine cambierà ora che hai cambiato il tuo ambiente. Datti tempo, splendida."

Gli rivolsi un piccolo sorriso. "Forse a volte penso solo che ti meriti una donna completamente integra."

Scrollò le spalle. "Non la vorrei."

Alzai un sopracciglio. "Perché?"

"Perché lei non saresti tu" rispose sinceramente. "Farebbe davvero schifo avere una donna che pensa di essere perfetta. Con chi parlerei delle mie imperfezioni?"

"Stai dicendo che ne hai alcune?"

"Sai che è così" disse. "Ti ho detto perché volevo abbattere quel molo e costruire una sovrastruttura su quella proprietà. La maggior parte di noi ha avuto qualche disfunzione nella vita. Aiuta avere qualcuno che capisca e non giudichi per questo."

Il cuore mi si strinse nel petto e avvolsi le braccia intorno a Seth, e l'abbracciai così forte che fui sorpresa che non avesse protestato.

Era difficile credere che qualcuno così bello, intelligente ed empatico come Seth nutrisse ancora *delle* insicurezze, ma ne aveva alcune per essere cresciuto povero e per la sua infanzia. "Puoi sempre parlare con me" gli dissi ferocemente.

"Idem" replicò mentre mi stringeva più forte. "Sono qui per te, piccola. Basta parlare con me."

"Lo farò" promisi. "A volte è solo difficile. Immagino di aspettare sempre il contraccolpo se dico qualcosa che non è accettabile."

"Penso che potresti dover dire a tua madre di andare all'inferno" ribatté pensieroso.

"Volevo farlo" confessai. "Davvero. Ma credo che ci sia sempre qualche speranza che lei mi accetterà come sono un giorno. Razionalmente, so che non accadrà. Ma quella ragazzina che è in me vuole ancora che mi ami, suppongo."

"Penso che lo faccia nella misura in cui è capace di amarti, Riley."

"Ma è sempre condizionato, e non sono mai stata in grado di essere abbastanza per lei da farmi amare" riflettei. "So che devo accettare che non è in grado di amare senza un qualche tipo di perfezione che nessuna persona è in grado di raggiungere. Ma spero di arrivarci."

"Lo farai" disse incoraggiante.

Gli sorrisi. "Sei un ragazzo piuttosto straordinario, sai."

Avrei voluto avere le parole per dirgli quanto fosse davvero unico rispetto a ogni altro uomo che avessi mai incontrato.

"Non sono speciale, Riley. Hai solo conosciuto dei veri stronzi. Io sembro chissà cosa in confronto" disse scherzosamente.

Risi mentre mi dibattevo nel suo grembo. "Ho bisogno di vestirmi. Non posso credere che stiamo avendo questa conversazione mentre sono nuda nel tuo ufficio."

"Non lo so, mi sto godendo queste conversazioni nudi" strascicò.

Alzai gli occhi al cielo e mi alzai in piedi. "Sono l'unica che è nuda qui" gli ricordai.

Sorrise. "Esattamente. Per me va bene."

"Sei un tale pervertito" accusai scherzosamente mentre andavo a recuperare i miei indumenti dal pavimento.

"Sei tu quella che si è spogliata senza esitazione" rispose. "Non che avessi un solo problema con quello. Anzi, potresti farlo più spesso."

Sbuffai. "Forse sto imparando a liberarmi delle mie inibizioni."

"Sentiti libera di buttarle via tutte. L'intero atteggiamento di *prendere la situazione in mano* è piuttosto sexy."

Risi mentre mi infilavo le mutandine e i jeans. "Forse lancerò al vento la prudenza più tardi" scherzai.

Si alzò, si raddrizzò e si allacciò i pantaloni. "Dio, lo spero" disse con entusiasmo.

Il mio cuore si gonfiò e capii che dal momento in cui ero entrata nel suo ufficio fino a questo momento, mi ero innamorata un po' di più di Seth Sinclair.

CAPITOLO 25

Seth

"Voglio chiedere a Riley di sposarmi" dissi a Noah mentre ci sedevamo per un caffè a casa sua una settimana dopo.

Oggi Aiden non era riuscito a fare un salto da mio fratello maggiore, ma avevo davvero sentito il bisogno di parlare.

Come al solito, mi ero rivolto a Noah quando stavo considerando qualcosa di grandioso nella mia vita. Avevamo un'età troppo vicina per vederlo come una figura genitoriale, ma era sempre stato il capofamiglia. A parte le tendenze stacanoviste, mio fratello maggiore era sempre stato presente per tutti noi quando ne avevamo avuto davvero bisogno.

Mi lanciò uno sguardo dubbioso. "Seth, pensaci prima di fare qualcosa di cui potresti pentirti in seguito. Conosci Riley da un mese o due. Non credo che sia abbastanza per decidere se vuoi passare il resto della tua vita con lei."

Scossi la testa. "So che lo voglio. Cavolo, penso di averlo saputo quasi dalla prima volta che ci siamo incontrati. Non c'è una donna al mondo come lei, Noah. Siamo solo... adatti l'uno per l'altra. Non riesco davvero a spiegarlo, ma non riesco più a immaginare la mia vita senza di lei."

"Perché questa fretta? Riley sarà ancora lì tra un anno o due."

Alzai le spalle. "Non riesco a spiegarlo nemmeno io. Tutto quello che so è che ho bisogno che lei sia mia."

In generale, non ero così impulsivo, specialmente quando si trattava di decisioni importanti come il matrimonio. Tuttavia, il mio bisogno di rendere mia Riley era fottutamente implacabile.

Noah si appoggiò allo schienale della sedia e mi guardò. "Mi piace Riley. È coraggiosa. Decisamente protettiva nei confronti delle persone che ama a giudicare da quello che è successo al barbecue, ed è molto intelligente. Semplicemente non penso che tu debba affrettarti in qualcosa."

"Non sto dicendo che sto affrettando le cose, esattamente. So solo quello che voglio, e mi fa male non perseguirlo."

Scosse la testa. "Sei sempre stato così, credo. Ricordo ancora quando eri così determinato a comprare bici di seconda mano per Brooke e Jade quando erano più giovani. Ma non potevamo permettercelo. Quindi, oltre al tuo lavoro edile, hai deciso di lavorare nel negozio di biciclette ad assemblarle per Natale in cambio di quelle due biciclette usate che Jade e Brooke volevano davvero. Sei testardo da morire quando vuoi davvero qualcosa."

"Le ragazze erano al settimo cielo quel Natale" spiegai. "Ne è valsa la pena solo per vederle sorridere. Non avevano avuto molto da bambine."

"Nessuno di noi ha avuto molto" mi ricordò Noah. "Ma ti sei fatto il culo per rimediare. Quindi l'ultima cosa che voglio vedere adesso è che tu distrugga la tua vita. Ora te la cavi bene, Seth. Hai tutto ciò che hai sempre desiderato."

"Tranne lei" gli dissi. "Forse non capisci bene, ma Riley è la donna che ho sempre voluto, ma che non sono mai riuscito a trovare. Non le frega niente dei miei soldi. Vuole stare con *me*. So che non mi avrebbe trattato diversamente quando ero povero, Noah."

Mio fratello fece un respiro profondo. "Sono d'accordo. È ferocemente leale quando si impegna con qualcuno. Non è questo il punto. Mi piacerebbe solo vederti aspettare ancora un po' prima di montarti la testa."

Gli sorrisi. "Quando mai l'ho fatto?"

"Fortunatamente, mai... finché non hai incontrato Riley."

Incrociai le braccia sul petto. "Un giorno incontrerai una donna che ti prenderà a calci nel sedere. E saprai esattamente come mi sento. Penso che i Sinclair si innamorino duramente e follemente. Guarda il resto della famiglia."

Fece una smorfia. "Non succederà. Non l'ho mai fatto, e non perderò mai la testa per una donna. Non ho il tempo o la voglia di avere la testa su per il culo."

Non parlai mentre osservavo la sua espressione cupa. Noah era sempre stato quello che aveva sacrificato tutto per la sua famiglia. Aveva lavorato troppo duramente e tutta la sua concentrazione e determinazione ostinata erano state nel vedere ognuno di noi ottenere ciò di cui aveva bisogno. Certo, Aiden e io avevamo aiutato, ma Noah si era preso la responsabilità di tutti noi sulle sue spalle. "Sai che non devi più lavorare così tanto, vero? Nel caso te lo fossi perso, siamo miliardari, Noah. Siamo tutti cresciuti."

Mi guardò, perplesso. "Cos'altro dovrei fare?"

"Rilassarti?" suggerii.

"Non credo di sapere come fare, e sono sicuro che non mi piacerebbe."

All'improvviso mi resi conto che anche se le nostre circostanze erano cambiate, Noah stava ancora facendo quello che sapeva fare meglio. Lavorava fino allo sfinimento.

Forse essere il capo della nostra famiglia non era esattamente una buona cosa. Mio fratello maggiore era condizionato a lavorare e prendersi cura di tutti noi. Lo faceva da quando aveva diciotto anni. Non aveva idea di cos'altro fare della sua vita adulta.

"Non sei abituato a prendere un dannato respiro" gli dissi. "Sei sempre stato lì per noi. Lasciaci essere lì per te ora.»

Non potevo cambiare il fatto che fosse il più grande, ma potevo provare a fargli capire che tutto era cambiato. Potevamo finalmente essere come normali fratelli. Non doveva più essere una figura paterna.

"Sto bene" borbottò. "Mi piace quello che sto facendo. C'è molta soddisfazione nello sviluppo di nuovi programmi."

"Non se sei completamente ossessionato dal farlo" sottolineai. "Ci manchi, cazzo."

"Sono proprio qui. Qualcuno di voi ha bisogno di qualcosa? È Brooke o Jade? Cosa dobbiamo fare?"

Ricevetti la completa attenzione di Noah solo perché credeva erroneamente che uno di noi avesse bisogno di lui. Le cose non stavano affatto così. "Stiamo tutti bene. Vogliamo solo che ti unisca alla famiglia ora. Non che tu non sia sempre stato ultra-responsabile. Ma ci manca solo che tu sia lì quando ci *divertiamo* tutti."

Sarebbe stato un cambiamento, dato che tutto quello che conosceva erano i *tempi brutti.*

"A differenza del resto di voi, non ho intenzione di incontrare una sorta di compagna di vita o anima gemella" disse burbero. "Non fa parte della mia personalità. Non sei l'unico ad essere stato trattato dalle donne come se fossi invisibile quando eravamo poverissimi. Quale donna avrebbe voluto un ragazzo con le responsabilità che avevo io? Non che mi lamenti, perché non lo sto facendo. Rinuncerei di nuovo alle donne per rendervi tutti felici. Non voglio una femmina ora che sono ricco oltre la mia più sfrenata immaginazione. Preferisco continuare a lavorare sui miei progetti."

"Quanto tempo è passato dall'ultima volta che hai scopato?" chiesi.

"No comment" disse aspramente. "Lascia perdere, Seth. E torniamo a te e Riley. Io sono perfettamente soddisfatto."

No, non lo è.

Era disilluso, proprio come lo ero stato io prima di incontrare Riley. Le nostre posizioni forse erano leggermente diverse. Noah era stato l'unico abbastanza grande da fare i sacrifici all'inizio per tenere unita la nostra famiglia. Ma io lo capivo più di quanto lui sapesse.

Non avevo intenzione di rinunciare a lui. Nessuno di noi lo avrebbe fatto. Avevamo solo bisogno dell'opportunità giusta per mostrare a Noah che potevamo essere una famiglia ora, senza che lui si assumesse tutte le responsabilità.

Non era che non avessimo *bisogno* di lui. Semplicemente non avevamo bisogno di lui per risolvere tutti i problemi che avevamo.

"Non c'è molto altro da dire» spiegai. "Riley è quella giusta per me, Noah."

I suoi occhi mi trafissero. Era uno sguardo che conoscevo e sotto il quale non mi ero mai sentito a mio agio. Era sempre stato in grado di convincerci a non andare oltre con *quell'*espressione.

"Non ti sto dicendo di *non* sposarla" disse pensieroso. "Confido che prenderai le tue decisioni. Ho solo bisogno di fare l'avvocato del diavolo. Dio sa che volevo tu fossi felice. E penso che Riley sia una donna eccezionale. È solo che non voglio vederti fare qualcosa di cui ti pentirai più tardi. Avrai bisogno di un contratto prematrimoniale se lei è d'accordo."

"No" contraddissi. "Se accetta di sposarmi, non la lascerò mai andare. Inoltre, i soldi non sono mai stati così importanti per me. Hanno cambiato la mia vita professionale e personale, ma in realtà non hanno cambiato chi sono, Noah. Se Riley mi lasciasse, non me ne fregherebbe niente dei soldi. A cosa servirebbero se fossi infelice?"

"Sei pazzo" tuonò scontento.

"Jade ha firmato un accordo prematrimoniale? Brooke?"

"Stavano sposando qualcuno che era già ricco."

"Riley non sta cercando soldi. È una Montgomery. Come in *Montgomery Mining*. Jaxon, Hudson e Cooper Montgomery sono i suoi fratelli. L'hanno tolta dalla sua parte dell'azienda perché non la voleva. È felice di essere un'avvocatessa che lotta per i diritti delle specie in via di estinzione."

Spiegai rapidamente tutto quello che potevo su Riley senza tradire la sua fiducia. Non avrei mai potuto condividere parte della sua storia, ma cercai di far capire a Noah che gran parte della sua infanzia e della sua vita adulta erano state tutt'altro che felici.

Si fermò un attimo prima di parlare. "Quindi non è stato un caso che fosse fidanzata con uno stronzo come Easton?"

"No. Fino a pochi anni fa, faceva parte dell'élite. È ricca di per sé, ma odiava tutta quella scena. Era come cercare di inserire un perno rotondo in un foro quadrato per lei. Niente di ciò che faceva poteva rendere felice sua madre. Riley ha fatto di tutto per cercare di compiacerla, ma non ci è mai riuscita."

"Quale genitore non sarebbe orgoglioso di una donna che si è laureata con il massimo dei voti ad Harvard?" mormorò Noah tristemente.

"Nemmeno io lo capisco" concordai. "Ma la rispetto per essersi staccata da qualcosa che era stato montato per essere tutta la sua vita. Ha lasciato Easton e ha ricominciato tutto da capo qui a Citrus Beach."

"Come sono i suoi fratelli?" chiese.

"Protettivi" dissi con un sorriso. "Ma saranno buoni investitori in Sinclair Properties. E si preoccupano per Riley. Sono praticamente dei ribelli anche loro."

"Cosa faranno se chiedi a Riley di sposarti così presto dopo che l'hai incontrata?"

Alzai le spalle. "Non me ne frega un cazzo."

L'unica cosa che mi interessava davvero era vedere Riley felice per il resto della sua vita. Fortunatamente, ero sicuro di essere il ragazzo che avrebbe potuto farlo accadere, dal momento che l'avrei resa la mia missione per il resto della mia vita. Finora c'era stato troppo dolore per lei. Non avrei mai voluto vederla piangere di nuovo. Mi strappava il cuore.

"Sei sicuro di questo?" disse Noah, ancora scettico.

Annuii. "Sì. Non sono venuto qui per chiedere il tuo permesso. Immagino che volevo solo che tu fossi il primo a saperlo."

"Va bene" replicò, rassegnato. "Cosa posso fare per aiutarti?"

"Niente. Non ho idea se dirà di sì. Ma devo comunque propormi. Se è troppo presto per lei, aspetterò."

Non ero minimamente sorpreso che Noah mi avrebbe sostenuto o aiutato se ne avessi avuto bisogno. Lo faceva sempre.

"Fammi sapere cosa succede" chiese. "Se ti spezza il cuore, non dirò che te l'avevo detto."

Bevvi l'ultimo caffè e mi alzai. Avere Riley come mia moglie sarebbe successo prima o poi. Qualsiasi altro risultato era inaccettabile.

Noah si alzò e mi diede una pacca sulla spalla. "Buona fortuna."

Gli sorrisi. Poteva sembrare disinteressato la maggior parte delle volte, ma era una farsa. Sentiva e ricordava tutto. "Grazie."

"Seth" disse Noah mentre mi avviavo verso la porta.

Mi voltai. "Sì?"

"Dopo tutto quello che ha passato questa famiglia, nessuno merita di trovare la felicità più di te."

Annuii bruscamente e mi diressi alla porta.

Forse non ero d'accordo, ma non dissi altro.

Quello che meritava davvero di trovare ciò di cui aveva bisogno era Noah, e mi sarei assicurato che un giorno lo avesse ottenuto.

CAPITOLO 26

Riley

Mi sedetti sul divano guardando Seth che giocava con il gattino che mi aveva portato qualche giorno addietro. Avevo chiamato il felino Bandit, e sia lui che Seth erano attualmente sul pavimento del soggiorno.

Non ero ancora del tutto sicura del motivo per cui Seth mi avesse portato l'adorabile palla di pelo. Era venuto fuori dal nulla. Aveva menzionato qualcosa sul fatto che ne avessi sempre voluto uno, ma non aveva approfondito.

Adoravo la palla di pelo nera con alcune macchie bianche sul muso che lo *facevano* davvero sembrare un bandito.

Quindi, avevo dato al gattino quel soprannome subito dopo il suo arrivo a casa mia.

Il gattino era stato salvato dal rifugio, il che mi fece amare Seth solo un po' di più—se possibile.

"Sei così cattivo" accusai con una risata mentre Seth stuzzicava Bandit con un bastone e corde penzolanti a cui non lasciava mai che il piccolo gatto arrivasse del tutto.

Seth mi sorrise dalla sua posizione sul pavimento. "Lo adora."

Dovevo ammettere che probabilmente aveva ragione. Il gattino sembrava felicissimo mentre continuava a rimbalzare alla ricerca di quelle corde intoccabili.

Mi abbassai e presi Bandit dal pavimento quando si avvicinò a me. "È un cucciolo. Penso che sia stanco."

Seth si lasciò cadere accanto a me sul divano. "Non mi sembrava così esausto" disse scettico. "Penso che tu voglia solo tenerlo in braccio."

"Forse sì" confessai, mentre sentivo il corpicino iniziare a fare le fusa.

Il mio cuore si scaldò, quando Bandit si rannicchiò contro il mio seno.

"Gatto fortunato" disse Seth con finta lamentela.

Gli lanciai un'occhiata divertita. "Come se non ne avessi abbastanza anche tu?"

Scosse la testa. "Non è mai abbastanza."

Ero stata con l'uomo che amavo abbastanza a lungo da sapere che era sessualmente insaziabile.

Tuttavia, sarei stata l'ultima a lamentarsi.

"Non capisco perché non hai mai preso un gatto se ne volevi uno" rifletté.

"Da piccola ho sempre voluto un gattino. Disperatamente. Ma ovviamente mia madre non l'aveva mai permesso. Odiava gli animali in generale, e soprattutto i gatti perché potevano graffiare i suoi mobili. Naturalmente, non potevo averne uno mentre ero al college. Vivevo nei dormitori."

"E gli ultimi due anni? Vivevi da sola."

Alzai le spalle. "Volevo farlo, ma ero titubante."

"Come mai?"

"Forse perché non ero sicura di essere pronta. All'inizio ero un po' incasinata quando mi sono trasferita qui. Recentemente, volevo prenderne uno. Pensavo di essere pronta. Sto lasciando i vecchi ricordi alle spalle."

"Qualcosa ti ha turbata una volta. Qualcosa sui gatti."

Le sue parole erano una dichiarazione e non una domanda. Sembrava sapere sempre quando c'era dell'altro nella storia.

Annuii mentre coccolavo Bandit un po' di più. "Quando avevo sedici anni, mio padre stava lavorando a un progetto minerario in Florida. Era raro che portasse me e mia madre con lui. Ma quella volta lo fece. Stava facendo estrazione di fosforo, qualcosa che i miei fratelli hanno smesso quando hanno deciso che volevano concentrarsi su gemme e diamanti. Capisci, mio padre non aveva scrupoli quando si trattava di fare le cose in tempo e realizzare il massimo profitto. Quando il progetto minerario fu pronto, uno dei suoi manager gli disse che una pantera della Florida era stata avvistata nel terreno minerario."

"Sono in pericolo di estinzione" commentò Seth.

"Sì" confermai. "E sono ancora in grave calo di numero, anche oggi. Poiché mio padre era preoccupato che l'avvistamento della pantera interrompesse il suo programma, la cercò e le sparò. La seppellì e fece giurare al manager di mantenere il segreto. Per qualche ragione, mi portò con sé in quella caccia. Non sapevo cosa avesse pianificato fino a quando non è successo davvero. L'ho visto uccidere un animale prezioso e maestoso che era quasi estinto. Lo ha fatto senza un briciolo di rimorso. Avevo il cuore spezzato e traumatizzato. Quell'incidente ha portato alla mia attuale passione per la protezione delle specie in via di estinzione."

"Gesù, piccola. Mi dispiace tanto. Visto quanto ami gli animali, deve averti quasi distrutto a quell'età" commiserò.

"Mi sedetti vicino al grosso gatto, accarezzandolo finché mio padre non mi fece allontanare per poter andare a seppellirlo. Penso di aver pianto prima di addormentarmi ogni notte per due settimane. Non solo la pantera era bellissima, ma sapevo che ce ne sarebbe stata una in meno per aiutare il loro numero a crescere. È stato allora che ho iniziato ad essere ossessionata dall'idea di salvare dall'estinzione ogni singolo animale che potevo." Avevo ancora incubi occasionali sull'orribile incidente con mio padre, ma sapere di aver aiutato a vivere dozzine di altre specie in via di estinzione aiutava notevolmente.

Seth era silenzioso, quindi continuai: "È nel passato ora. Lavoro per proteggere la fauna selvatica e mi sento bene a farlo. Non che il lavoro che svolgo sia in realtà l'espiazione per quel gattone perso, ma mi sembra... giusto."

"Non eri *tu* che dovevi espiare" tuonò. "Ma so che sei un avversario dannatamente duro e testardo."

Sorrisi. "Posso esserlo. L'ho presa un po' alla leggera con te, dato che ero abbastanza certa che Jade ti avrebbe convinto a rinunciare a quella proprietà, alla fine. L'avrebbe fatto, vero?"

"Tesoro, non l'hai presa alla leggera con me durante l'estate. Ti ho vista giocare duro. E sì, avrei dato la proprietà a Jade. In caso contrario, si sarebbe arrabbiata e avrebbe pianto. L'ho sempre odiato. Tutti noi."

"Quindi, non vedere tua sorella piangere vale un affare multimilionario?"

Annuì. "Non ci penserei due volte. Mi piace pensare di aver imparato a essere spietato negli affari. Ma non si trattava di affari. Riguarda la famiglia. La famiglia viene sempre al primo posto."

Lo sapevo ora meglio di quanto non lo sapessi un paio di mesi addietro. Seth si sarebbe tagliato entrambe le mani prima di vedere i suoi fratelli feriti per *qualsiasi* motivo. "Allora perché hai litigato dopo che lei l'ha scoperto?"

Mi rivolse un sorriso malizioso. "Se non l'hai ancora capito, credo che debba spiegartelo. Riguardava sempre te, Riley. Se avessi ceduto facilmente la proprietà a Jade, non avrei avuto motivo di comunicare con te. Forse all'inizio non volevo ammettere quale fosse veramente la mia motivazione, ma ho scoperto abbastanza presto quale fosse."

Il mio cuore ebbe un sussulto. "Quindi volevi continuare a litigare con me?"

Scrollò le spalle. "Penso che mi piacesse litigare con te più di quanto mi sarebbe piaciuto non sentirti più affatto. Ero abbastanza sicuro che non sarei stato in grado di cedere la proprietà e chiederti un appuntamento."

"Probabilmente no" dissi con rammarico. "Non ero esattamente ricettiva a farmi coinvolgere da qualsiasi ragazzo. E sapevo che *tu* eri un problema."

"Come lo sapevi?" chiese incuriosito.

"Perché ero attratta da te e lo sono stata fin dalla prima volta che ti ho incontrato. Tuttavia, all'epoca *eri* un nemico" scherzai. "Come ho detto... *un problema*. Normalmente, non parlerei mai più con un ex avversario dopo averlo preso a calci nel culo in tribunale."

"Lo immaginavo" disse tristemente.

Risi. Era quasi incomprensibile per me che qualcuno come Seth avrebbe fatto così tanta fatica per conoscermi meglio. Forse avrei dovuto essere sconvolta dal fatto che mi avesse ingannata, ma non potevo fare a meno di essere davvero grata che l'avesse fatto. Altrimenti, non saremmo stati insieme in questo momento.

"Dobbiamo mangiare qui, a casa mia o semplicemente uscire?" chiese.

"Qui" risposi. "I miei fratelli verranno a cena. Rimarrai?"

"Non sapevo che sarebbero venuti" rispose.

"È sabato e non si tratta di affari" scherzai. "Stanno solo venendo a trovarmi. Abbiamo molto tempo da recuperare visto che non ci vediamo da molto."

"Pensavo che accadesse solo durante la tua infanzia."

Scossi lentamente la testa. "Sono praticamente sempre stati via tranne che per l'ultimo anno. Anche adesso se ne vanno spesso. Ma almeno li vedo di più. I miei fratelli sono tutti dotati. Il loro collegio era progettato per bambini dotati e tutti e tre si sono diplomati all'università all'età di vent'anni. Successivamente, sono entrati nell'esercito, nelle Forze Speciali. So che nessuno di loro voleva uscire dal servizio. Ma praticamente dovevano farlo. Dopo la morte di mio padre, hanno lasciato la Montgomery Mining nelle mani di un CEO immorale e disonesto che ha lentamente degradato l'azienda. Hanno quasi perso la Montgomery Mining a causa di ciò. Ora sono tornati tutti e l'azienda è tornata a prosperare."

"Non sapevo che fosse mai stata nei guai."

"Avevano molti problemi da affrontare, problemi che si erano intensificati nel corso di nove anni o giù di lì. Dubito che metteranno mai più la società in mano ad altri."

"Rimarrò sicuramente a cena. Mi farà piacere vederli in modalità rilassata. Sono tutti dei sapientoni, ma mi piacciono. Sono decisamente intelligenti e bravi con gli affari. E Riley, non sono solo *loro* ad essere ultra-intelligenti. Siete *tutti* dotati. Sei la donna più intelligente che conosca. Sarei voluto andare al college, ma non era possibile."

Misi la mia mano sulla sua e lui intrecciò le nostre dita. "Non importa, Seth. Sei intelligente quanto me, ma hai imparato in un modo diverso. Io ho avuto l'opportunità. Tu no. Ciò non significa che tu non sia brillante."

Non avrei mai voluto vederlo sentirsi "meno di" perché non gli era stata data la possibilità di andare al college.

"Sto imparando molto da Eli e Hudson" ammise.

"Assorbi le informazioni come una spugna" gli dissi. "Non si tratta del tempo che hai passato a scuola. Sono la motivazione e l'esperienza che sono davvero importanti."

"Lo capisco" rispose. "Non scambierei le decisioni che ho dovuto prendere nella mia vita. Potrei avere qualche rimpianto qua e là, ma non farei le cose diversamente."

Ovviamente. Seth era un ragazzo che avrebbe protetto la famiglia ad ogni costo.

Mi stavo appena avvicinando per baciarlo quando il mio telefono squillò.

Diedi un'occhiata al cellulare sul tavolino. "Mia madre" dissi, con il cuore in gola.

"Rispondi" replicò lui. "Non lasciare che lei influenzi in alcun modo la tua vita, Riley. Ha sottratto abbastanza della tua felicità. Non darle altro potere."

Le sue parole mi colpirono duramente, ma non in modo negativo. Non avevo mai pensato alle azioni di mia madre in quel modo.

Aveva ragione.

Avevo una scelta.

Non avevo più bisogno di essere una bambina spaventata.

Forse mi aveva portato via il passato, ma in nessun modo le avrei dato il mio presente o il mio futuro. Non ora che ero più felice di quanto non fossi mai stata.

"Ciao, madre" dissi con fermezza mentre rispondevo alla sua chiamata.

"Margaret! Dove sei stata? Ti chiamo da giorni."

"Ero occupata" risposi.

"Troppo occupata per tua madre?" chiese con tono amareggiato. "Avevo bisogno di parlarti di Nolan. Penso che potrebbe essere disposto a riprenderti."

Rabbrividii al pensiero.

Feci un respiro profondo: "Perché pensi, anche per un solo momento, che vorrei passare la mia vita con un molestatore di bambini, Madre? Credevo che volessi tenermi lontano da tutto questo. *E da lui.*"

Non avevamo mai veramente parlato di quello che Nolan aveva fatto a Penny, ma ormai era *passato troppo tempo.*

Mia madre emise un suono tremante. "Penelope era un po' giovane, ma Nolan è ancora un buon partito. È ricco e la sua famiglia è estremamente importante. Lo sono da generazioni."

Sentii la nausea salire in gola. "Penny aveva quindici anni. Non era *un po' giovane.* Era ancora una *bambina.*"

"Cresci, Margaret. A volte una donna ha bisogno di trascurare queste cose per guadagnare potere. È così che va nel nostro mondo."

Deglutii a fatica. Anche se non volevo affrontare questa particolare paura, sapevo che dovevo porre la domanda. "Come il fatto che hai dovuto chiudere un occhio su ciò che mio padre mi stava facendo quando ero piccola?"

Ci fu un lungo silenzio, e in quel momento di completa quiete, capii che lei lo *sapeva*. L'aveva *sempre* saputo. Semplicemente non l'aveva fermato perché amava la sua reputazione più di quanto avesse mai amato me.

Seth mi strinse la mano e apprezzai il supporto, ma era qualcosa che dovevo fare da sola.

Finalmente lei tirò su col naso. "Non è stato per molto tempo e sei sopravvissuta, Margaret."

La furia crebbe dentro di me. "Non è stato per molto tempo? È durato PER ANNI! E anche dopo che è finito, ho dovuto convivere con la vergogna per quello che era successo."

"Sei drammatica, Margaret."

Persi la testa. "Non sei una *madre*. Sei un *mostro*. In tutti questi anni ti ho concesso il beneficio del dubbio. Speravo che tu non sapessi la verità, ma *non* era così. Come hai potuto lasciare che ciò accadesse?"

"Non è importante" rispose con un tono altezzoso. "Nolan—"

"Non me ne frega un cazzo di Nolan" le dissi con rabbia, la mia voce che diventava ancora più alta. "È un individuo malato e contorto con cui non posso nemmeno stare nella stessa città, figuriamoci nella stessa stanza."

Stavo ribollendo della rabbia più feroce che avessi mai provato, e non riuscivo a passarci sopra. Non l'avrei fatto. Non più.

"Margaret, mi renderebbe felice se—"

"*Niente* ti renderà *mai* felice. Mai. Mi sono stravolta per anni per renderti felice con me, anche solo un po'. Nessun bambino dovrebbe mai farlo. L'amore per un bambino dovrebbe essere incondizionato."

"Margaret" iniziò in tono ammonitore.

La fermai. "Mi chiamo *Riley*. Riley Montgomery. Non desidero essere Margaret. Quella era la bambina aggredita sessualmente da suo padre. Era la bambina che non avrebbe mai potuto ottenere l'approvazione di sua madre. Era la bambina che non si è mai adattata al *tuo* mondo. Non c'è più Margaret. Quella bambina non esiste più."

"Potresti adattarti se davvero volessi—"

"Non *voglio* più adattarmi. So esattamente qual è il mio posto. So anche esattamente chi sono e mi piace la donna che sono. Mi piace molto. Ma non mi piaci... tu."

Per una volta mia madre non disse niente.

Continuai: "Non chiamarmi più. Non provare nemmeno a comunicare. Non sarò mai la figlia che vuoi, e non mi interessa. Perché mai dovrei dedicare un pensiero a una madre che non è mai stata un genitore? Che non mi ha mai protetta? Questa è la fine della strada per noi."

Finalmente! Ero consapevole di ogni parola che avevo appena detto. Le sentivo tutte.

"Addio, Madre "dissi seccamente prima di riattaccare.

Seth mi trascinò da lui subito dopo che lasciai cadere il telefono sul tavolino. "Stai bene?" chiese, preoccupato.

"In realtà, penso di stare più che bene" gli dissi. "Lo sapeva, Seth. Lei lo *sapeva*. E mai una volta ha provato a fermarlo."

"Mi dispiace così tanto, Riley" mormorò mentre mi tirava in grembo. "So che è stata una conversazione difficile."

Gli misi le braccia al collo. "In realtà, no. Mi sento... libera."

Non ero triste per aver detto addio a mia madre. Forse perché non le era mai fregato niente di me.

Il dolore forse si sarebbe fatto sentire più tardi, ma potevo affrontarlo. Quello che non potevo sopportare era passare un altro momento della mia vita lasciando che lei mi controllasse in qualche modo.

"Dici davvero?" chiese Seth mentre i suoi occhi mi perforavano il viso.

Annuii. "Sì. Dico davvero. Amo la donna che sono ora. E so esattamente qual è il mio posto."

"E dove potrebbe essere?" chiese gentilmente.

Diedi un bacio sulle sue labbra prima di mormorare: "Con te. Sempre con te."

"Sempre" tuonò d'accordo, proprio prima di baciarmi.

CAPITOLO 27

Riley

"Il mio ciclo è in ritardo" dissi senza mezzi termini alla mia infermiera professionista, Layla, mentre mi sedevo mezza nuda sul suo lettino.

Finora avevo preso solo quattro delle mie pillole placebo, ma non ero mai in ritardo. *Affatto. Mai.*

Presa dal panico, avevo chiamato Layla ed ero stata abbastanza fortunata da avere un appuntamento lo stesso giorno grazie ad una cancellazione.

"Sei in ritardo di soli quattro giorni" disse gentilmente mentre si sedeva su uno sgabello non molto distante.

"Non sono mai in ritardo" replicai cupamente. "La pillola mi ha sempre resa regolare come un orologio."

"Hai motivo di essere preoccupata" rispose la bella bionda, dandomi la sua completa attenzione. "Ma non lasciarti turbare ancora. Ci sono molte cose che potrebbero essere il problema."

Mi piaceva Layla. Mi era sempre piaciuta. Non che *non* mi piacesse il Dottor Fortney, il suo collega, ma non mi ero mai sentita a mio agio con uno strano uomo che facesse esami pelvici.

Layla era più un'amica occasionale che un medico per me.

"Tipo cosa?" chiesi.

"Sei sotto una pillola ormonale, Riley. Solo perché non hai ancora perso un ciclo non significa che non puoi. In effetti, succede abbastanza spesso."

Ebbi il mio primo barlume di speranza. E se Layla avesse avuto ragione? E se stessi solo saltando un ciclo?

"Ehi" disse in tono confortante. "Sarebbe così grave se fossi incinta?"

Annuii. "Catastrofico" borbottai. "Vengo da un ambiente piuttosto disfunzionale, Layla. Non voglio rovinare un figlio mio."

Annuì come se capisse le mie paure. "E il tuo compagno?"

"Non vuole figli. Ha trascorso tutta la sua età adulta crescendo ed educando i fratelli più piccoli. È arrivato al punto in cui è libero di fare ciò che vuole» spiegai. "Non posso fargli questo. Non posso legarlo con un altro bambino da crescere."

"Senza offesa" ribatté seccamente. "Ma ci vogliono due persone per fare un bambino. Un uovo non viene fecondato da solo."

"Lo so. Ma sono sotto controllo delle nascite. Questo non era nemmeno sul *suo* radar o sul *mio*."

"Certo, rimanere incinta mentre stai prendendo il controllo delle nascite correttamente è raro, ma succede, Riley."

Alzai gli occhi al cielo. "Quindi sarei in quel meno dell'uno per cento di donne che rimangono incinte con la pillola?"

"È possibile."

"Fantastico."

"La paura di rovinare la vita di tuo figlio è l'unica ragione per cui non vuoi averne?" insistette Layla dolcemente.

Riflettei sulla sua domanda per un minuto, desiderando che non fosse così esperta di questioni femminili. Non ero sicura di voler pensare al mio desiderio di evitare i bambini in questo momento.

"Non saprei" confessai. "Non ho mai superato quella ragione molto convincente."

"Non devi rispondere a questa domanda se non vuoi, ma hai detto che vieni da un ambiente disfunzionale. Sei stata violentata?"

Annuii. Avevo smesso di vergognarmi di quello che mi era successo quando ero più piccola. "Mio padre."

"Lo sai che non è stata colpa tua, vero? E ciò non significa che non sarai una buona madre per nessun bambino che avrai."

"Razionalmente, lo so. Ma psicologicamente, sto ancora superando i miei problemi. Era *mio padre.*"

"Ha tradito la tua fiducia, Riley. Eri una bambina, vero?"

Annuii. "Alle elementari. I miei fratelli furono tutti mandati in collegio, ma mio padre mi tenne a casa."

"Hai mai pensato che probabilmente era un suo piano tenerti a casa? Ti ha strappata a chiunque avrebbe potuto proteggerti."

Non ci avevo mai pensato, ma... "Potresti aver ragione."

Forse mi ero convinta di non essere stata mandata via perché ero una femmina, ma la logica di Layla aveva perfettamente senso.

Immagino di non aver mai voluto nemmeno contemplare la possibilità che il mio abuso fosse stato pianificato con cura.

"Tua madre lo sapeva?" domandò.

Annuii lentamente con la testa. "Ho scoperto di recente che sapeva tutto. Semplicemente non l'ha mai fermato."

"Andrai in terapia, Riley?"

"Lo sto già facendo. Ha aiutato molto. Ho fatto molta strada negli ultimi anni. Ma ho dei momenti occasionali in cui sono ancora quella ragazzina spaventata e confusa."

Terrorizzata.

Insicura.

Che cerca ancora l'approvazione di sua madre.

Grazie a Dio non stavo nemmeno lontanamente più cercando l'amore dei miei genitori.

Layla mi sorrise. "Penso che sia normale sentirsi così a volte."

"Vorrei che andasse via. Non credo che sia mai un bene in una relazione."

"Il tuo ragazzo capisce?"

Annuii. "È fantastico. Di supporto. Ecco perché non *voglio* essere incinta. Non merita di essere padre quando non vuole esserlo."

Anche se sapevo che Seth non aveva un solo rimpianto per essersi spaccato il culo per crescere i suoi fratelli più piccoli, non volevo caricarlo con una responsabilità che non voleva assumersi.

"E tu?" indagò.

"Come ho detto, non voglio figli."

Un tempo, sapevo che probabilmente *avrei dovuto essere* una madre quando ero stata fidanzata con Nolan. Non avevo alcun dubbio nella mia mente che avrebbe voluto un figlio maschio per ereditare la sua attività.

Non potevo dire che mi fosse mai piaciuto, ma ero riuscita a bloccare completamente il pensiero dalla mia mente.

Ora potevo prendere le mie decisioni.

E avevo scelto di non avere figli.

O almeno, avevo *pensato* che non avrei mai avuto un figlio mio. Fino... ad oggi.

"Se sei incinta, ci sono delle alternative, Riley" disse Layla.

Di riflesso misi la mano sul mio addome piatto.

Se *c'era* un bambino, non potevo sopportare il pensiero di interrompere una gravidanza o di dare ad altri il figlio di Seth. "No" mormorai. "Lo terrò se succede."

Se ero incinta, il bambino era stato creato dall'amore, almeno da parte mia.

Mi avrebbe strappato il cuore fare qualcosa di diverso dall'amare e dal prendermi cura di un bambino che era stato creato perché amavo il corpo e l'anima di Seth Sinclair.

"Qualunque cosa accada, sarò qui per aiutarti, Riley. Andiamo avanti?"

Guardai la bella bionda con gratitudine. Layla si era sempre fatta in quattro per le sue pazienti.

Onestamente, non avevo mai avuto motivo di sfogarmi con lei come stavo facendo ora. Ma ero dannatamente contenta che fosse la mia operatrice sanitaria.

Non riuscivo a immaginare di avere questa conversazione con l'anziano Dottor Fortney.

"Cosa dobbiamo fare?" chiesi, cercando di aumentare la mia forza mentale per qualunque cosa potesse accadere.

Apprezzavo il fatto che Layla stesse cercando di prepararmi nel caso *fossi* incinta.

Davvero, ero così stressata che non avevo pensato a cosa sarebbe successo se avessi avuto un figlio.

La realtà era... che non sarei mai stata in grado di separarmi da un bambino che apparteneva a me e Seth. *Affatto. Mai.*

Se necessario, avrei cresciuto il bambino da sola. Non che non avessi le risorse per prendermi cura di lui o lei.

"Per prima cosa, vorrei davvero fare un esame del sangue. È un po' più sicuro nel controllo dell'HCG se sei incinta. È il test migliore visto il poco tempo trascorso. E sapresti la verità senza alcun dubbio."

"Facciamolo" concordai, preparandomi a sapere la verità qualunque fosse stata.

Bene o male, me ne sarei occupata.

Non ero preoccupata per il prelievo del sangue.

Ma l'attesa era atroce.

Quando finalmente lasciai l'ufficio della dottoressa, ero completamente devastata.

CAPITOLO 28

Seth

"Non sento Riley da quattro dannati giorni" dissi ad Aiden e Skye mentre mi sedevo nel soggiorno della loro casa. "Mi ha inviato un'e-mail di due righe quattro giorni fa e mi ha detto che aveva bisogno di un po' di tempo da sola. Dopodiché, ho chiamato, ho mandato e-mail, ho mandato messaggi. *Niente.*"

"Se è quello che vuole, merita di avere quel tempo, Seth" replicò Aiden. "Forse è solo impegnata."

"Impegnata un cavolo. C'è qualcosa che non va" borbottai. "Stiamo insieme ogni giorno. Nessuno di noi è mai stato troppo impegnato per trovare il tempo."

"Forse è questo il problema" contemplò Skye dal suo posto accanto ad Aiden. "Potrebbe essere sopraffatta, Seth. Ha condiviso la sua storia con me la scorsa settimana quando ci siamo incontrate per un caffè. Potrebbe aver bisogno di spazio."

La mia testa si voltò bruscamente verso Skye. "Te l'ha raccontata davvero?"

Lei annuì. "Sì. Le ho sempre detto che sarei stata lì se avesse voluto parlare. Alla fine l'ha fatto. Onestamente, sembrava che stesse facendo i conti con il suo passato. Quindi sono poco sorpresa che si sia improvvisamente ritirata."

"Cos'è successo?» domandò Aiden con aria sconcertata.

"Non importa" rispose Skye a suo marito.

"È personale" gli dissi. "Ha avuto un'infanzia difficile. Questo è tutto ciò che devi sapere."

Non avevo intenzione di spiegare tutto quello che era successo a Riley.

"Lei tiene a te, Seth. Tornerà al momento opportuno" disse Skye dolcemente.

"Sono disposto ad aspettare" spiegai. "Ma non riesco a liberarmi dalla sensazione che ci sia qualcosa che non va, qualcosa di più del fatto che abbia solo bisogno di tempo in generale."

Come potevo spiegare che *sentivo* Riley in quel modo?

Non potevo.

Quindi non volevo nemmeno provarci.

C'era qualcosa di strano nella sua e-mail. Lo sapevo da quando avevo letto la breve missiva.

Riley era cambiata. Non era da lei essere sfuggente o vaga. Non più.

Di certo non era nemmeno nel suo stile tirarsi indietro dalle cose che doveva affrontare.

Sapeva di non aver bisogno di *tempo*.

Non con me.

Cavolo, se fosse stata arrabbiata con me per qualche motivo, non avrebbe avuto problemi a dirmelo in faccia.

E se *non* fosse stata arrabbiata, mi avrebbe parlato di qualunque cosa la infastidisse.

"Non sono sicuro di quanto ancora possa aspettare" confessai.

Aiden sollevò un sopracciglio. "Sei stato da lei?"

"Ogni. Dannata. Notte. Cammino lungo la spiaggia e controllo il suo cottage ogni sera solo per vedere se è lì dentro."

"E?" sollecitò Aiden.

Alzai le spalle. "Vedo un'ombra o due in cucina, quindi so che è lì."

"Ascolta, fratello" disse Aiden con calma. "Quando avevo bisogno che mi parlassi mentre stavo perdendo la testa per Skye, tu eri lì. Mi hai detto di parlarle, non di giudicare senza sapere tutto. Ti sto dando lo stesso consiglio."

"L'hai fatto?" Skye mi guardò, ovviamente scioccata.

"Lo ha fatto" rispose Aiden per me. "Mi ha incoraggiato a perseguire ciò che volevo e a non saltare alle conclusioni."

"È stato un buon consiglio che gli hai dato, Seth" disse Skye gentilmente. "Puoi solo essere paziente? Il viso di Riley si illumina ogni volta che parla di te. So che prova dei sentimenti per te."

"Volevo chiederle di sposarmi. Ho l'anello in tasca da un po' di tempo ormai" dissi burbero.

"Quindi è lei?" chiese Aiden.

"Lo è" risposi rigidamente. "Forse pensi che io sia pazzo—"

"No" rispose Aiden. "Penso che i Sinclair di questa generazione amino solo una volta, e amano molto. Forse avrei spazzato via quella teoria se non avessimo avuto un esercito di fratelli e cugini Sinclair. Ma una volta che si innamorano, il gioco finisce."

"Stavo pensando la stessa cosa" confessai. "Hai aspettato Skye per anni. Non me ne rendevo conto, ma penso che tu lo stessi facendo."

"Inconsciamente, sì" rispose Aiden. "Non c'è mai stata un'altra donna come lei, quindi ho praticamente rinunciato a cercarne una."

Vidi Skye raggiungere automaticamente la mano di Aiden con un enorme sorriso sul viso.

"Ho capito di essere fottuto dal momento in cui Riley si è seduta di fronte a me a un tavolo del Coffee Shack. Ci è voluto un po' per rendermi conto di quanto fossi davvero rovinato."

Ci fu un momento di silenzio finché Aiden non lo infranse. "Allora perché non le hai chiesto di sposarti?"

"Dopo che avevo deciso di farlo, ha rotto i legami con sua madre. È stato un grande passo per lei, e non volevo saltare subito e propormi dopo che era successo. Ho deciso di aspettare. Se non avesse iniziato a evitarmi, probabilmente l'avrei già fatto."

"Sei innamorato di lei" dichiarò Aiden.

"Completamente" dissi tristemente.

"Pensi che abbia bisogno di tempo a causa di quello che è successo con sua madre?" chiese Skye.

"No. Penso che potrebbe essere un po' triste per la madre che non è mai esistita per lei, ma dubito che stia piangendo la madre che ha avuto. Onestamente, sono abbastanza sicuro che volesse farlo da tempo. I suoi fratelli sono venuti più tardi quella notte e lei ha raccontato loro tutto, incluso il fatto che aveva bisogno di recidere i legami con la madre."

"Cos'hanno detto?" chiese Skye.

"Erano giustamente furiosi. Parlano a malapena con la madre anche loro, quindi non credo sia stato un grosso problema non parlarle mai più. Probabilmente l'avevano allontanata prima. I fratelli di Riley potevano essere ricchi sfondati, ma non hanno mai operato in quella cerchia di ricchi snob a meno che non fosse assolutamente necessario. Era qualcosa che ammiravo dei fratelli Montgomery, in realtà.

"Quindi probabilmente non parleranno mai più nemmeno loro con lei" ipotizzò Skye.

"Mai" risposi. "Penso che finiranno per incolparsi di non essere stati lì per proteggere Riley, ma non è stata colpa loro. Meritavano davvero di sapere la verità."

"Non farò nemmeno finta di capire di cosa state parlando" disse Aiden, in tono scontento. "Immagino che non sapessero cosa le fosse successo durante la sua infanzia."

"No" dissi semplicemente.

"Sono contenta che gliel'abbia detto" ribatté Skye. "È troppo difficile mantenere i segreti di famiglia in quel modo."

"Penso che abbia finito di non parlarne. O di sentire che fosse in qualche modo colpa sua."

Skye annuì. "Lo penso anch'io."

"Dato che non ho idea di cosa le sia successo, torniamo al problema" suggerì Aiden.

"Penso che dovrebbe darle un po' più di tempo" suggerì Skye. "Le sono successe un sacco di cose di famiglia. Cose emotive."

"Le darò un altro giorno. E probabilmente mi ucciderà. Ma se non comunica entro domani, la farò parlare con me in qualche modo. Eravamo perfettamente felici, e poi lei scappa senza preavviso? Non ha senso. C'è qualcosa che non mi sta dicendo." Mi passai una mano tra i capelli, frustrato.

Skye alzò gli occhi al cielo. "Perché tutti voi Sinclair siete così testardi."

Risposi imbronciato: "Perché abbiamo solo una dannata possibilità di essere felici. *Dobbiamo* essere tenaci."

"Sono d'accordo" tuonò Aiden. "Ma rilassati, Seth. L'ultima cosa che vuoi fare è spaventarla. So come sei quando sei irascibile e determinato."

"Non sono così male" affermai.

Aiden mi lanciò uno sguardo d'intesa. "Diamine se non lo sei. Ricordi quella volta—"

"Non andare lì" lo avvertii.

Mio fratello minore probabilmente avrebbe ripercorso ogni parte della mia storia se gli avessi permesso di dimostrare il suo punto.

"Volevo solo offrire esempi per rinfrescarti la memoria" disse Aiden con nonchalance.

"Non è necessario" replicai a denti stretti. "Meglio andare. È tardi."

Sapevo che entrambi dovevano alzarsi presto la mattina. La loro figlia, Maya, andava a scuola abbastanza presto.

"Rimani se hai bisogno di parlare" disse Aiden categoricamente, il suo tono sincero.

"Sì, fallo" incoraggiò Skye. "Vado a letto così posso svegliare Maya presto e voi due potete parlare."

Mi alzai. "Sto bene" assicurai a entrambi. "Penso che farò una corsa o una nuotata."

Avevo bisogno di un qualche tipo di esercizio fisico per logorare il mio culo, o sarebbe stata un'altra notte che avrei passato a fissare il soffitto, chiedendomi cosa diavolo avesse Riley.

Avrei lasciato perdere per quella sera, ma nessuna promessa su cosa sarebbe successo l'indomani.

Certo, volevo rispettare la richiesta di Riley, ma non potevo evitare la preoccupazione che lei avesse bisogno di me. Che volesse contattarmi o meno.

Aiden e Skye si alzarono in piedi. "Sei sicuro?" chiese piano Aiden.

"Sì. Difficilmente riuscirò a buttare giù la sua porta a quest'ora della notte."

Non che non volessi farlo, ma non l'avrei fatto.

Probabilmente l'avrebbe spaventata a morte.

"Chiamami se hai bisogno di me" chiese Aiden.

"Assolutamente" convenni.

Assolutamente no!

Entro l'indomani, avrei fatto qualcosa per vedere Riley. Ogni giorno peggiorava. L'ultima cosa che volevo sentire era che dovevo continuare ad aspettare.

Notai lo sguardo preoccupato sul viso di Aiden.

Cavolo, ero grato che tutta la mia famiglia fosse lì quando ne avevo bisogno. Il problema era che... la voce della ragione non funzionava per me in questo momento.

Probabilmente perché ero lontano dal pensare in modo logico.

Skye mi abbracciò forte e Aiden mi diede una pacca sulla schiena quando lei ebbe finito.

La mia corsa notturna fu estremamente lunga, ma anche se ero esausto, quella notte il sonno non arrivò.

CAPITOLO 29

Riley

Toc! Toc! Toc!

Sussultai per i colpi che provenivano dalla mia porta di casa.

Erano così forti che potevo sentirli dalla cucina.

"So che sei lì, Riley." La voce agitata e tonante di Seth risuonò forte quanto il suo insistente martellare. "Apri quella dannata porta. Mi stai evitando da cinque giorni, ormai. Qualcosa non va. Posso sentirlo." La sua voce era forte e arrabbiata.

Mi mordicchiai nervosamente il labbro inferiore mentre valutavo le mie opzioni.

Rispondere alla porta?

O ignorarlo?

In realtà *avevo* evitato Seth negli ultimi cinque giorni, cercando di mettere le distanze tra noi due. L'unica comunicazione che avevo avuto con lui era una brevissima e-mail con la quale gli chiedevo di fare marcia indietro per un po'.

Non riuscivo a pensare quando c'era lui, quindi ero rimasta a casa.

Niente più cene intime insieme.

Niente notti a casa sua.

Non rispondevo alle sue e-mail.

O ai suoi messaggi.

E *di certo* non rispondevo al telefono.

Se voglio un taglio netto, devo strappare il cerotto e farla finita.

Seth meritava di sentire quello che avevo da dire *di persona*.

Ma lo avevo evitato perché non ero stata in grado di dirgli la verità.

Sfortunatamente, ciò significava che avevo passato giorni in uno stato di depressione e mi mancava così tanto che mi stava uccidendo.

Negli ultimi giorni avevo svolto pochissimo lavoro, il che non era affatto da me. Potevo superare quasi tutti gli stati emotivi. Dio sapeva che l'avevo fatto molte volte.

Questo prima di Seth.

Prima che perdessi la capacità di distinguere le mie emozioni.

Spensi la cena che stavo preparando sul fornello e andai alla porta.

Quando la aprii, il mio cuore si spezzò.

Seth sembrava essere stato all'inferno.

Potevo vedere l'agitazione e la frustrazione così chiaramente sul suo viso stanco.

Indossava un paio di jeans e una vecchia T-shirt, i capelli arruffati in cima alla testa come se ci avesse passato le mani dentro più di una volta.

Tuttavia, mi sembrava così bello che avrei voluto gettarmi tra le sue braccia così da poter sentire il calore e la durezza del suo incredibile corpo.

Combattei la compulsione con tutte le forze.

Attraversò la porta e disse: "Che cazzo c'è che non va, Riley? Non rispondi al telefono, alle e-mail o ai messaggi. Ero preoccupato che ti fosse successo qualcosa di brutto."

Chiusi la porta. "Sto bene. Sono stata solo... impegnata."

Sì. Ero stata completamente occupata a superare la mia depressione per la mancanza di Seth come se un pezzo del mio cuore fosse stato strappato via dal mio petto.

Ogni giorno era diventato più difficile del precedente.

Mi prese per le spalle non troppo dolcemente. "Dimmi solo cosa ho fatto. Non credo alle stronzate che sei stata *troppa occupata*. Non siamo mai stati troppo occupati per vederci ogni giorno."

Mi liberai dalla sua presa. "Va bene. Allora ti dirò la verità. Non credo che dovremmo vederci più, Seth. Semplicemente non funziona per me."

"Perché?" chiese. "Cosa diavolo ha provocato tutto questo?"

Alzai le spalle mentre entravo in soggiorno. "Ho solo riflettuto molto. Ci tengo molto a te, ma non credo che siamo fatti per stare insieme. Vogliamo... cose diverse."

"Da quando?"

Mi lasciai cadere su una sedia perché le mie gambe non sembravano più sostenermi.

Mi sentivo come se tutta la mia vita stesse finendo.

E forse lo stava facendo in qualche modo.

Seth aveva aperto un'intera gamma di emozioni che non avevo mai provato prima, e non sarei stata in grado di dividerle in compartimenti o seppellirle mai più.

Ero completamente, assolutamente, senza dubbio innamorata di Seth Sinclair. Volevo la sua felicità più di quanto mi importasse della mia.

"Sento che dovremmo essere entrambi diretti in una nuova direzione" dissi debolmente.

Si sedette sul divano, i gomiti sulle gambe, e semplicemente mi fissò per così tanto tempo che iniziai a sentirmi a disagio.

Merda! Vorrei che non mi sentissi come se potesse leggermi dentro.

Alla fine, disse cupamente. "Non voglio andare in nessuna direzione se non verso di te, Riley."

Il mio cuore si strinse fino a quando pensai che sarebbe esploso. Mi alzai in piedi e cominciai a camminare su e giù per il piccolo soggiorno. "Perché lo stai rendendo così dannatamente difficile?" domandai disperatamente. "Dobbiamo *lasciarci*, ma sto passando un brutto periodo nel *farlo*. Non funzionerà, Seth. Non nel lungo periodo. Finiremmo infelici."

Non avevo mai avuto un uomo che volesse essere attaccato a me come la colla.

Qualcuno che sarebbe sempre stato lì quando avevo bisogno di lui.

Un ragazzo a cui poter dire qualsiasi cosa, e che sarebbe stato lì per sostenermi senza alcun tipo di giudizio.

Era pura tortura buttare via tutto questo.

"Cos'è successo? Dimmelo» pretese in tono persuasivo. "Non me ne andrò finché non avrò la vera storia, Riley."

Continuai a camminare. "Mi fai impazzire, lo sai? Sei entrato nella mia vita, tutto sexy e stupendo, e poi hai iniziato a capovolgere quella vita. Non ti ho mai sentito dire una sola cosa che considererei una critica. Sei praticamente perfetto. Beh, forse tranne il fatto che sei il ragazzo più testardo che abbia mai conosciuto, ma anche *questo* di solito è un vantaggio per te, dato che ti ha aiutato a far crescere i tuoi fratelli." Feci un respiro profondo. "Una donna avrebbe dovuto catturarti molto tempo fa ed essere dannatamente grata di averti nella sua vita, ricca o povera che fosse. Davvero non capisco perché non sia successo."

"Forse perché ti stavo aspettando?" suggerì.

Mi fermai e lo fissai. "Vedi! Lo vedi? Anche quando siamo entrambi incazzati, dici *comunque* qualcosa di carino. Sei quasi impeccabile, Seth. E io ho un sacco di difetti. Molti. Una tonnellata."

Sentii il mio corpo esaurirsi, ma stavo ancora camminando avanti e indietro come una donna posseduta, rilasciando emozioni che non mi ero nemmeno resa conto mi stessero corrodendo l'anima.

Tutte le cose che uscivano dalla mia bocca non erano mai state pianificate, nessuna era la ragione per cui avevo evitato Seth. O così pensavo.

All'inizio, avevo creduto che prendere le distanze da lui fosse *a suo vantaggio*, e forse in parte lo era.

Ora, avevo capito che era il mio modo di scappare da qualcosa che mi avrebbe demolita in futuro se non avesse funzionato.

A parte tutte le altre mie scuse, ero *io* che non mi sentivo *abbastanza* per lui.

Non stavo proteggendo lui; stavo proteggendo *me* dopo la mia visita alla clinica.

"Sto ancora aspettando che tu mi dica esattamente cosa è successo, Riley" disse con voce roca ma paziente.

"Sai anche quando qualcosa mi dilania" borbottai infelice.

"Sai anche tu quando qualcosa mi dà fastidio" rispose. "Siamo connessi così, tesoro."

Aveva ragione. *Eravamo connessi.* E mi spaventava a morte.

Il modo in cui lo amavo, l'intensità di quelle emozioni che non avevo mai provato prima, erano terrificanti.

"Beh, dobbiamo *staccarci*" gli dissi.

"Non succederà" ribatté caparbiamente. "Ora spiega."

Mi fermai, incrociai le braccia sul petto e lo fissai. "Non può essere solo un caso in cui mi sono resa conto che non siamo fatti l'uno per l'altra?"

Scosse la testa. "No. Stai scappando. Ma non ti lascerò andare molto lontano."

Allungò una mano, fece scivolare il suo braccio intorno alla mia vita e tirò.

Il mio sedere atterrò accanto a lui sul divano senza grazia.

"Parla" chiese.

"Va bene. D'accordo. Vuoi sapere cos'è successo? Te lo dirò. Il ciclo ha saltato un mese. Così sono andata dal medico. Le possibilità che io sia incinta erano molto scarse dato che prendo la pillola, ma dovevo sapere la verità. Nessuno di noi vuole figli. Sapevo che sarebbe stato un disastro per entrambi."

Mi strinse il braccio intorno alla vita, nascose l'altra mano tra i miei capelli e mi costrinse a sollevare la testa. "Guardami, Riley" ordinò. "Cazzo, guardami."

I nostri occhi si incontrarono e io mi persi nella ferocia del suo sguardo.

Vidi mille emozioni diverse in quei suoi occhi espressivi e cinerei, e non avevo idea di quale fosse la più forte.

"Sei. Incinta?" gracchiò. "Maledizione! Dimmi la verità. Pensi davvero che ti lascerei allontanare da me se lo fossi? Che avrei semplicemente ignorato il fatto che stavi per avere mio figlio?"

Dentro di me, sapevo che non l'avrebbe fatto. Seth sarebbe stato l'esatto opposto di un padre fannullone. Che mi piacesse o no, sarebbe stato un buon padre.

"Riley" ringhiò, i suoi occhi che perforavano i miei.

Il cuore mi galoppava nel petto e il mio corpo tremava. "Non lo sono, Seth. Non sono incinta."

"Allora perché sei così turbata?" chiese burbero.

"Perché quando ho saputo che *non* ero incinta, in realtà sono rimasta *delusa*. Avrei dovuto essere *sollevata*, ma non lo ero. Da qualche parte tra il mio panico e i risultati finali, mi sono scaldata all'idea di avere un figlio. Il *nostro* bambino. Non so cosa diavolo sia successo, ma ho quasi pianto la perdita di un bambino che non c'è mai stato. È assurdo. Tu non vuoi figli, e nemmeno io. Ma qualcosa... è cambiato. Ora temo che se restiamo insieme e rimango incinta in futuro, io sarò felice e tu no. Ci farebbe a pezzi, Seth." Sentii le lacrime rigarmi le guance e non provai nemmeno a fermarle.

Quando avevo realizzato quanto desiderassi suo figlio, mi aveva uccisa sapere che lui *non* l'avrebbe voluto. Sì, si sarebbe fatto avanti come padre. Ma di certo non sarebbe stato qualcosa che inizialmente avrebbe voluto.

Avvolse entrambe le braccia intorno al mio corpo e tirò per portare il mio corpo a filo con il suo. "Quindi sei turbata perché potresti voler avere mio figlio un giorno?"

Annuii. "Mi dispiace. Non pensavo che mi sarei mai sentita così."

"Gesù, piccola. Non essere dispiaciuta. Non mi piacerebbe niente di più che vedere una bellissima bambina dai capelli rossi con i tuoi occhi che mi guarda."

La mia testa si alzò di scatto. "Hai detto che non *volevi* avere figli. Hai cresciuto i tuoi fratelli. Pensavo non volessi essere un papà. *Affatto. Mai.*"

Scrutai il suo viso, ma non vidi un momento di esitazione o dubbio nella sua espressione.

Era letalmente serio quando disse: "Non ho mai detto che *non volevo* bambini un giorno. Ho solo detto che ero completamente d'accordo con la *tua* decisione di non averne. E mi stava *bene*. Proprio come starei bene se tu cambiassi idea. Sei la mia priorità, tesoro. Con o senza figli nel nostro futuro, *ti voglio*."

Emisi un singhiozzo e lo sbattei nel petto con un pugno. "Dio, odio quando dici cose del genere."

Okay, lo adoravo *e* lo odiavo.

"Perché?" chiese, sembrando sinceramente confuso.

"Perché sei così disposto ad accettarmi in ogni caso" gemetti.

Mi spinse la testa nel suo petto mentre piangevo. "Conosco la tua storia, Riley. E che io abbia o meno dei figli non è poi così importante per me. Anche se avere il mio bambino nella tua pancia non è sicuramente un pensiero spiacevole. Mi piacerebbe avere figli, ma sto bene se tu *non* vuoi. Perché dovrei fare un grosso problema per qualcosa che non è così importante per me finché ho te?"

Cosa diavolo potevo rispondere a *questa* affermazione? Forse se non fossi andata fuori di testa, probabilmente l'avrei accettato anch'io in ogni caso, se la sua decisione fosse stata così importante per lui. Certo, mi ero scaldata all'idea di avere figli e avevo capito che volevo *davvero* avere il figlio di Seth, ma avrei rispettato il fatto che non lo volesse. Anche lui era la mia priorità.

Tirai su col naso e alzai la testa. "Devo dirti una cosa."

"Forza" incoraggiò.

"Sono innamorata di te, Seth. Innamorata perdutamente. Non lo sto dicendo per farti pressione. Voglio solo che tu sappia che voglio che anche tu sia felice." Non distolsi lo sguardo da lui, anche se avrei voluto.

Affrontai le mie emozioni a testa alta con la massima onestà possibile. Mi resi conto che prima che accadesse lo spavento della gravidanza, stavo aspettando che lo dicesse *per primo*. Era meno rischioso. Ma dal momento che non era mai stato lui a vacillare, gli dovevo la verità.

Niente cazzate.

Niente fughe.

Niente nascondigli.

Il sollievo gli inondò il viso e sorrise. "Sono davvero felice di sentirlo, stupenda. Perché io stesso sono oltre ogni speranza. Penso di essere innamorato di te dalla prima volta che ti sei seduta di fronte a me al Coffee Shack e hai cacciato via quella donna."

Lo abbracciai forte. "L'ho detto per prima" presi in giro, il mio cuore che batteva forte ora che l'aveva detto anche lui.

"Sì, l'hai fatto" concordò. "Ma lo ascolterai in abbondanza per il resto delle nostre vite. Ti amo, Riley Montgomery. Non c'è mai stata nessun'altra per me tranne te. Promettimi che non scapperai mai più. Affronteremo la merda insieme. Qualsiasi cosa succeda."

"Te lo prometto" replicai prontamente, mentre gli mettevo una mano dietro la testa e lo tiravo giù in modo da poterlo baciare.

Nel momento in cui le sue labbra toccarono le mie, capii che nascondersi era una cosa del passato per me.

Non avevo assolutamente intenzione di andare da nessuna parte. *Affatto. Mai.*

CAPITOLO 30

Riley

Risi quando il mio sedere colpì il letto su cui Seth mi aveva appena lanciata.

"Sono stati cinque giorni molto lunghi, molto duri per me, donna" ringhiò mentre si toglieva la maglietta che indossava da sopra la testa.

Guardai spudoratamente mentre rivelava quegli addominali scolpiti e il petto massiccio che mi facevano venire l'acquolina in bocca.

Dio, è bellissimo.

Un sospiro sfuggì dalle mie labbra mentre mi affrettavo a sedermi sul lato del letto. Gli afferrai la cintura e lo tirai in avanti in modo da poter tastare il suo fallo attraverso il denim dei jeans. "Quanto è stata dura?" chiesi con voce sensuale, facendo scorrere avidamente la mia mano sul suo cavallo.

"Penso che tu possa sentirlo da sola" gracchiò.

"Lo farò" lo informai mentre gli slacciavo la cintura e poi liberavo il suo cazzo.

Mi inginocchiai davanti a lui tirando i jeans e i boxer lungo le sue gambe muscolose.

Li buttò via mentre le mie mani andavano dappertutto.

Avevo fame di toccare ogni centimetro del suo corpo scolpito. Mi accontentai di far scorrere i palmi delle mani sulle sue cosce, quindi tracciai i muscoli delineati del suo addome. "Sei davvero stupendo, Seth" gli dissi senza fiato mentre le mie dita seguivano la felice scia di peli che correva allettante fino all'inguine.

Non avevo mai provato ad assaggiarlo prima. Non avevo mai fatto l'atto intimo su nessun uomo. Ma volevo disperatamente farlo ora.

Il mio desiderio prese il controllo e avvolsi le mie dita attorno al suo membro.

"Riley, no" gracchiò mentre mi afferrava il polso. "Non quello."

"Non farlo" dissi allontanando la sua mano. "A meno che tu non lo voglia davvero."

"Non esiste un ragazzo dal sangue rosso al mondo che non lo vorrebbe" sussurrò. "Ma so dannatamente bene che questa è una cosa che non vuoi fare. E non ne ho bisogno."

Mi fermai per un momento, realizzando che quando gli avevo detto che non facevo sesso orale, aveva pensato che non avrei mai voluto farlo.

Non si rende conto che tutto è diverso con lui.

"Lo voglio. Aiutami" supplicai. "Non l'ho mai fatto prima, ma ne ho bisogno."

Alzai lo sguardo e quello intenso di Seth si concentrò sul mio viso con così tanto amore nei suoi occhi che il mio cuore saltò un battito.

"Stai andando bene" disse tra i denti digrignati.

Spezzai il contatto visivo e mi concentrai su quello che stavo facendo, sporgendomi in avanti per assaporare la minuscola goccia di umidità sulla punta del suo uccello.

Aveva un sapore leggermente salato, mascolino e così buono che aprii la bocca per prendere quanto più possibile del suo cazzo tra le mie labbra.

"Riley" gemette, il suono basso e animalesco.

Volevo sentire quei versi di piacere provenire dalle sue splendide labbra più di quanto avrei voluto respirare.

Mettendo la mano sulla radice, leccai su e giù la superficie setosa del suo membro, amando la sensazione e il gusto di Seth.

Prendendolo in bocca, esitai un po' a causa della mia inesperienza.

All'inizio fu imbarazzante, ma diventò più naturale quando Seth mi affondò una mano tra i capelli e mi guidò su e giù lungo il suo fallo.

"Cazzo, piccola! Mi stai uccidendo" gracchiò, la voce graffiante per l'eccitazione.

La sua lussuria alimentò la mia, e potevo sentire il calore inondarmi tra le cosce.

Chiese di più.

E gli diedi tutto ciò che voleva, seguendo il suo esempio mentre mi esortava ad accelerare il ritmo.

Il mio piacere si unì al suo mentre mi muovevo sempre più velocemente, assaporando ogni suono che veniva spontaneamente dalle sue labbra.

La mia mano libera andò al suo sedere perfetto e muscoloso e affondai le unghie nella sua pelle, mentre cercavo di ottenere una presa salda su di lui che ci avrebbe impedito di separarci.

Emise un sibilo e capii che non era a causa del dolore delle mie unghie.

A Seth piaceva molto.

Mi persi nel ritmo frenetico di dargli piacere, senza sentirmi più a disagio o inibita.

"Non ce la faccio, Riley. Sposta la bocca a meno che tu non voglia che sia riempita. Sto per venire" mi avvertì duramente.

Spostarmi? Oh, diavolo, no. Stavo aspettando di assaggiarlo, e ora non mi sarei tirata indietro.

Alzai la testa per guardarlo e fui ricompensata con la cosa più eccitante che avessi mai visto.

Gettò indietro la testa, i muscoli della gola tesi, mentre raggiungeva l'orgasmo.

"Riley. Ti amo così tanto, cazzo!" La sua voce era selvaggia, incontrollata e così incredibilmente carnale che il mio cuore si strinse, mentre il suo rilascio rovente scorreva nella mia bocca e giù per la mia gola.

Assaporai quell'orgasmo e poi gli leccai l'uccello fino a pulirlo dopo che ebbe finito.

Seth mi tirò in piedi, mi avvolse con le braccia al collo e crollammo insieme sul mio letto.

Il suo petto era ancora ansante mentre diceva: "Ti rendi conto che mi hai appena messo fuori servizio per un po'."

Mi premetti contro il suo fianco. "Non ne è valsa la pena?"

"Per me, cavolo, sì. Per te, probabilmente non tanto. Ma posso pensare ad altri modi per farti venire, tesoro. Molti."

"Anche per me è stato bello" gli dissi. "A volte, voglio solo renderti felice."

"Piccola, sono estasiato in questo momento" rispose con voce roca.

Sorrisi mentre mi districavo da lui per andare in bagno.

Quando tornai, sorrisi vedendo la sua figura ingombrante sul letto.

Si era addormentato, il respiro regolare e rilassato.

La sua stanchezza mi toccò il cuore perché sapevo istintivamente che probabilmente aveva passato diverse notti insonni.

Sapevo che l'avevo ferito cercando di scappare, e mi spiazzò il fatto che fosse stato così veloce nel perdonarmi.

Che mi amasse così facilmente.

Una lacrima mi scese dall'occhio, ma la asciugai.

Non avevo intenzione di chiedermi perché Seth mi amasse, o quanto fossi stata fortunata a trovarlo. Tutto quello che volevo davvero era amarlo con altrettanta forza.

Mi spogliai, spensi la luce e mi infilai nel letto accanto a lui, premendo la mia pelle nuda contro il suo fianco.

"Ti amo" sussurrai dolcemente.

Il suo braccio mi cinse la vita e mi tirò più forte contro il suo corpo potente con un grugnito di soddisfazione.

Chiusi gli occhi con un sorriso stampato in faccia.

Quando mi svegliai, era giorno, ma tutto ciò su cui potevo concentrarmi era il respiro caldo sulla nuca.

Mi dimenai un po' quando capii che si trattava di Seth, e ci avvicinammo il più possibile.

Ad un certo punto durante la notte, mi aveva tirata dentro il suo corpo, e le sue braccia erano strette intorno alla mia vita. Eravamo pelle a pelle ovunque, il che mi fece muovere sensualmente, sfregando la schiena contro di lui come un gatto.

"Non volevo svegliarti." La sua voce era assonnata e sexy vicino al mio orecchio.

Dio, volevo svegliarmi con quest'uomo meraviglioso accanto a me ogni giorno.

Non mi sarei mai più sentita sola.

Seth invase il mio spazio personale, ma per la prima volta nella mia vita non mi importava. *Volevo* condividerlo con lui.

"Non l'hai fatto." Ci eravamo entrambi addormentati presto, quindi probabilmente avevo dormito molto più di otto ore.

Mi girai in modo da poter vedere il suo viso, e poi allungai una mano per accarezzargli la mascella barbuta. Aveva una leggera barbetta, ed era solo mattina.

Gli stava bene.

Era ancora più bello quando i miei occhi si spostarono sui suoi e vidi l'adorazione e l'amore nel suo sguardo.

Avere un uomo che mi guardava in quel modo sembrava una specie di miracolo.

E ho quasi rovinato tutto.

"Mi dispiace per quello che ho fatto" sbottai.

Un sorriso gli incurvò le labbra sexy. "Spero che tu non stia parlando del modo in cui mi hai fatto impazzire prima che mi addormentassi così bruscamente. Ho intenzione di farmi perdonare."

Gli feci una smorfia. "Non *quello*. Mi riferivo alla fuga. Il modo in cui ti amo è spaventoso a volte. E onestamente, il modo in cui mi ami è terrificante. È tutto nuovo per me, Seth. Immagino di essermi solo... fatta prendere dal panico. Non sono abituata a qualcuno... che mi ama. Non come fai tu."

"Abituati, bellissima. Non andrò da nessuna parte. Ed è stato facile perdonarti visto che tu l'hai fatto, quando ho fatto una cazzata. Faremo entrambi degli errori. Sei esattamente dove devi essere in questo momento, e farò tutto il necessario per tenerti qui. Capisco che la tua vita non sia stata esattamente rose e fiori, e non ho intenzione di garantire che non litigheremo mai. Siamo entrambi testardi, ma qualunque cosa accada, il mio amore non è condizionato. *Affatto. Mai.*"

Gli sorrisi, divertita perché stava copiando la mia espressione ricorrente. "Nemmeno io andrò da nessuna parte. Sei bloccato con me. Dopo aver realizzato che stavo proteggendo me stessa più di quanto stessi proteggendo te creando una certa distanza, ho capito che era arrivato il momento per me di smettere di scappare dalla cosa migliore che mi fosse mai capitata. *Affatto. Mai.*"

Sorrise. "Quando non ti ho vista per alcuni giorni, ho pensato che avessi solo bisogno di spazio. Quando non ti ho vista per quattro giorni, ho iniziato a preoccuparmi, Riley. Avresti dovuto solo dirmi cosa era successo. Ci sarò sempre per te."

Vidi la luce della sincerità nei suoi occhi. "Lo so. Scusami. Cosa posso fare per farti capire che ho finito di metterci in discussone? Cosa posso fare per farmi perdonare?"

Sorrise. "Scuse già accettate. Ma mi sono svegliato con un'erezione molto grande perché avevo una bella donna tra le braccia."

In qualche modo, sembrava sempre sapere quando le cose si stavano facendo un po' troppo pesanti. Rimasi stupita dalla facilità con cui aveva accettato il fatto che avessi commesso un errore. "Quindi vorresti che sistemassi questa enorme erezione che hai?"

Si girò sulla schiena e mi sorrise. "Non solo. Voglio che mi cavalchi, prendi quello che vuoi, qualunque cosa ti serva. Ieri sera ti ho lasciata a bocca asciutta."

Mi arrampicai sul suo corpo scolpito, assaporando la sensazione della sua pelle calda e setosa che scivolava lungo la mia. "Non mi importava, Seth. Sto iniziando a capire che una relazione non significa dividere le cose a metà. A volte darai di più tu e a volte darò di più io. Penso che ci siano... dei cicli. So di non aver ancora superato quello che mi è successo. Ma quella è la mia vecchia vita. Verrà un momento in cui avrai bisogno che io ti dia tutto, e lo farò felicemente."

"Fare quello che hai fatto la scorsa notte è stato difficile per te" borbottò mentre mi avvicinava alla sua testa. "Hai dato molto, ed è stato dannatamente coraggioso."

"Non è stato così difficile. Volevo farlo perché eri tu. Tra di noi, voglio condividere ogni tipo di intimità possibile."

Mise la sua mano dietro la mia testa e la tirò verso di sé finché la mia bocca non si scontrò con la sua. Sospirai contro le sue labbra di seta, e poi le aprii in modo che potesse fare un lavoro più accurato. Intrecciai la mia mano tra i suoi capelli, assaporando l'abbraccio sensuale.

Il bacio era crudo, carnale, ma senza fretta, il che mi fece completamente impazzire.

Sembrava non finire mai. Seth mi mordicchiò il labbro e poi la mascella. Quando sentii il suo alito caldo diffondersi sopra il mio orecchio prima che mi mordesse il lobo, il mio corpo si inondò di calore fuso e incendiario.

Ondulai i fianchi, la mia figa bagnata che scivolava contro i suoi addominali scolpiti e duri come la roccia.

Il tormento erotico andò avanti fino a quando finalmente gemetti nel suo orecchio. "Seth. Ho bisogno di te."

Mi mise le mani sui fianchi e mi guidò su di lui. "Anch'io ho bisogno di te, bellissima."

Emisi un sussulto mentre scivolavo sul suo cazzo. "Sì" sussurrai sollevata.

Quest'uomo mi riempiva così completamente, mi amava così incredibilmente.

"Prendi quello che vuoi, Riley" grugnì.

Tutto ciò che volevo davvero era rimanere così, così connessa a lui da riempire il mio corpo, il mio cuore, la mia anima.

Alla fine, dovetti muovermi e la forte presa di Seth sui miei fianchi mi guidò in un ritmo costante e ipnotizzante.

Non lento.

Non veloce.

Semplicemente... perfetto.

Usai le mie mani per spingere contro il suo petto fino a quando non fui seduta su di lui, il che lo spinse più a fondo dentro di me.

"Sei così dannatamente bella" gemette. "Prendi tutto ciò di cui hai bisogno, piccola."

Quando osservai il suo viso, lui mi stava guardando, i suoi occhi più concentrati sul mio viso che sul resto di me.

Guardarmi ovviamente lo eccitava ancora più di quanto non fosse già, così mentre guidava i miei fianchi, mi prendevo a coppa il seno e mi accarezzavo i capezzoli.

Il piacere scorreva attraverso il mio corpo mentre facevo esattamente quello che voleva.

Raggiunsi il mio culmine mentre Seth accelerava il ritmo fino a quando non alzò i fianchi per soddisfare ogni spinta.

Pizzicandomi i capezzoli duri, gettai indietro la testa, completamente disinibita mentre chiudevo gli occhi.

"Fanculo!" imprecò, e poi mise le sue dita sotto di me in modo che il mio clitoride sfregasse contro di esse ad ogni colpo verso il basso. "Sto per correre verso il traguardo" grugnì.

Non importava davvero. Volevo che venisse perché non riuscivo a controllare il climax che si stava abbattendo su di me come una vendetta.

"Seth" urlai, lasciando andare tutto, permettendomi di godermi il potente rilascio. "Ti amo tanto!"

"Ti amo anch'io, Riley" disse con un tono disperato e frenetico che adoravo.

La nostra pelle continuò a battere insieme finché Seth non raggiunse l'orgasmo con un suono animalesco che avrebbe potuto essere sentito sulla spiaggia.

Esausta, crollai su di lui, il respiro che entrava e usciva dai miei polmoni, il cuore pronto a martellarmi fuori dal petto.

Eravamo entrambi coperti di uno strato di sudore, ma ero abbastanza sicura che a nessuno di noi importasse.

Mi diede un lungo e dolce bacio una volta che ci riprendemmo, e passò delicatamente una mano su e giù sopra la pelle umida della mia schiena.

"Ho bisogno di te, Riley. Non lasciarmi mai più, cazzo" gracchiò ferocemente mentre affondava il viso tra i miei capelli.

"Non lo farò" mormorai. "Promesso."

Perché avevo bisogno di lui tanto quanto lui aveva bisogno di me.

Ero attaccata a Seth come un potente magnete.

In nessun modo mi sarei lasciata andare. *Affatto. Mai.*

CAPITOLO 31

Seth

"*N*on andrò in Messico" disse Noah con la voce che aveva sempre riservato per metterci al nostro posto da bambini.

Irremovibile.

Inflessibile.

Significava—assolutamente non succederà.

Non lo farò.

Ecc. Ecc. Ecc.

Solo che questa volta sapevo che mio fratello maggiore *non* l'avrebbe avuta vinta.

Eravamo nel bel mezzo delle vacanze, e Brooke e Liam erano a casa. Anche se non era ancora Natale, avevamo voluto fare a Noah un regalo da parte di tutti noi.

Una vacanza in un resort di due settimane a Cancun, in Messico.

Ci eravamo riuniti tutti a casa di Aiden. Pensavamo che ci fosse forza nei numeri, ma sapevo *esattamente* cosa avrebbe spezzato Noah. La stessa cosa che mi spezzava ogni dannata volta.

Mi guardai intorno nel soggiorno di Aiden, aspettando che iniziasse il senso di colpa.

La stanza era piena di famiglia, ma non mi dispiaceva stare sul pavimento con Riley tra le mie gambe e appoggiata a me.

Brooke rivolse un'espressione triste a Noah. "Non ti piace il nostro regalo? Abbiamo cercato in tutti i modi di procurarti qualcosa che avresti potuto usare."

Aiden e io ridacchiammo sommessamente, mentre gli occhi di Jade si riempivano di lacrime. "Mi dispiace, Noah. Volevamo solo che tu partissi e ti rilassassi."

Potevo vedere Noah dimenarsi nella sua poltrona reclinabile mentre diceva: "Non dovete scusarvi. Non è che non mi piaccia, esattamente."

Mio fratello maggiore era un tale bugiardo. Lo odiava. Avrebbe detestato *tutto* ciò che lo avrebbe fatto uscire dal suo ufficio per due settimane.

Il problema era che *non* poteva spezzare il cuore di Jade e Brooke.

Era incapace di renderle infelici quanto Aiden e me, ma probabilmente non l'avrebbe mai ammesso. Non che doveva. Era abbastanza chiaro al momento.

"Ma hai detto che non saresti andato" disse Brooke con voce tremante.

"Mi sento così male" intervenne Jade.

Lanciai un'occhiata a Eli, che stava sorridendo. Mio cognato sapeva benissimo che sua moglie piangeva lacrime di coccodrillo. Era ovviamente divertito dalla performance.

Neanche Liam sembrava preoccupato per Brooke, quindi a quanto pareva era coinvolto nella farsa.

"Sono troppo impegnato per scappare" disse Noah in tono burbero. "Non posso prendermi due settimane di ferie."

"Sì, puoi" sostenne Aiden. "Sei un dannato miliardario, Noah. Non importa se uno dei tuoi progetti rimane indietro. Non devi risponderne a nessuno. Non è che una industria stia aspettando la tua prossima grande cosa. Okay, forse *stanno* aspettando il tuo prossimo progetto perché hai tirato fuori alcune cose brillanti, ma non hai una scadenza."

"Ho delle scadenze che mi sono autoimposto" replicò in disaccordo.

"Allora forse dovresti smettere di farlo" gli dissi. "Hai bisogno di una vacanza. Ti schiarirà la mente."

"Non voglio schiarirmi la mente" brontolò. "Perderei le idee."

"Ma non potresti semplicemente andare *questa volta*?" supplicò Skye, entrando nel dramma.

Forse Noah era particolarmente sensibile alle sue sorelline, ma teneva anche a Skye. A giudicare dallo sguardo imbarazzato sul volto di Noah, anche sua cognata stava arrivando a lui.

Ovviamente, non sopportava di vedere nessuna donna della sua famiglia turbata o triste.

Era la sua unica debolezza, e la famiglia si stava impegnando per tutto ciò che valeva. Poteva essere una cosa brutta da fare, ma eravamo tutti disperati per allontanare Noah dal suo lavoro.

Nessuno poteva lavorare tanto quanto lui e rimanere sano di mente.

Eravamo tutti preoccupati per lui da molto tempo.

Ora, nessun trucco sporco era proibito se avesse permesso a Noah di rilassarsi e prendersi una pausa.

Forse se avessimo creduto davvero che lavorare come lui lo rendesse felice, lo avremmo lasciato in pace. Ma *non* era felice. Sul suo viso cominciavano a comparire rughe di stress e aveva perso un po' di peso perché aveva dimenticato di mangiare. Sapevo che si allenava quando si ricordava. Ma questa merda di lavoro stava iniziando a incidere sulla sua salute.

"Per favore, Noah" piagnucolò Brooke pateticamente. "Volevamo davvero farlo per te."

Jade storse il naso. "Volevamo così tanto che tu avessi una vacanza."

"Vieni a fare una passeggiata con me" sussurrai all'orecchio di Riley. "Penso che Brooke e Jade abbiano tutto sotto controllo."

C'era così tanta famiglia stipata nel soggiorno che nessuno si accorse nemmeno della nostra fuga.

Riley sorrise quando ce ne andammo, e io la trascinai verso la spiaggia. "Era solo una messa in scena" disse sospettosa. "Jade non era *assolutamente* se stessa."

Le sorrisi mentre camminavamo. "Una completa farsa. Le ragazze l'hanno pianificato da sole e stanno facendo un ottimo lavoro. Direi che Noah si arrenderà tra un paio di minuti. Le femmine che piangono sono la sua unica debolezza. Siamo disperati per convincerlo a prendersi una pausa. Ne ha bisogno. Ha perso un po' di peso e mostra segni di stress."

Lei annuì. "Lo capisco. Vorrei solo che non fosse ingannato."

"Non partirebbe altrimenti."

"È stato uno spettacolo piuttosto bello" rifletté. "Dove stiamo andando?"

Era davvero una bella giornata. Calda senza una nuvola in cielo. Quindi mi diressi lungo la spiaggia.

"Da qualche parte in cui possiamo stare da soli" dissi vagamente.

"Siamo sempre soli a casa" sottolineò.

Eravamo quasi sempre *a casa mia* adesso. Quindi era dannatamente bello sentirla parlare come se fosse la *nostra*.

"Immagino che volevo solo uscire" risposi senza impegno.

Intrecciai le nostre dita mentre camminavamo, non volendo ammettere che ero davvero nervoso.

Cosa diavolo avrei fatto se avesse detto di *no*?

Il problema era che non potevo più aspettare. Dovevo fare mia Riley prima di perdere completamente la testa.

Erano passate un paio di settimane dal giorno in cui mi aveva parlato della sua paura della gravidanza. Volevo cementare la nostra relazione, farle capire che potevamo risolvere qualsiasi problema insieme.

Ora, ero abbastanza sicuro che se ne rendesse conto.

Era solida come una roccia.

Finalmente si fida completamente di me.

"Va tutto bene?" chiese, la sua voce preoccupata.

"Tutto bene?" ribattei mentre finalmente raggiungevamo il vecchio molo sulla proprietà che sarebbe diventata un rifugio per la fauna selvatica. "Tesoro, è dannatamente perfetto."

Passeggiammo lungo la struttura di legno e lei si lasciò cadere sul sedere quando arrivammo alla fine. "Mi piace qui" disse. "Possiamo sederci per un po'?"

Mi sedetti proprio di fronte a lei. "Questo era il piano" ammisi.

Volevo trovare una destinazione che lei amava. Ero abbastanza sicuro che questo posto, il luogo che sarebbe stato per sempre un rifugio per le sterne a rischio di estinzione, fosse esattamente il posto giusto.

Mi prese la mano. "Sei silenzioso oggi. C'è qualcosa di cui vuoi parlare?»

Il mio fottuto petto si sentiva stretto mentre la guardavo. Avevo la sua totale attenzione perché era convinta che qualcosa non andasse in me.

Con i suoi capelli infuocati sollevati dolcemente dal vento e i suoi splendidi occhi nocciola fissi su di me, era difficile pensare razionalmente.

"In realtà, sì" risposi. "Ho avuto qualcosa nella mia mente per tutto il giorno."

Pescai nei miei jeans con la mano libera e tirai fuori l'oggetto che era stato saldamente nella mia tasca da quando avevo effettuato l'acquisto.

Lo aprii senza troppe sceneggiate. "Ho cercato di capire come chiederti di sposarmi senza preoccuparmi che tu dicessi di *no*."

Sembrava stordita, mentre fissava da me all'anello di diamanti all'interno della scatolina.

L'anello era di pochi carati, ma il diamante era quasi impeccabile. Ero stato tentato di prendere un'enorme pietra che a nessuno poteva sfuggire, ma quella non sarebbe stata Riley. L'avrei fatto perché volevo che tutti sapessero che era mia.

"Dio mio. Seth" disse mentre si allungava per toccare con cautela il diamante. "È bellissimo."

Non mi piaceva il modo in cui ammirava il gioiello come se non fosse suo. "Per l'amor del cielo, di' di sì, Riley. Mi stai uccidendo" dissi teso.

Mi guardò con le lacrime agli occhi. "Hai pensato, anche solo per un momento, che avrei detto di *no*? Ti ho detto che eri bloccato con me. Quindi sì. *Sì. Sì. Sì.*"

Mi si gettò in grembo e mi avvolse le braccia al collo con così tanto entusiasmo che per poco non lasciai cadere il suo anello oltre il molo.

Lo presi e misi da parte la scatolina. "Lascia che lo metta."

Quando allungò la mano, stava visibilmente tremando. "Sei nervosa" dissi infelice mentre le infilavo l'anello al dito.

Scosse forte la testa. "Non nervosa. Emozionata. Commossa. Felice. In questo momento, mi sento la donna più fortunata del mondo."

Le baciai l'anello al dito e poi le sue splendide labbra.

Persi il conto di quanto tempo eravamo rimasti così, avvinghiati, toccandoci, baciandoci. Non me ne fregava un cazzo. Ero determinato a celebrare il fatto che Riley, l'unica donna che avessi mai amato, fosse finalmente *mia*.

Era disposta ad avermi *per la vita*. Ero sicuro di essere molto più entusiasta di quanto fosse lei in quel momento.

"Speravo che me lo chiedessi" mi sussurrò all'orecchio. "Forse non me lo aspettavo così presto."

"Tesoro, ho questo anello in tasca da settimane."

"Perché non hai detto qualcosa?"

"Volevo assicurarmi che fosse il momento giusto. Non volevo insistere. Dovevi fidarti di me prima di poter accettare di sposarmi" dissi con voce roca.

"L'ho fatto. Lo faccio." La sua voce era sommessa e seria. "Quei problemi di fiducia che ho avuto riguardavano me, non te, Seth."

"Tutto passato adesso?" chiesi con voce roca.

Lei annuì. "Dal giorno in cui ho capito che ti stavo facendo del male."

L'avevo superato. Da quando aveva spiegato perché stava scappando. "Non farmi aspettare a lungo per la cerimonia."

"Sono pronta quando lo sei tu" rispose, mentre mi sorrideva raggiante, tutto il suo viso che si illuminava di eccitazione e felicità.

"Oggi?" domandai speranzoso.

Rise, un suono che sapevo che non mi sarei mai stancato di sentire.

"Ti amo" disse senza fiato. "Lo faremo non appena umanamente possibile. Vorrei una modesta cerimonia privata."

"Ti amo anch'io, piccola. Qualunque cosa tu voglia" acconsentii felicemente stringendo le braccia attorno al suo corpo deliziosamente sinuoso.

Non me ne fregava niente di come volesse concludere l'accordo. Volevo solo assicurarmi che fosse mia.

"Gennaio?" chiesi.

"Seth, è il mese prossimo. Non possiamo assolutamente mettere insieme le cose così velocemente, e ci sono le vacanze. Marzo o aprile?"

"Febbraio" insistetti.

Riley mi diede un bacio sulla fronte. "Vedremo. Parlerò con Skye e Jade per vedere se possono aiutare. Ma potrebbe non essere possibile."

Le sorrisi, ma non dissi altro.

Sarebbe stato febbraio. Non importava cosa dicessero i miei fratelli, lo *avrei fatto accadere*.

Forse questa era una di quelle volte in cui essere testardo era in realtà un ottimo vantaggio.

EPILOGO
Riley

POCHI MESI DOPO…

Ero una sposa di febbraio.

Una volta che Seth aveva deciso quando si sarebbe svolta la cerimonia, la sua famiglia si era messa in fila per aiutarlo.

Il mio matrimonio era sobrio, ma incredibilmente romantico e bellissimo.

Hudson si era offerto di accompagnarmi all'altare, ma avevo deciso di fare quella gioiosa camminata da sola.

Sapevo esattamente cosa stavo facendo, e non avevo un briciolo di esitazione.

Non era servito a nulla che qualcuno mi tradisse poiché il mio cuore apparteneva già a Seth.

Abbassai lo sguardo sulla mia mano sinistra, sorridendo quando vidi la sottile fascia che Seth mi aveva messo sulla mano solo un'ora prima. L'aveva spinta proprio accanto al mio bellissimo anello di fidanzamento.

Alzai la testa per guardarmi intorno nella sala da ballo che avevamo affittato al Citrus Beach Country Club.

La cerimonia era stata modesta, ma Seth aveva insistito per invitare molte più persone al ricevimento.

I Sinclair erano cresciuti qui a Citrus Beach, e c'erano molte persone che avrebbero voluto includere nei festeggiamenti.

La grande sala si stava riempiendo costantemente, e sorrisi quando Jade, Brooke e Skye si fecero strada tra le persone che entravano nel locale per mettersi al mio fianco.

"Dio mio. Sei così bella, Riley" disse Jade, come se non mi avesse vista prima, prima della cerimonia.

Le tre donne, le mie damigelle, avevano un aspetto piuttosto sorprendente.

Avevo optato per un abito da sposa in chiffon, scollatura tonda con una quantità minima di perline, quindi il vestito non era incredibilmente elaborato.

Jade, Brooke e Skye erano bellissime nei loro abiti blu ardesia che avevamo scelto. Erano formali senza troppi fronzoli.

Poiché ero una donna che amava i colori, avevo portato un grande bouquet con un vasto assortimento di fiori.

"Grazie a tutte" dissi sinceramente mentre abbracciavo ognuna di loro. "Non avrei mai potuto mettere insieme tutto questo senza di voi."

"Penso che Seth l'avrebbe organizzato da solo se non l'avessimo fatto noi" disse Jade scherzosamente.

Le sorrisi. "Potresti avere ragione." Il mio neo-marito era stato irremovibile riguardo al matrimonio a febbraio.

Aveva voluto il primo sabato di febbraio.

Avevo insistito fino a quando non aveva accettato di farlo l'ultima settimana del mese.

"Devi amare il fatto che fosse così ansioso di renderti ufficialmente una Sinclair" disse Skye con un sospiro.

Riley Sinclair. Forse ci sarebbe voluto un po' di tempo per abituarmi al mio nuovo cognome, ma suonava bene.

"Sono contenta che abbia fatto a modo suo" confessai. "Sono più che pronta per iniziare la nostra vita insieme. Non che non l'abbia già fatto, ma è bello che sia ufficiale."

"Sei emozionata per la tua luna di miele?" chiese Skye.

"Tre settimane in Costa Rica? Sicuramente" risposi con un sospiro.

Seth e io avremmo trascorso ventuno giorni a Playa Hermosa, un luogo che avremmo potuto esplorare insieme poiché nessuno di noi due era mai stato lì prima.

"Sono contenta che tutta la famiglia sia riuscita a farcela" disse Brooke seriamente.

"Anche io" convenni. "Anche se ricordare tutti i loro nomi correttamente è una sfida."

Jade sorrise. "Averci tutti insieme è un po' opprimente."

Ero entusiasta di conoscere la famiglia allargata di Seth, i suoi fratellastri e cugini di Amesport, nel Maine. Ma avere così tanta famiglia *era* un po' sbalorditivo.

I miei fratelli sembravano apprezzare tutti i Sinclair, quindi tutti andavano d'accordo. I miei occhi cercarono nella sala da ballo e alla fine atterrarono sui miei tre fratelli che chiacchieravano con Evan e Micah Sinclair. "Forse le circostanze non erano ideali" dissi alle donne. "Ma avete una famiglia fantastica."

"Ci hai ereditato" disse Brooke con una risata. "Siamo anche la tua famiglia, ora."

Il mio cuore si gonfiò. Non riuscivo a pensare a niente di meglio che far parte di questa grande, rumorosa e amorevole famiglia.

"Sono grata di far parte di questa famiglia" condivisi con tutti loro.

Non solo avevo Seth, ma avevo una famiglia enorme che sarebbe sempre stata lì se ne avessi avuto bisogno.

Niente condizioni.

Niente regole.

Niente galateo da seguire.

La famiglia di Seth mi aveva appena accolta a braccia aperte.

Avrei voluto che sapessero quanto fosse rara quell'esperienza e quanto fossero speciali.

"Ehi, bellissima" disse Seth con voce roca nel mio orecchio mentre si avvicinava alle mie spalle. "Mi chiedevo dove fossi andata. Speravo che non fossi la mia sposa in fuga."

Mi voltai e gli gettai le braccia al collo. "Non succederà, bello" dissi con una risata.

Mi ero allontanata per trovare il bagno e per fare una breve pausa. Non avevo ancora trovato la strada per tornare da lui.

Avrei dovuto sapere che mi avrebbe trovata.

Lo faceva sempre.

"Penso che tutti stiano aspettando che apriamo le danze" mi disse mentre le sue braccia mi avvolgevano la vita.

"Troveremo i nostri partner di ballo" ci informò Skye mentre le donne si allontanavano in cerca dei loro mariti.

"Finalmente soli" disse Seth in un tono baritono sexy vicino al mio orecchio.

"Siamo in una stanza piena di gente" gli ricordai.

"Non ho visto nessun altro tranne te" rispose.

"Ti ho detto che sei incredibilmente bello oggi?" chiesi.

Come al solito, Seth era stupendo in abiti da cerimonia. Ma era stata l'intensità nei suoi occhi che mi aveva catturata all'interno di una bellissima bolla di felicità durante la cerimonia.

Aveva ripetuto le sue promesse come se fossero davvero un impegno verso di me, e io avevo risposto allo stesso modo, sapendo che nessuno di noi due avrebbe mai fatto del male all'altro intenzionalmente... *finché morte non ci separi.*

"Me l'hai detto" rispose alla fine. "E come ti ho detto prima, mi catturi ogni singola volta che ti guardo."

Me l'aveva detto più di una volta. E non solo oggi. Seth mi ricordava che pensava che fossi la donna più bella della Terra ogni giorno.

"Vieni a ballare con me, Riley Sinclair" disse in tono persuasivo.

Gli presi la mano e andammo insieme sulla pista da ballo tra gli applausi.

Ebbi un fugace momento di esitazione, un breve secondo in cui mi sentivo a disagio con così tante attenzioni nel bel mezzo di una sala da ballo elegante. Dovetti ricordare a me stessa che questo era un evento con la famiglia e gli amici. Il giorno del mio matrimonio. Era incantevole.

Non dovevo più temere i grandi eventi. Non quando c'era così tanto amore in uno spazio molto grande.

Ogni singola persona nella sala era felice per noi.

Seth mi prese tra le sue braccia, e io sospirai.

Una volta che lo guardavo negli occhi, nessun altro esisteva più.

Seguii il suo esempio, ipnotizzata dal suo sguardo devoto.

"Contenta?" chiese.

Annuii. "Non sono mai stata più felice. Tu?"

"Sono fottutamente euforico." Sorrise. "Finalmente sei ufficialmente mia."

Con la coda dell'occhio, vidi altre coppie scendere sulla pista, quindi Seth e io non eravamo più in un acquario, con mio grande sollievo.

Gli accarezzai i capelli sulla nuca. "Ho una notizia per te, bello. Sono sempre stata tua. E tu sei sempre stato mio."

Oggi era il giorno del nostro matrimonio, che era innegabilmente speciale, ma Seth e io ci eravamo avvicinati così tanto durante la cerimonia che avevo scoperto un'altra cosa da amare di lui ogni singolo giorno.

Forse sarebbe sempre stato solo un po' possessivo ed eccessivamente protettivo, ma avevo imparato che potevo essere allo stesso modo.

Ero sicura che nessuno di noi due avrebbe mai lasciato che quelle emozioni dilagassero finché non fossero fuori controllo, ma quegli istinti sarebbero sempre stati lì.

Mi tenne più vicino e io posai la testa sulla sua spalla mentre ringhiava: "Gesù! Ti amo così tanto, Riley."

Il mio cuore iniziò a battere forte, proprio come faceva ogni volta che pronunciava quelle parole. "Ti amo anch'io" dissi senza esitazione.

"Non vedo l'ora di portarti fuori di qui e di toglierti quel vestito" disse con voce roca.

Sorrisi. "Siamo gli sposi. Non possiamo proprio lasciare il nostro ricevimento. Non ancora."

"Non lo farei" ammise. "Forse mi piacerebbe, ma voglio anche godermi questa giornata con te. Non voglio perderne un minuto. Quindi il mio uccello dovrà solo aspettare."

Annuii perché avevo un enorme groppo in gola. "Più tardi" dissi, riuscendo finalmente a far uscire le parole di bocca.

Forse Seth ed io ci bramavamo a vicenda, ma lui mi stava costantemente dimostrando che eravamo molto di più l'uno per l'altra che semplici amanti.

Eravamo confidenti.

Eravamo migliori amici.

Eravamo anime gemelle.

Ridevamo.

E ci amavamo.

Non poteva andare meglio di così

"Forse sarei disposta a lasciarti palpare il mio culo" riflettei scherzosamente.

"Vuoi ancora continuare a infrangere quel contratto?" mi prese in giro mentre la sua mano scendeva lungo la mia schiena.

"Forse" risposi maliziosamente.

"Anche se apprezzo l'offerta" disse mentre la sua mano si fermava sulla mia schiena. "Preferirei agguantarti quando siamo soli. Preferirei non avere un pubblico, stupenda."

Un'altra cosa da amare di lui.

Non voleva mai trattarmi con niente di meno del rispetto in pubblico. Era insaziabile in privato, ma si assicurava di non mettermi mai in imbarazzo quando eravamo fuori.

Sollevai la testa. "Allora baciami" insistetti.

Sorrise. "Posso sicuramente farlo."

Sospirai quando le sue labbra toccarono le mie, sapendo che i miei giorni in cui mi sentivo completamente sola erano finiti per sempre.

Aveva riempito di luce tutti quei punti oscuri dentro di me, finché il mio passato non aveva più importanza.

Era il mio presente, e il mio futuro.

Gli avvolsi le braccia intorno al collo e ricambiai il bacio.

L'uomo che amavo mi sorrise mentre alzava la testa, e io gli sorrisi, grata di avere il resto della mia vita per mostrargli quanto mi rendesse felice.

Ero persa quando mi ero trasferita a Citrus Beach, ma Seth Sinclair mi aveva trovata.

Per una donna che non si era mai adattata, era pura felicità sapere finalmente esattamente dove stare.

Nota dell'Autrice

Sebbene questa sia un'opera di finzione, la condizione delle sterne è reale. Gli uccelli hanno perso la maggior parte del loro habitat naturale a causa dello sviluppo umano nelle loro aree di nidificazione lungo la costa della California. Le sterne minori sono state tra i primi animali a finire nell'elenco federale delle specie in via di estinzione quando è stato creato per la prima volta nel 1970, e vi rimangono ancora oggi. Il loro numero si è leggermente ripreso durante i primi tre decenni sulla lista, ma sono di nuovo in declino. Il riscaldamento dell'acqua del mare sta spingendo le acciughe di cui si nutrono più lontano nell'oceano, e i loro nidi vengono spesso calpestati dai bagnanti o dai cani che invadono i loro luoghi di nidificazione, ignari che i nidi degli uccelli esistano. Sta diventando fondamentale preservare questa specie prima che sia troppo tardi. Per saperne di più sulla perdita di questi uccelli e su come la loro perdita influenzerà l'ecosistema, trovate le informazioni sulla pagina web della California Audubon Society.

Ringraziamenti all'Autrice

Ci siamo, già il Libro 3 de I Miliardari per Caso!

Come sempre, vorrei ringraziare la mia senior editor, Maria Gomez, e l'intero team di Montlake Romance per aver supportato questa serie.

Mille grazie al mio team KA e al mio gruppo di lettori, Jan's Gems, che mi incoraggia sempre su ogni singolo titolo.

Infine, grazie a tutti i miei fantastici lettori che mi hanno permesso di continuare una carriera che adoro.

Non potrei fare quello che faccio senza tutti voi.

xxxxxx Jan

Venite a trovarmi su:

http://www.authorjsscott.com
http://www.facebook.com/authorjsscott
https://www.instagram.com/authorj.s.scott

Potete scrivermi all'indirizzo
jsscott_author@hotmail.com

Potete anche twittarmi
@AuthorJSScott

Libri di J. S. Scott

disponibili in italiano

Serie L'Ossessione del Miliardario

L'Ossessione del Miliardario – Simon
Il Cuore del Miliardario – Sam
La Salvezza del Miliardario – Max
Il Gioco del Miliardario – Kade
Il Miliardario Fuori Controllo – Travis
Il Miliardario Smascherato – Jason
Il Miliardario Indomito – Tate
La Miliardaria Libera – Chloe
Il Miliardario Impavido – Zane
Il Miliardario Sconosciuto – Blake
Il Miliardario Svelato – Marcus
Il Miliardario Non Amato – Jett
Il Miliardario Indiscusso – Carter
Il Miliardario Inarrivabile – Mason
Il Miliardario Sotto Copertura – Hudson
Il Miliardario Inaspettato – Jax
Il Miliardario Inosservato – Cooper

I Sinclair

Un Miliardario Fuori dal Comune (I Sinclair Vol. 1)
Un Miliardario Inavvicinabile (I Sinclair Vol. 2)
Il Tocco del Miliardario (I Sinclair Vol. 3)
La Voce del Miliardario (I Sinclair Vol. 4)

I Miliardari per Caso

Irretito (I Miliardari per Caso – Libro 1)